Sandra Rehle

Winterzauber

auf

Gracewood Hall

Das Buch

Die aufgeweckte Lifestylebloggerin Liz Sommer hat von der Männerwelt genug. Nach ihrem letzten Beziehungsdesaster will sie sich nur noch auf ihre Karriere konzentrieren.
Deshalb freut sie sich über die Einladung, Weihnachten auf Gracewood Hall verbringen zu können. Das malerische Herrenhaus soll der zukünftige Hotspot für romantische Hochzeiten werden und Liz soll auf ihrem Blog darüber schreiben.

Kaum angekommen, lernt sie den attraktiven, aber verschlossenen Maxwell Thomson kennen. Auch Max will von Liebe und Romantik nach einem schweren Schicksalsschlag nichts mehr wissen.

Wird es ihnen gelingen, die Vergangenheit hinter sich zu lassen?

Die Autorin

Die Liebe zu Büchern zieht sich wie ein roter Faden durch das Leben von Sandra Rehle. Daher war es ganz natürlich, dass sie alles über Bücher und Geschichten lernen wollte. Nach vielen Jahren als Verlagskauffrau und Historikerin ist es jetzt an der Zeit eigene Romane zu schreiben.
Mit "Winterzauber auf Gracewood Hall" veröffentlicht sie ihren Debütroman als Auftakt zur „Gracewood Hall"-Reihe.
Sie lebt mit ihrem Mann und ihren zwei Kindern im schönen Hamburg.

Sandra Rehle

Winterzauber

auf

Gracewood Hall

Bibliographische Information der Deutschen Nationalbibliothek:
Die Deutsche Nationalbibliothek verzeichnet diese Publikation in der Deutschen Nationalbibliographie; detaillierte bibliographische Daten sind im Internet unter dnb.dnb.de abrufbar.

© 2018 Sandra Rehle, Minsbekweg 17, 22399 Hamburg
info@sandrarehle.de
Herstellung und Verlag: BoD - Books on Demand, Norderstedt
Covergestaltung: Casandra Krammer - www.casandrakrammer.de
Covermotiv: © Shutterstock.de
ISBN: 978 - 3 - 7528 - 2133 - 8

21. Dezember
Kapitel 1

„Schätzchen! Da bist du ja! Warum hast du denn nichts gesagt? Wir hätten dich doch abgeholt!" Liz war kaum aus dem Taxi gestiegen, als sich bereits die Flügeltür öffnete und Nigel heraustrat. Freudestrahlend umarmte er Liz und hielt sie anschließend eine Armlänge von sich: „Gut siehst du aus!"

Liz musste grinsen: „Mir gefallen vor allem deine Samtslipper! Ganz der aristokratische Hausherr!" Wie immer war Nigel in einem wilden Mustermix gekleidet. Er hatte seine ganz eigene Vorstellung von einem modernen Dandylook.

„Du hast einfach keine Ahnung von Stil!" Er wedelte mit seinem Zeigefinger und drückte sie noch einmal fest an sich.

Als er anschließend den Taxifahrer bezahlte und ihr Gepäck nahm, hatte Liz Gelegenheit staunend das Herrenhaus zu betrachten. Natürlich hatte sie sich die Bilder von Gracewood Hall auf der Homepage angesehen, doch die wurden weder der tatsächlichen Größe noch der Pracht gerecht. Der klassizistische Sandsteinbau leuchtete in der fahlen Wintersonne in einem warmen Goldton, der von den beiden geschmückten Adventskränzen an den Türen aufgegriffen wurde. Zusammen mit dem Säulenportal wirkte das Herrenhaus geradezu märchenhaft. Sie machte sich im Geist eine Notiz, dass dringend neue und bessere Fotos online gestellt werden müssen.

„Oh mein Gott, es ist so wunderschön!", seufzte sie.

Nigel legte ihr den Arm um die Schultern. „Darling, ich freue mich ja sooo, dass du da bist! Dass du es wirklich wahr gemacht hast, was du uns auf Bali am Strand versprochen hast!"

Liz warf ihm einen gespielt vorwurfsvollen Blick zu: „Na hör' mal, ich konnte mir eure Einladung, Weihnachten bei Euch zu feiern, doch nicht entgehen lassen!" Gemeinsam liefen sie weiter und Liz fügte hinzu: „Ganz zu schweigen von der Möglichkeit für euch zu kochen."

Nigel grinste spitzbübisch. „Ja, darauf freuen wir uns schon sehr!"

Im großzügigen Vestibül, dessen Garderobe es mit den Mänteln einer ganzen Kompanie aufnehmen konnte, überließ Nigel das Gepäck einem jungen Mann mit schwarzen Haaren, Sommersprossen und ganz hinreißenden Segelohren.

„Liz, darf ich dir Matthew Gardner vorstellen? Er hilft uns im Haus und im Garten bei allen größeren und kleineren Projekten und kümmert sich außerdem um die Pferde."

„Hallo, schön dich kennenzulernen!" Liz streckte ihm die Hand hin, „Wenn ich also einen Schrank verrückt haben möchte, rufe ich dich?!"

„Genau! Stallbursche, Hausmeister, Elektriker, Kellner, was auch immer du brauchst, ich bin dein Mann!" Er lächelte sie offen an und sie merkte gleich, dass sie einen neuen Freund für's Leben gefunden hatte.

Während Nigel Matthew Anweisungen gab, sah sie sich bereits in der großzügigen Eingangshalle um. Den Fußboden zierten wundervolle Sandsteinfliesen auf die durch eine große Glaskuppel das Sonnenlicht fiel. Dadurch strahlten die Fliesen honiggelb und die Halle wirkte wärmer als sie tatsächlich war. Insgesamt führten vier Türen in die angrenzenden Zimmer. Unter der imposanten Treppe versprach eine große Flügeltür den Zugang zu einem ganz besonderen Raum. Als Liz bewusst wurde, dass ihr Mund staunend offen stand, klappte sie ihn schnell wieder zu. Hoffentlich hatte das keiner bemerkt. Lächelnd drehte sie sich zu Nigel um, der sie nach links in den Salon führte.

„Seht einmal, wen ich hier habe! Sie wollte sich einfach rein schleichen!"

„Nigel Bedford!" Bevor Liz weiterreden konnte, kam Arthur auf sie zu.

„Liebes, wie schön, dass du da bist! Warum hast du nichts gesagt, wir hätten dich doch abgeholt!"

„Ich wollte euch keine Umstände machen. Ich bin schon groß, wisst ihr!"

„Papperlapapp, das nächste Mal sagst du Bescheid." Arthur hakte sie unter. „Komm, ich zeige dir dein Zimmer. Dann kannst du dich etwas frisch machen, wenn du möchtest. Wir werden mit dem Tee auf dich warten."

Liz Zimmer befand sich im ersten Stock und war einfach bezaubernd. „Oh, Arthur! Wie wundervoll!" Schnell zückte Liz ihre Kamera. Sie musste unbedingt ein paar Fotos für ihren Blog machen, bevor sie ihr ganzes Zeug verteilt hatte.

„Schön, dass es dir gefällt!", freute sich Arthur. „Dann lass ich dich jetzt allein. Wir sehen uns gleich unten!" Arthur zog die Tür hinter sich zu und Liz drehte sich einmal um sich selbst.

Ganz in zarten Grüntönen gehalten wirkte der Raum wie ein Frühlingsmorgen im Wald. Er wurde von einem großen Himmelbett dominiert. Ein herrlich geräumiger Kleiderschrank stand hinter der Tür und eine wundervolle Frisierkommode befand sich gegenüber vom Bett. In der tiefen Fensternische lagen gemütliche Sitzpolster, so dass es sich darauf vortrefflich lesen ließ. Für eine behagliche Wärme sorgte ein großer Kachelofen. Rechts vom Fenster entdeckte sie das Bad. Liz schoss ein Bild nach dem anderen. Ein zufälliger Blick in den Spiegel ließ sie allerdings innehalten. Aus ihrem blonden Zopf hatten sich während der Reise einige Strähnen gelöst, den Concealer sah man schon gar nicht mehr. So wollte sie nicht hinunter gehen. Auch wenn sie Arthur und Nigel am Strand von Bali kennengelernt hatte, wollte sie ihnen jetzt zeigen, dass sie ein Profi war und ihre Arbeit verstand.

Wenn sie an ihre erste Begegnung mit dem ungleichen Paar dachte, musste sie schmunzeln. Zuerst hatte sie Nigels kleinen Bruder Nick kennen gelernt. Er hatte sie angesprochen, als sie versuchte ein Foto von sich selbst beim Yoga zu machen. Nick hatte ihr seine Hilfe angeboten und so waren sie ins Gespräch gekommen. Später hatte er sie einfach zum Essen mit Nigel und Arthur mitgenommen. Liz wusste nicht mehr, was sie erwartet hatte, aber sie hatte den großgewachsenen und älteren Arthur Hayes mit seinen multikulturellen Wurzeln ebenso schnell ins Herz geschlossen, wie Nigel, mit seinen feuerroten Haaren und seinem außergewöhnlichen Kleidungsstil.

Fünfzehn Minuten später sah man ihr den Reisestaub nicht mehr an. Zu ihren dunklen Lieblingsjeans trug sie nun einen grauen Kaschmirpulli und Stiefel. Mit ihrer Kamera ausgerüstet, machte sich auf den Weg in den Salon und freute sich schon sehr auf eine heiße Tasse Tee.

Am Fuß der Treppe stand Nigel und besprach sich mit einer älteren Frau. „Liz, da bist du ja. Dann kann ich dir gleich Mrs. Cuthbert vorstellen. Mrs. Cuthbert ist die gute Fee unseres Heims. Sie führt uns den Haushalt und verwöhnt uns mit ihren kulinarischen Genüssen!"

Mildred Cuthbert schaute Liz abwartend an. „Sie wollen also für uns kochen", stellte sie nüchtern fest.

Augenblicklich wusste Liz, dass sie vor ihrer ersten Herausforderung, das Herrenhaus bekannter zu machen, stand. Sie beschloss sich nicht einschüchtern zu lassen und schenkte der Haushälterin ein strahlendes Lächeln. „Natürlich nur, wenn Sie einverstanden sind, Mrs. Cuthbert. Es ist schließlich Ihre Küche. Aber eigentlich hatte ich gehofft, von Ihnen ein paar Tipps zu bekommen." Liz beugte sich zu Mrs. Cuthbert hinüber. „Nigel und Arthur haben im Urlaub immer in den höchsten Tönen von Ihnen und Ihren Leckerbissen gesprochen! Mir ist regelmäßig das Wasser im Mund zusammengelaufen."

„Tatsächlich?" Mrs. Cuthbert freute sich sichtlich über das unerwartete Kompliment. „Dann kommen Sie doch morgen nach dem Frühstück zu mir in die Küche. Dann können wir alles in Ruhe besprechen."

„Vielen Dank, Mrs. Cuthbert. Ich freue mich schon!"

Liz und Nigel sahen Mrs. Cuthbert hinterher, die beschwingt Richtung Küche eilte.

Nigel ergriff Liz' Arm und drückte ihn leicht: „Lizzie, ich wusste, du würdest ihr Herz im Sturm erobern!"

***

„Brauchst du noch lange?", maulte Nigel kurze Zeit später, „die Kresse ist schon ganz welk…."

„Schatz, sie macht doch nur ihre Arbeit, genau deswegen haben wir sie doch eingeladen. Äh, unter anderem", fügte Arthur mit einem Blick auf Liz hinzu.

„Auf Bali wurde aber nur ihr Essen kalt", schmollte Nigel weiter. Liz ließ sich von dem Geplänkel nicht stören, sondern rückte die Etagere mit den Köstlichkeiten noch ein winziges Stückchen nach links. Irgendetwas fehlte noch für das perfekte Foto. Suchend sah sie sich um. Plötzlich fiel ihr auf, dass dort am Fenster jemand saß und konzentriert las. Er hatte ein tolles Profil. Seine dunklen

Haare waren etwas zu lang, denn sie fielen ihm immer wieder in die Augen. Schnell hob Liz die Kamera und machte ein paar Aufnahmen von dem Unbekannten, bevor sie entschlossen auf ihn zulief.

„Entschuldigung." Liz tippte ihm auf die Schulter. „Darf ich?", fragte sie und nahm ihm seine Lektüre aus der Hand, ohne auf die Antwort zu warten. Verdutzt schaute er hinter ihr her. Derweil legte Liz das Buch aufgeschlagen neben die dampfende Tasse Tee. Mit der Etagere im Hintergrund war es für sie der Inbegriff englischen Landlebens. Schließlich betätigte Liz den Auslöser. Ein prüfender Blick auf den Bildschirm der Kamera entlockte ihr ein triumphierendes „Perfekt!". Sofort wollte Nigel nach den Sandwiches greifen.

„Stopp! Ich brauche noch..." Schnell zückte sie ihr Handy, um noch ein paar Bilder zu schießen. Anschließend nahm Liz das aufgeschlagene Buch und brachte es seinem Besitzer zurück. „Vielen Dank! Und sorry, für den Überfall. Bei der Arbeit vergesse ich manchmal alles um mich herum. Ich bin übrigens..."

„Das habe ich gemerkt." Er musterte sie langsam von oben bis unten mit dunklen Gewitteraugen. Ohne ein weiteres Wort stand er auf und ging zu den anderen hinüber.

‚Na, das kann ja heiter werden!', dachte Liz. ‚Verrate ich dir meinen Namen eben nicht! Da kannst du noch so toll aussehen!'

Achselzuckend setzte sie sich zu Nigel, der sich seinen Teller schnell gefüllt hatte, als hätte er Bedenken Liz könnte noch einmal zur Kamera greifen.

„Hier meine Liebe." Arthur reichte ihr eine frische Tasse Tee. „Was möchtest du probieren?"

„Ich hätte gern ein Sandwich mit Ei und eines mit Gurke, bitte." Als sie die kleinen Sandwiches auf ihrem Teller liegen sah, überlegte sie, wie sie am unauffälligsten nach ihrer Kamera angeln könnte. Die kleinen Köstlichkeiten sahen wirklich zum Anbeißen aus. Diesen Anblick wollte sie ihren Followern nicht vorenthalten.

„Wir haben euch einander noch gar nicht vorgestellt!", stellte Nigel zwischen zwei Happen fest und unterbrach damit Liz' Gedanken. „Lizzie, dieser schweigsame Geselle ist Maxwell Thomson, ein alter Freund der Familie. Max, das ist Liz Sommer. Wir haben dir ja schon von ihr erzählt. Sie führt einen sehr erfolgreichen Lifestyleblog, auf dem sie über Gracewood Hall berichten wird, um es bekannter zu machen." Nigel guckte ganz verzückt. „Außerdem wird sie für uns ein typisch deutsches Weihnachtsessen kreieren." Er sah aus, als könnte er es jetzt schon schmecken.

„Hallo! Schön dich kennenzulernen!" Demonstrativ streckte sie ihm die Hand hin. Max nickte lediglich und widmete sich weiter seinem Tee. Schnell zog sie ihre Hand wieder zurück. Anscheinend waren doch nicht alle Briten ausgesprochen höflich!

„Wir freuen uns sehr, dass du da bist!", beeilte sich Arthur zu sagen.

„Ich mich erst! Ich wollte schon immer Weihnachten in England feiern", erklärte Liz überschwänglich.

Von Max war ein abfälliges Schnauben zu hören.

„Maxwell!", tadelte Nigel, „Sei doch nicht so! Es kann keiner etwas dafür, dass du Weihnachten nicht magst."

„Du magst Weihnachten nicht?! Bist du der Grinch?" Kaum hatte Liz es ausgesprochen, weiteten sich ihre Augen vor Schreck.

Max zog die Augenbrauen zusammen. „Sehe ich so aus?", entgegnete er.

‚Nun ja', konnte sich Liz gerade noch verkneifen, da redete er auch schon weiter.

„Nein, ich mag Weihnachten nicht besonders. Dieser ganze Konsumterror und die viel zu hohen Erwartungen, die unweigerlich enttäuscht werden..."

„Bezüglich der zu hohen Erwartungen gebe ich dir vollkommen recht und von der Verpflichtung die perfekten Geschenke zu besorgen, habe ich mich schon lange befreit. Aber bei Weihnachten geht es um viel mehr!"

Maxwell verdrehte die Augen und erwiderte sarkastisch: „Wie konnte ich DIE LIEBE vergessen?!"

Liz strahlte Max an: „Mach dich nur lustig. Aber die Liebe, und ich meine nicht die romantische Hollywood-Klischee-Liebe, ist die stärkste Kraft im Universum! Die Liebe ist das Schönste und das Stärkste, was es gibt. Wenn du der Liebe vertraust, dann wird sie, immer und überall, das beste Leben für dich erschaffen! Auch, wenn es gerade nicht danach aussieht!" Liz nickte wie zur Bestätigung. „Ja, vor allem dann. Du musst dich nur entscheiden, darauf zu vertrauen!"

Max war nicht nur von ihrem Strahlen wie geblendet, ihm fehlten die Worte. Was sollte er auch darauf antworten. Genervt wandte er sich ab. Er hatte gewusst, dass es keine gute Idee war Weihnachten wieder auf Gracewood zu feiern. Die Bloggertante nervte ihn mit ihrem Heile-Welt-Getue schon jetzt.

Arthur und Nigel grinsten in ihre Teetassen, während sich Liz zurücklehnte und zufrieden in eines der kleinen Sandwiches biss. Schnell wechselte Nigel das Thema, bevor sie weiter ausholen konnte. „Morgen kommen übrigens meine Schwester Nora mit ihrem Mann Timothy und den Kindern Claire und Henry. Wir erwarten sie zum Tee und irgendwann zwischen Dinner und Cocktail schlägt dann auch mein kleiner Bruder hier auf, wenn überhaupt..."

„Nick kommt wirklich?! Oh, wie schön!"

12

„So war es ausgemacht." Arthur griff zur Teekanne und schenkte allen noch einmal ein. „Als er hörte, dass du kommst Lizzie, hat er versprochen es einzurichten."

„Freu dich nur nicht zu früh, auf Nick kann man sich nun wirklich nicht verlassen."

„Meine Güte Nigel, was bist du heute wieder missmutig!" Arthur schüttelte den Kopf.

„Es wäre ja nicht das erste Mal, dass er eine Verabredung nicht einhält", verteidigte sich Nigel.

„Ach was", wischte Liz den Einwand beiseite. „Wenn er hier ist, freue ich mich wie irre und wenn nicht, dann freue ich mich ... wie irre!" Die drei lachten, als hätte sie einen besonders komischen Witz gemacht und Maxwell war wieder versucht die Augen zu verdrehen. Es war ja klar, dass sie auf einen Sunnyboy wie Nicholas stand. Als Liz berichtete, dass sie die letzten vier Tage in London verbracht hat, um an einer Konferenz für Blogger teilzunehmen, hörte er nur mit einem halben Ohr zu.

„Natürlich habe ich mir die Stadt angesehen, es war das erste Mal, dass ich London im Advent gesehen habe. Ich liebe diese Stadt so sehr, ich sollte wirklich öfter hinfahren."

„Warst du denn auch shoppen?", wollte Nigel wissen.

Liz grinste: „Selbstverständlich!"

„Erzähl! Was hast du ergattert?"

„Ach, so dies und das..."

Bevor Nigel weiterbohren konnte, ergriff Arthur das Wort: „Liebes, was hältst du davon, wenn wir dir nach dem Tee das Haus zeigen? Dann brauchen wir keine Sorge zu haben, dass du dich verirrst in den nächsten Tagen."

Lizzie lachte laut auf: „Na, ich hoffe, das ist nicht der einzige Grund! Ich möchte mir sehr gern alles ansehen, aber vorher muss ich unbedingt noch so ein Schokotörtchen mit Himbeeren probieren!"

Arthur nahm Lizzies Teller und platzierte ein Törtchen darauf. „Die solltest du tatsächlich probieren! Ich esse sie am allerliebsten!"

„Ach was, er hat keine Ahnung!", mischte sich Nigel ein, „Es geht doch nichts über einen guten, ehrlichen Scone, nicht wahr Max?"

Der Angesprochene schien tief in Gedanken versunken zu sein. „Max?", fragte Nigel noch einmal.

Diesmal reagierte er: „Danke für den Tee, ich muss noch etwas erledigen." Er stand auf. „Wir sehen uns später."

Einigermaßen ratlos sahen die drei ihm nach. Liz fragte sich, was dieser mürrische Kerl für ein Problem hatte. Seine offensichtliche Attraktivität konnte ja wohl kaum der einzige Grund sein, warum Nigel und Arthur mit ihm befreundet waren. Liz schüttelte unmerklich den Kopf, das war nun wirklich nicht ihr Problem.

Arthur unterbrach die Stille: „Vielleicht braucht er noch ein paar Geschenke?"

„Egal. Lizzie, bist du soweit? Wenn ich noch länger hier sitze, esse ich alles auf und passe dann nicht mehr in meinen Weihnachtssmoking!" Nigel stand ebenfalls auf.

„DU hast einen Weihnachtssmoking?!" Liz staunte und winkte sofort ab, als vor ihrem geistigen Auge die wildesten Bilder auftauchten. „Ich will es eigentlich gar nicht wissen! Ich lasse mich einfach überraschen."

Kapitel 2

Nach dem Tee machten Nigel und Arthur mit Liz einen Rundgang durch das Haus und zeigten ihr alles.

Direkt anschließend an den Salon und über wundervolle, fast deckenhohe Schiebetüren verbunden, lag der Blaue Salon, wie das Frühstückszimmer genannt wurde. Im Gegensatz zur Großzügigkeit des großen Salons, ein kleiner, fast schon familiärer Raum, in dessen Mitte sich ein ovaler Esstisch mit zwölf passenden Stühlen befand. An der rechten Wand stand das wundervollste Buffet, das Liz je gesehen hatte. Liz ließ ihren Blick schweifen.

„Hast du meinen wunderschönen schwedischen Kachelofen gesehen?", fragte Arthur aufgeregt.

Nigel lachte: „Das war was, sag ich dir! Arthur hat sich während eines Sommerurlaubs auf Gotland in so einen Ofen verliebt. Am liebsten hätte er diesen sofort in seinen Koffer gepackt und mitgenommen."

„Auch ich habe so meine Leidenschaften", schmunzelte Arthur.

„Die ich an dir liebe!", meinte Nigel und gab ihm einen Kuss.

Liz trat an die breite Fensterfront und überblickte fast die gesamte Einfahrt. „Wow! Man kann ja fast bis zum Tor sehen!", rief sie aus.

„Stimmt genau, deswegen ist deine Ankunft ja auch nicht unbemerkt geblieben. Nigel belauert diese Fenster gern und oft!"

„Also wirklich!", entrüstete sich dieser, „Da mach ich dir eben noch eine Liebeserklärung und jetzt fällst du mir in den Rücken!"

Liz drehte sich grinsend um sich selbst: „Ich finde es wundervoll, wie das Blau des Frühstückszimmers mit den

15

Pastellfarben des Salons harmoniert! Ich werde fantastische Fotos machen können."

Das Haus und die Räumlichkeiten waren wirklich beeindruckend. Am anderen Ende des Salons schloss sich, ebenfalls über Schiebetüren, der große Saal an, der durch seine zartgrüne Seidentapete mit den eingewebten Blumenranken wie ein lichter Frühlingsmorgen wirkte. Ein imposanter Esstisch dominierte den Raum.

„Ist der riesig!", staunte Liz.

„Es sind lauter Einzeltische, die sich miteinander verbinden lassen. So können wir ein Buffet an der Wand aufbauen, wenn wir mehr Platz in der Mitte brauchen oder auch kleinere Tischgruppen im Zimmer verteilt aufstellen. Je nachdem was für eine Veranstaltung wir planen", erläuterte Arthur.

Liz war ehrlich beeindruckt. Am liebsten hätte sie den Saal sofort umdekoriert, sie sah alles schon genau vor sich. Nigel war ähnlich überschwänglich.

„Oh Lizzie, bleib doch bis Silvester! Dann kannst du den Raum in seiner ganzen Pracht sehen und wir feiern zusammen! Das wird großartig! Wir lassen einen DJ kommen, der Champagner steht schon im Keller und es kommen all unsere Freunde! Sag ja!" Er ergriff ihre Hände und sah sie bittend an. „Nigel, ich habe meiner Freundin versprochen mit ihr zu feiern. Es tut mir leid, ich kann nicht so plötzlich absagen."

„Ach was!", winkte er ab, „Sie kommt einfach auch her! Wir haben genug Platz."

Liz musste lachen: „Wir werden sehen, was die nächsten Tage so bringen, ja? Ich kann dir nichts versprechen."

Nigel nickte und Arthur fuhr fort: „Im Sommer können wir natürlich einen Teil der Feiern nach draußen auf die Terrasse und den Garten verlegen."

Liz trat an eine der bodentiefen Flügeltüren und sah hinaus: „Schade, dass es schon dunkel ist. Der Ausblick muss wunderschön sein!", schwärmte sie.

„Unsere Kübelpflanzen sind jetzt natürlich im Gewächshaus. Wir werden morgen einen Rundgang durch den Garten mit dir machen", versprach Arthur.

Sie drehte sich um. „Wohin führt denn diese Tür?"

Arthur lächelte: „Das ist die Tür zur Halle, die haben wir nachträglich einbauen lassen, genauso wie die Toiletten unter der Treppe." Arthur und Nigel grinsten sich verschmitzt an, während Arthur weiterredete: „Platz für die Sanitäranlagen zu finden, ist in den alten Häusern oft nicht so einfach. Aber um den Saal für Veranstaltungen vermieten zu können, brauchten wir eine praktikable Lösung." Sie liefen betont entspannt zur gegenüberliegenden Seite des Raumes. Verwundert folgte Liz ihnen. Schließlich blieben sie stehen. „Und hier haben wir eine Besonderheit..."

„Tadaa!", rief Nigel und riss eine in der Tapete verborgene Tür auf. Neugierig trat Liz näher. Sie erkannte einen kleinen Flur, dessen rechte Wand mit einer Anrichte zugebaut war. „Ist dahinter die Küche?"

„Richtig!", freute sich Nigel. „Das mussten wir gar nicht so bauen, das war schon so. Mein Ururgroßvater hatte es satt, dass das Essen oft nicht so heiß bei ihm ankam, wie er es gern gehabt hätte und hat die Küche kurzerhand vom Souterrain ins Erdgeschoss verlegt." Er grinste Liz frech an: „Kaltes Essen stört dich natürlich überhaupt nicht, nicht wahr?!"

„Sehr witzig."

„Kommt ihr Zwei, wir gehen hier entlang. Wir wollen Mrs. Cuthbert jetzt nicht stören. Sicher arbeitet sie schon an der Zubereitung des Dinners oder tüftelt die Köstlichkeiten für die nächsten Tage aus." Arthur hielt ihnen die Tür zur Halle auf. „Wir machen mit dem Herrensalon weiter."

Mit seinen dunklen Möbeln und den gedeckten Farben strahlte dieser Raum tatsächlich etwas Maskulines aus. Links von der Tür befanden sich ein Billardtisch und eine Bar. Die rechte Seite war dagegen wie ein gemütliches Heimkino eingerichtet. Es war bisher der eindeutig modernste Raum, den Liz gesehen hatte. Dennoch fügte er sich gut ein.

„Der Herrensalon, sowie die Bibliothek, die wir dir gleich zeigen werden, sind unsere privaten Räume." Arthur machte eine ausladende Handbewegung. „Diese vermieten wir nicht, außer für Foto- oder Filmaufnahmen. Das Risiko, dass dabei etwas kaputt geht ist nicht so groß. Denn gerade in der Bibliothek stehen ein paar echte Schätze."

„Ja, das kann ich ... Schätze? Hast du gerade Schätze gesagt? So etwas wie Erstausgaben, Familienchroniken und so?" Liz merkte selbst wie sie anfing zu strahlen und musste sich beherrschen, um nicht zu hüpfen.

„Lizzie, ich wusste gar nicht, dass du ein Bücherfreund bist. Ich dachte, deine Welt sei digital." Arthur schaute sie staunend an.

„Ich wusste das!", triumphierte Nigel.

„Woher willst du das denn gewusst haben?", erkundigte sich Arthur mit hochgezogener Augenbraue.

„Ich weiß es eben. Komm meine Liebe, wir wollen dich nicht länger auf die Folter spannen!" Nigel nahm Liz an die Hand und zog sie weiter. Arthur folgte ihnen.

Die Bibliothek war mit einem großen Schreibtisch, einem Sofa und kuscheligen Ohrensesseln ausgestattet. Auch hier gab es die breiten, gemütlichen Fensternischen, die von schweren Samtvorhängen in Tannengrün gesäumt wurden. Die ebenfalls tannengrünen Kissen, die überall verteilt waren und das prasselnde Kaminfeuer rundeten das Bild von purer Behaglichkeit ab. Liz erklärte die Bibliothek sofort zu ihrem Lieblingsraum. Völlig begeistert drehte sie sich, so dass ihre Haare flogen. „Ich fühle mich wie Belle in ‚Die Schöne und das Biest'!"

„Na, vielen Dank! Da bin ich wohl die dicke Kaminuhr!", tat Nigel beleidigt.

„Ach mein lieber Herr von Unruh, ohne Sie würde hier doch gar nichts laufen."

„Naja, ich freue mich, dass es dir bei uns gefällt."

„Gefallen? Das soll wohl ein Scherz sein! Ich liebe es! Ich würde sofort bei euch einziehen. Bloggen kann ich von überall!" Liz trat auf ihn zu. „Nigel, Schatz, darf ich mir auch ganz alleine alles in Ruhe ansehen. Also ich meine, auch die Bücher und so?!" Sie klimperte übertrieben mit ihren Wimpern und Nigel musste grinsen.

„Selbstverständlich! Du darfst jedes Buch in die Hand nehmen und lesen. Die ganz kostbaren sind sowieso weggeschlossen." Nigel wandte sich um und zeigte in den hinteren Teil des Raumes. „Wenn du nicht mehr tausendprozentig weißt, wo welches Buch stand, dann leg sie bitte auf den Wagen dort hinten. Wir sortieren sie dann wieder ein. Wenn einmal eines falsch eingeräumt wurde, finden wir es jahrelang nicht wieder. Das klingt zwar abenteuerlich, ist tatsächlich aber sehr ärgerlich."

„Das kenne ich. Ach, ich freue mich so! Habe ich euch erzählt, dass ich eigentlich Buchhändlerin bin?"

„Siehst du, Darling, das wusste ich!", triumphierte Nigel.

Arthur lächelte ihn warm an. „Wollen wir weitergehen?", fragte er.

„Ja, sehr gern. Kommen Sie Herr von Unruh!"

„Selbstverständlich meine Schöne!" Liz hakte sich bei Nigel ein und gemeinsam stolzierten sie zurück Richtung Halle. Arthur folgte ihnen amüsiert.

Im Türrahmen blieb Liz auf einmal stehen und staunte. In der Halle waren gerade vier Männer dabei eine wahrhaft majestätische Tanne neben der Treppe aufzustellen. „Wow!"

„Ja, nicht wahr? Dieses Jahr haben wir wirklich einen besonders schönen Baum."

„Er ist regelrecht königlich! Wer schmückt den denn? Er wird doch noch geschmückt, oder?"

„Worauf du dich verlassen kannst. Wir machen das immer zusammen. Ich muss auf die Leiter steigen und Nigel gibt von unten Anweisungen. Es macht sehr viel Spaß...", meinte Arthur ironisch und zwinkerte Liz zu.

„Das habe ich gesehen!", bemerkte Nigel. „Liz, möchtest du uns diesmal vielleicht helfen?"

„Darf ich? Au ja!"

„Fein. Arthur, willst du mit Matthew schon mal den Weihnachtsschmuck vom Dachboden holen, dann mache ich mit der Führung weiter."

„Einverstanden."

„Danke, Schatz!" Nigel warf Arthur eine Kusshand zu.

„Für dich doch immer!", antwortete Arthur und ließ die beiden allein.

„Im ersten Stock befinden sich zehn Schlafzimmer, fünf Bäder und zwei Arbeitszimmer. Wir fangen mit Arthurs Arbeitszimmer an", erklärte Nigel während sie die Treppe hochgingen. „Wie du vielleicht bemerkt hast, ist das Haus beinahe quadratisch. Die Glaskuppel bildet die Mitte, um die sich alle Räume gruppieren. Je zwei Schlafzimmer teilen sich ein Bad."

Sie waren am Ende des Ganges angekommen und Nigel öffnete die Tür zu Arthurs Arbeitszimmer. Obwohl es Fenster zur Südseite hatte, wirkte es durch den schweren viktorianischen Schreibtisch und die dazugehörige Schränke düster.

„Uh! Und hier fühlt sich Arthur wohl?", rutschte es aus Liz heraus.

Doch Nigel lachte: „Er sagt, er mag den Gedanken, dass schon Generationen von Bedfords genau hier das Haus und Gut verwaltet haben und sich zum Teil die gleichen Fragen stellten, wie er es heute tut. Er meint, so hat er auf eine gewisse Art Gesellschaft und ist nie ganz alleine hier."

„Das kann ich verstehen. Irgendwie haben diese alten Möbel ja auch ihren Charme."

Nigel lachte wieder: „Lizzie, du bist der Knüller! Andere würden für diese Antiquitäten ein Vermögen zahlen und du findest sie haben CHARME!" Er führte Liz wieder auf den Gang und öffnete die nächste Tür. Nach und nach warfen sie in alle Zimmer einen Blick. Alle wirkten hell und freundlich und dennoch war jedes auf seine Art individuell. Liz war begeistert und überaus froh, dass Nigel und Arthur ihr die Entscheidung abgenommen hatten, in welchem Zimmer sie schlafen sollte. Sie hätte sich nicht entscheiden können.

„Warum macht ihr eigentlich kein richtiges Hotel auf?", fragte Liz interessiert. „Platz genug habt ihr doch."

„Hast du dich mit Nick abgesprochen?"

„Nein, wieso?", wunderte sie sich.

„Ach, er liegt der ganzen Familie mit dieser Idee schon seit Jahren in den Ohren", winkte Nigel ab. „Nein, die Vermietung für Veranstaltungen ist genau das richtige für uns, um das Haus in einem guten Zustand zu halten und ich kann mich als Organisator kreativ austoben. Mehr brauchen wir nicht." Nigel zuckte mit den Schultern.

„Aber ist euch das Haus nicht zu groß, so ganz allein?"

„Im Gegenteil, wenn wir ständig Gäste hätten, bräuchten wir mehr Personal, das alles sauber hält. Außerdem haben alle ihre eigenen Jobs. Nora in London, Nick überall und nirgends und unsere Eltern wohnen das halbe Jahr in Louisiana. Die Bilder unserer Mutter sind dort sehr gefragt." Nigels Stolz auf seine künstlerische Mutter war deutlich herauszuhören.

„Und wie geht es sonst weiter? Was sind eure Pläne für die nächsten Jahre?"

„Wir wollen die Modernisierung der Bäder und der Heizungsanlage in Angriff nehmen", erklärte Nigel. „Wir sind sehr froh, dass meine Eltern bereits das Dach haben neu decken lassen."

„Aber die Bäder sind doch wunderschön!"

„Warte bis morgen früh, wenn dann das heiße Wasser alle ist und Stunden braucht, bis es wieder die richtige Temperatur hat. Auf Dauer ist es schwierig, dabei die Romantik im Blick zu behalten."

„Würdest du denn woanders wohnen wollen?"

„Auf keinen Fall!"

Beide mussten lachen. Sie hatten einen Großteil der Zimmer gesehen und waren nun wieder auf Höhe der Treppe angekommen. Mit großer Geste öffnete Nigel die Tür zum Eckzimmer, gleich neben Liz' Raum. „Und hier, verehrte Dame, ist Ihr Arbeitszimmer!"

„Ich bekomme ein eigenes Arbeitszimmer?" Staunend trat Liz ein. „Wahnsinn! Ist das cool!"

„Ja, nicht wahr?! Es ist eigentlich mein Büro, aber da wir dich ja auch zum Arbeiten eingeladen haben, wollten wir dir natürlich einen richtigen Arbeitsplatz zur Verfügung stellen. Hier kannst du all deine Sachen ausbreiten und deine fantastischen Blogposts schreiben."

„Oh Nigel, vielen Dank!" Liz drückte ihm einen spontanen Kuss auf die Wange und lief begeistert durch den Raum, um sich alles genau anzusehen. Anders als in Arthurs Arbeitszimmer brachten hier helle Hölzer und viel Weiß Licht in den Raum. Ein luftiger Schreibtisch im skandinavischen Design tat sein übriges. Dass es dennoch nicht steril, sondern gemütlich wirkte, lag an dem flauschigen, goldgewirkten Teppich und dem süßen, kleinen, antiken Sofa mit goldenen, gedrechselten Holzbeinen und Armlehnen. Zusätzlich sorgte ein weiterer schwedischer Kachelofen für behagliche Wärme. „Nigel, dein Büro ist ein Traum! Und lustigerweise sieht mein home office fast genauso aus, nur kleiner. Viel kleiner." Vor lauter Euphorie fing Liz an zu tanzen und Nigel machte sofort mit. Lachend und prustend fielen sie sich in die Arme. „Euer Zuhause ist wirklich wunder-, wunderschön! Wartet es nur ab, wenn ich meinen Lesern davon berichte, dann wird jeder nur noch bei euch heiraten wollen!", schwärmte Liz. „Ach was, sämtliche Feiern werden nur noch auf Gracewood Hall stattfinden. Ihr werdet auf Monate, nein Jahre ausgebucht sein! Und neue Bäder und Heizungen werden gar keine Rolle mehr spielen! Jawohl!" Vor lauter Begeisterung streckte Liz ihre Faust in die Luft.

„Du hast doch noch gar nicht alles gesehen."

„Das muss ich auch nicht. Ich spüre die Energie dieses Hauses und die ist so positiv, so voller Lebensfreude. Dem kann man sich gar nicht entziehen."

Breit lächelnd hielt Nigel Liz die Tür auf. „Wollen wir weitermachen?"

„Na klar! Ich freue mich auch schon so sehr darauf mit euch den Baum zu schmücken!" Gemeinsam schlenderten sie den Flur entlang.

„Im Salon wird es noch einen geben, natürlich kleiner. Ich mag es Weihnachten immer eher verschwenderisch. Diesen schmücken wir aber erst morgen Vormittag und da bist du ja schon mit Mrs. Cuthbert verabredet." Nigel lief weiter. „Dein Zimmer kennst du ja und das Bad hast du sicherlich auch schon entdeckt." Er blieb stehen. „Hier ist Max' Zimmer, das lassen wir besser verschlossen. Er bekommt immer dieses Zimmer, seit ich ihn zum ersten

23

Mal hierher gebracht habe. Ach Gott, ist das lange her, wir waren damals auf demselben Internat."

Liz versuchte, sich Nigel und Maxwell als Schuljungen vorzustellen, es klappte nicht. Das Bild blieb verschwommen. Bevor sie sich nach dem zugeknöpften Maxwell erkundigen konnte, ging Nigel weiter zur nächsten Tür: „Hier ist das Elternschlafzimmer. Es ist das einzige Zimmer ist, dass ein eigenes Bad hat und ganz nah am Kinderzimmer liegt. Früher schliefen die Kinder natürlich im dritten Stock zusammen mit dem Kindermädchen. Aber das kam für meine Mutter gar nicht in Frage. Mit ihrer Hippieeinstellung zur Kindererziehung hatte sie es damals nicht immer leicht sich gegen meine Großmutter durchzusetzen. Aber sie hat nicht locker gelassen." Aus Nigels Stimme hörte Liz Bewunderung und ganz viel Liebe heraus.

„Daher die gute Energie im Haus", stellte sie fest.

„Ach, sie konnte auch laut werden. Wenn wir sie zu sehr nervten, ist sie mit ihrem Skizzenblock aus dem Haus gestürmt und hat kilometerlange Spaziergänge gemacht. Viele Bilder hier im Haus sind von ihr. Mrs. Cuthbert hatte dann immer ein Auge auf uns." Nigel trat wieder auf den Flur hinaus. „Mittlerweile benutzt Nora mit ihrer Familie die Räume. Oben auf dem Dachboden ist noch das Kinderspielzimmer und Nicks Zimmer. Er hat sich dort als Teenager eingerichtet, weit weg von allen. Vielleicht zeigt er es dir, wenn er kommt. Falls er kommt."

„Ach, ich bin mir sicher, er wird."

In diesem Moment kam Arthur ihnen mit einem Karton im Arm entgegen. „Das ist der letzte Karton. Seid ihr auch fertig?"

„Ja, wir wollten gerade gucken, wo du steckst. Liz ist schon ganz aufgeregt!"

„Na dann, legen wir los. Matthew hat schon das alte Grammophon und die Weihnachtsplatten aufgebaut."

Und nicht nur das. Matthew und Mr. Cuthbert hatten auch bereits die Lichterketten angebracht. Dadurch strahlte der Baum eine erhabene Würde aus. Liz zückte sofort ihr Smartphone und drehte eine kleine Videosequenz für ihre Follower, um sie an dem zauberhaften und völlig unerwarteten Moment teilhaben zu lassen. Mrs. Cuthbert hatte ihnen allen heiße Schokolade hingestellt. Der Tannenduft mischte sich mit dem von Schokolade und Zimt. Eine große Leiter stand bereit, sowie unzählige Kartons, aus denen vergilbtes Zeitungspapier und Holzspäne quollen. Hier und da blitzten goldene Engel, rote Kugeln und karierte Schleifen hervor, wie ein Versprechen auf weitere Schätze. Das Grammophon knarzte „Jingle Bells", „White Christmas" und all die Klassiker. Hätte es just in diesem Moment angefangen zu schneien, Liz hätte sich kneifen müssen. Sie kam sich vor, wie in einem wahr gewordenen Weihnachtstraum.

Unter viel Gelächter, schief mitgesungenen Weihnachtsliedern, erstaunten Ausrufen ob all der wunderschönen Schmuckstücke, die zum Teil seit Generationen im Familienbesitz waren, fand der Baum zu seinem Festkleid. Gut dokumentiert durch Liz, die immer wieder Fotos und kurze Videos ins Netz stellte. Das Grammophon spielte gerade die letzten Töne von „Amazing Grace", als Maxwell unbemerkt eintrat. Liz balancierte auf Zehenspitzen auf der Leiter um den letzten Weihnachtsengel anzuhängen und war ihrer täglichen Yogapraxis unglaublich dankbar für ihren trainierten Gleichgewichtssinn. Durch das viele Lachen und stetige Besteigen der Leiter hatte sich eine zarte Röte auf ihr Gesicht gelegt. Der warme Schein der Lichter zauberte

Goldreflexe in ihr Haar, so dass Max wie gebannt im Eingang stehen blieb und sie ansah.

Endlich war der Engel an seinem Platz und Liz konnte sich zurückhangeln. Glücklich betrachtete sie den fertigen Baum und wandte dann den Kopf, um wieder hinunterzusteigen. Dabei entdeckte sie Max im Türrahmen und strahlte ihn an.

Nigel und Arthur hatten Liz zugesehen und drehten sich ebenfalls um. „Max! Du bist zurück! Wie gefällt dir unser Baum? Hast du alles bekommen, was du wolltest?" Auch Nigel strahlte vor weihnachtlicher Vorfreude.

Maxwell wandte den Blick und hob die Arme, an denen einige Tüten baumeln. „Äh ja, habe ich." Er ging auf die Treppe zu und nach oben. „Und der Baum, der ist toll. Wirklich toll! Wir sehen uns beim Abendessen?"

„Ja, wie immer", rief Arthur, dem davoneilenden Max hinterher und zu Liz sagte er: „Die Feiertage machen ihm immer etwas zu schaffen."

„Verstehe", antwortete Liz, auch wenn es nicht der Wahrheit entsprach. Sie schoss ein abschließendes Foto für ihre Follower. „Nigel, Arthur, es hat so viel Spaß gemacht mit euch den Baum zu schmücken! Vielen Dank!" Sie drückte beide kurz an sich. „Ich gehe dann mal auch nach oben und entferne die Tannennadeln aus meinem Haar und so."

„Tu das. Aber denk dran, Abendgarderobe brauchst du erst morgen." Nigel nahm einen Stapel leerer Kartons zur Hand. „Soll ich die gleich mitnehmen?", bot Liz an.

„Danke, das wäre nett ", erwiderte Arthur.

Kapitel 3

Erleichtert stellte Max das Tütensammelsurium auf den Stuhl in seinem Zimmer und überlegte, ob er noch schnell eine heiße Dusche nehmen sollte, als sein Handy klingelte. Es war seine Mutter. Damit hatte sich die Dusche erledigt. Er seufzte und hob ab. „Hallo Mum. Ist alles in Ordnung?"

„Hallo Maxwell, selbstverständlich ist alles in Ordnung! Ich habe eine Bitte an dich: Könntest du noch ein Geschenk für Lilly besorgen? Wir haben zwar schon etwas, aber das wünscht sie sich so sehr und ich bekomme es hier nicht!"

„Hast du schon...", versuchte Max einzuwenden.

„Ich möchte es nicht online bestellen, wer weiß ob es noch pünktlich ankommt."

„Was ist...?", versuchte er es erneut und ließ sich aufs Bett sinken.

„Ich schicke dir ein Bild und lass es bitte gleich einpacken, dann hast du keine Arbeit damit. Besorgst du es?"

„Ja, Mum. Ich war zwar heute schon unterwegs, aber ich geh nochmal."

„Danke, mein Schatz. Hast du an die Karte an Grandma gedacht? Du weißt doch wie sie ist!"

„Ja, Mum, das habe ich dir doch schon erzählt." Max verdrehte die Augen und wunderte sich, dass sich manche Dinge nie ändern.

„Tatsächlich?! Nun, jedenfalls sind sie gerade los um Plätzchenzutaten zu kaufen und ich muss noch..." Während seine Mutter von ihren ganzen Verpflichtungen zu erzählen begann, legte sich Max zurück und schloss müde die Augen. Der Tag war anstrengend gewesen. Morgen würde er einen langen Ausritt machen und vielleicht konnte er das Geschenk doch im Netz bestellen, ein paar Tage waren ja noch bis Weihnachten.

***

Just in dem Moment, als Liz die leeren Kartons abgestellt hatte, piepte ihr Handy. Eine private Nachricht war eingegangen. Es hatten nur wenige Menschen ihre Handynummer. Ihren Geschäftspartnern schickte sie meist nur Emails und die Benachrichtigungen ihrer Social Media Kanäle und des Blogs hatte sie bewusst stumm gestellt. Auch wenn sie den Austausch mit ihren Followern über alles liebte und für die Möglichkeiten, die sich ihr dadurch boten dankbar war, war es unabdingbar für sie geworden, nicht ständig erreichbar zu sein. Eben weil die Grenze zwischen Berufs- und Privatleben als Bloggerin sehr oft verwischte.

In manchen ruhigen Momenten wurde ihr klar, wie sehr sich das gesellschaftliche Leben in den letzten Jahren verändert hat. Sie war mit dem Wandel aufgewachsen, deswegen fühlte sie sich auch in der digitalen Welt so wohl. Aber sie erinnerte sich, wie das Leben als Kind gewesen war. Sie hatte viel Zeit in der Natur verbracht, mit ihren Freundinnen Verkleiden gespielt oder ihre Nase in Bücher gesteckt. Gut, das waren auch immer fantastische, fremde Welten gewesen.

In ihrem Zimmer angekommen, warf sie einen sehnsüchtigen Blick auf das große Himmelbett und blickte dann in den Garten. Vielleicht könnte sie sich diesen morgen anschauen und dabei etwas zur Ruhe kommen. Sie hatte sich etwas Ruhe verdient. Seufzend wandte sie den Blick ab und schaute, wer ihr die Nachricht geschickt hatte. Ihre beste Freundin erkundigte sich, ob der Rest des Herrenhauses auch so wundervoll war, wie die imposante Eingangshalle und der Weihnachtsbaum.

28

Sofort rief Liz sie zurück: „Süße! Du hast ja keine Ahnung, wie schön es hier ist!"

„Hey, toll! Habt ihr eigentlich Schnee?", fragte Lena.

„Nein, noch nicht. Mal sehen, ob es hier weiße Weihnachten geben wird."

„Viel wichtiger ist allerdings die Frage, ob es heiße Weihnachten werden! Den sexy kleinen Bruder habe ich in deinen Videos nicht gesehen..."

„Weil er noch nicht hier ist. Es kann sein, dass er gar nicht kommt."

„Schade! Und sonst? Irgendwelche tollen, nicht schwulen Männer in Sichtweite?"

„Lena! Ich bin zum Arbeiten hier und nicht um mir irgendeinen Kerl zu angeln. Die einzige Beziehung, an der ich momentan arbeiten will, ist die zu meinem Business."

„Wer redet denn von Beziehungen?"

„Lena!"

„Schon gut! Schon gut! Man wird ja nochmal fragen dürfen. Immerhin bist du hier diejenige, die die ganzen tollen Sachen erlebt!"

Liz verdrehte die Augen. Als ob Lenas Leben als Pressereferentin sterbenslangweilig wäre! Schließlich war sie jedes Wochenende auf den tollsten Partys unterwegs, während sie selbst meist nur arbeitete. Dennoch entschied Liz sich spontan, noch nichts von der Silvestereinladung zu sagen. Sie wollte erst noch etwas abwarten, wie die Dinge sich hier entwickelten. Stattdessen erzählte sie begeistert von dem Baum und dem Haus.

„Geht es dir gut? Du klingst so...", fragte Lena besorgt.

„Ja, meine Süße, es geht mit gut. Ich bin nur müde. Ich will versuchen, heute mal pünktlich ins Bett zu kommen. Ich melde mich wieder bei dir! Küsschen!"

„Ciao Bella!" rief Lena mit italienischem Akzent ins Handy und schmatzte einen Kuss hinterher. Lachend legte

Liz auf. So eine verrückte Nudel! Jetzt musste sie sich beeilen, wenn sie noch rechtzeitig beim Abendessen sein wollte.

***

Auch Nigel und Arthur zogen sich für einen Moment in ihr Schlafzimmer zurück, um sich den Staub und das Tannenharz von den Händen zu waschen. „Wieso nur habe ich immer Harz an den Fingern und du nie!", wunderte sich Nigel.

„Das kann ich auch nicht verstehen, Darling. Wo du doch immer nur zeigst, wo was hängen soll!"

„Ach, sei bloß still!" Nigel schlug mit dem Handtuch in Arthurs Richtung. „Findest du nicht auch, dass Max heute irgendwie komisch ist?"

„Nicht wirklich. Er ist doch an Weihnachten immer stiller und in sich gekehrt."

„Das meine ich nicht. Er war so ... Er hat sich Liz gegenüber irgendwie merkwürdig verhalten", überlegte Nigel während er sich die Hände eincremte.

Gedämpft kam Arthurs Stimme aus dem Schrank, wo er nach einem frischen Hemd suchte: „Schatz, lass es!"

„Was denn? Ich mach doch gar nichts."

Arthur tauchte wieder auf und zog sich sein Shirt aus. „Du kannst nicht alles und jeden miteinander verkuppeln. Max wird schon wissen, wann er bereit für eine neue Beziehung ist und Liz ist bloß über die Feiertage hier. Ihr Lebensmittelpunkt ist in Deutschland." Er nahm Nigel in den Arm und hielt ihn fest. „Ich weiß, dass es dich schmerzt ihn so allein und leidend zu sehen. Aber du kannst seine Probleme nicht für ihn lösen." Nigel lehnte sich an ihn.

„Ich weiß", seufzte er.

***

Zum Abendessen trafen sich die vier im Blauen Salon. Mrs. Cuthbert hatte eine herrliche Pie aus Kartoffeln, Speck und verschiedenen Wurzelgemüsen mitten auf den Tisch gestellt und daneben einen frischen Salat. Sie erklärte, sie habe das Essen bewusst einfach gehalten, da die Schlemmereien in den nächsten Tagen erst richtig losgehen würden. Alle versicherten ihr, dass daran nichts einfach sei und sie sich sehr auf diese und die nächsten Köstlichkeiten freuen würden. Mrs. Cuthbert wünschte einen guten Appetit und verabschiedete sich in den Feierabend.

„Lizzie, möchtest du ein Glas Wein?" Arthur hielt fragend eine Flasche Rotwein in der Hand.

„Nein danke, es war ein aufregender Tag. Wenn ich jetzt Rotwein trinke, bin ich eingeschlafen, bevor ich aufgegessen habe."

„Du musst dich nicht entschuldigen, Liebes. Das wäre ja noch schöner!" Arthur schenkte derweil Nigel ein Glas ein, der eine große Portion Pie auf Lizzies Teller häufte. „Und du Max?"

„Ja, bitte. Ich kann gut eines gebrauchen. Meine Mutter hat angerufen."

Nigel lachte auf: „Max, du weißt doch, Mütter müssen so sein!"

„Deine ist es nicht." Resigniert nahm sich Max etwas von der Pie.

„Nur zu dir nicht! Schließlich bist du nicht ihr Sohn."

„Ich finde, ihr könnt euch beide nicht beschweren!" Arthur hob sein Glas und alle taten es ihm nach. „Auf die Mütter!"

„Max, hast du alles bekommen, was du haben wolltest?", erkundigte sich Arthur nach einer Weile.

„Eigentlich schon, aber ..."

„Aber deine Mutter hat dich gebeten, noch etwas zu besorgen. Nicht wahr?!", ergänzte Liz schmunzelnd und alle lachten.

„Ja, genau", seufzte Max. „Ich hatte Glück, ich konnte es per express im Internet bestellen, so dass es hoffentlich rechtzeitig ankommt."

„Ich bin mir sicher, das wird es", erklärte Liz. „Wisst ihr, dass Mütter so sind, hat glaube ich mit dem Kreislauf des Lebens zu tun. Am Anfang und für viele Jahre sind die Mütter für alles zuständig. ‚Wo ist mein Kuscheltier, mein T-Shirt, etc.?'" Energisch piekte Liz eine Kartoffel auf. „Eines Tages erkennen sie, dass die anderen Familienmitglieder für ihren Kram allein verantwortlich sind. Dann fordern sie diese Verantwortung bewusst ein. Die Mütter springen dann nicht mehr ständig, wenn etwas gebraucht oder gesucht wird. Dies tun sie dann so erfolgreich, bis sie immer mehr Aufgaben an ihre mittlerweile erwachsenen Kinder delegieren."

„Darüber habe ich noch nie nachgedacht, aber du könntest recht haben, Lizzie", sinnierte Nigel.

„Ich habe mich mit meiner Mutter mal darüber unterhalten und sie sagte, dass ihr das manchmal auch auffalle und dann sei sie nicht nur stolz auf ihre tollen Kinder, sondern auch stolz auf sich und ihre Erziehungsleistung." Liz lächelte Nigel an und Max murmelte leise: „Meine Mutter war schon immer gut im delegieren..."

Bevor Liz nachfragen konnte, was er damit meinte, wandte sich Arthur an sie.

„Liz, was ist mir dir? Brauchst du noch irgendwelche Geschenke? Wir finden sicher eine Möglichkeit dich noch einmal ins Dorf oder ins Einkaufscenter zu bringen."

„Denk dran, du musst uns nichts schenken! Alle werden bestimmt wieder überhäuft, vor allem die Kinder!", warf Nigel ein.

Liz strahlte sie an: „Ja, ich habe alles, danke. Ich müsste nur noch zur Post. Das meiste habe ich in London besorgt und dort direkt zur Post gebracht, aber ich habe noch ein paar Kleinigkeiten, die ich sehr gern noch versenden will. Aber macht euch keine Umstände, ich kann sehr gut einen schönen Spaziergang ins Dorf machen!"

Nigel verharrte in seiner Bewegung: „Du willst laufen? Das sind drei Kilometer bis ins Dorf!" Liz lachte und Maxwell antwortete: „Nicht jeder, hat so eine Bewegungsphobie wie du!"

„Habe ich nicht, ich … äh tanze sehr gern!"

„Du kannst mich gern begleiten, dann tanzen wir ins Dorf!"

Arthur prustete unwillkürlich los.

„Dass du mir in den Rücken fällst war ja klar! Das ist schon das zweite Mal heute!", empörte sich Nigel. Mühsam unterdrückte er sein eigenes Gelächter.

„Ach Schatz, ich habe nur überlegt, ob ihr dabei lieber ‚Rock Christmas‘ oder doch ‚Saturday Night Fever‘ hören wollt", unwillkürlich hob Arthur dabei rhythmisch seinen Arm.

Lautes Gelächter erfüllte den Raum. Liz Blick fiel dabei auf Max. Mit seinen vielen kleinen Lachfältchen um die Augen und so entspannt sah er viel jünger aus. ‚Er sollte öfter lachen, das steht ihm besser‘, dachte sie. Als Max ihren Blick bemerkte, verschwand das Lächeln augenblicklich. Während die anderen noch rumalberten, stand Max bereits auf. „Es tut mir leid, aber es war ein anstrengender Tag. Ich gehe hoch. Gute Nacht." Gut erzogen wie er war, nahm er sein Geschirr mit und ließ die drei zum wiederholten Mal allein.

Schließlich räumten auch sie den Tisch ab, denn ganz so förmlich ging es im Herrenhaus nicht zu. Dafür hatte Nigels Mutter mit ihrer praktischen Art gesorgt. „Lasst uns noch einen Tee machen!", schlug Nigel vor, „dann können wir uns gemütlich im Salon vor den Kamin setzen!"

„Sehr gern. Aber welchen?", fragte Liz.

„Seit dem Bali Urlaub ist er ganz verrückt nach Tee mit Ingwer und Zitronengras", erklärte Arthur mit einem liebevollen Blick auf Nigel.

„Ich weiß eben, was gut ist!", grinste Nigel und griff nach dem Teekessel. „Aber wenn du einen anderen lieber magst, kannst du auch den trinken."

„Ich probiere deine Balimischung sehr gern", stimmte Liz zu.

Arthur stellte Teetassen und kleine Kekse auf ein Tablett und lächelte Liz an. „Er wird dir schmecken. Nigel hat das Rezept mittlerweile perfektioniert."

„Da bin ich gespannt!", Liz grinste zurück. „Kann ich etwas helfen?"

„Du kannst uns noch mehr von deinem Londonbesuch erzählen. Du wirst doch nicht die ganze Zeit in Konferenzräumen verbracht haben", rief Nigel über das Dröhnen des Teekessels hinweg.

„Nein, ich ...", begann Liz und quiekte plötzlich auf, „ich habe die Queen gesehen!" Die Aufregung ließ sie hüpfen. „Das wollte ich euch doch als erstes erzählen!" Der Teekessel pfiff, Nigel goss das Wasser auf und Liz konnte wieder leiser sprechen. „Das war ganz spontan. Ich wollte auf die Whisper Gallery in St. Pauls, weil ich dort noch nie war, aber es war alles abgesperrt. Also habe ich einen Polizisten gefragt, was los sei und der antwortete ganz redselig, dass die Queen gleich käme!" Liz' Augen leuchteten.

„Nein!", rief Nigel aus, der ein erklärter Fan der Königsfamilie war.

„Doch!"

„Wie toll ist das denn?! Hast du ein Glück!", erklärte Nigel.

„Ja, nicht wahr?!", Liz war selbst immer noch ganz begeistert. „Und dann auch noch so spontan!"

„Liebes, dein Besuch bei uns steht unter einem guten Stern", stellte Arthur fest und trug das Tablett in den Salon. Die anderen folgten ihm.

„Du musst uns alles ganz genau erzählen!", forderte Nigel sie auf.

„Ich kann euch sogar Fotos zeigen!" Schon hatte sie ihr Handy in der Hand und scrollte sich durch ihre Bildergalerie. „Ich habe den perfekten Platz erwischt!"

Im Salon angekommen machten sie es sich gemütlich und Liz begann zu erzählen. Noch lange saßen sie beisammen und erzählten von neuesten Ereignissen und zukünftigen Plänen. Zwischendurch las Liz ihnen einige Kommentare ihrer begeisterten Follower zum Weihnachtsbaumschmücken vor. Als die Kaminuhr Mitternacht schlug stand Arthur auf. „Ich weiß nicht, wie es euch geht, aber ich werde jetzt schlafen gehen."

„Oh ja, ich auch." Liz gähnte und streckte sich.

„Das war ja klar!" Nigel war enttäuscht, aber Arthur streckte ihm die Hand hin. „Komm Schatz, raff dich auf. Es ist schon spät."

Nigel ergriff sie, gestand aber: „Ich will noch nicht ins Bett."

„Ich weiß." Zärtlich zog Arthur ihn in seine Arme. Seinen Worten zum Trotz gähnte Nigel herzhaft, was Liz schmunzeln ließ. Gemeinsam gingen sie schließlich nach oben und wünschten sich eine gute Nacht.

***

Bevor Liz ins Bad ging, beantwortete sie noch wenige Kommentare zu ihren Videos vom Weihnachtsbaumschmücken. Sie merkte, dass ihr der Tag mit all seinen Überraschungen in den Knochen steckte. Daher nahm sie sich fest vor, morgen als erstes eine intensive Yogaeinheit zumachen. Als sie sich in dem bequemen Himmelbett ausstreckte, fielen ihr fast augenblicklich die Augen zu.

***

Max war früh auf sein Zimmer gegangen, weil er allein sein wollte. Er hatte keine Lust auf einen Abend mit *Miss Sunshine* gehabt. Ihre permanente gute Laune nervte ihn. Also hatte er in seinem Buch gelesen, bis er müde geworden war. Leider fand er dennoch nicht in den Schlaf. Aber daran war er schon fast gewöhnt. Die Albträume waren weniger geworden in den letzten Jahren, aber kurz vor Weihnachten kamen sie immer wieder und plagten ihn. Seine Gedanken sprangen hin und her, vor und zurück. Schließlich griff er, entnervt von sich selbst, nach seinem Tablet. Dort öffnete er den Blog einer ganz bestimmten jungen Frau und schloss ihn für eine ganze Weile nicht mehr.

Als er dann endlich eingeschlafen war, träumte er von blitzenden blauen Augen und einem strahlenden Lächeln, das wie ein Sonnenstrahl die Düsternis seiner Gedanken durchbrach.

22. Dezember
Kapitel 4

Entspannt und ausgeruht erwachte Liz, trotz der kurzen Nacht, am frühen Morgen. Sie hatte tief und traumlos geschlafen und konnte es nicht erwarten den Tag zu beginnen. Also hüpfte sie, trotz der kühlen Temperaturen, aus dem kuscheligen Bett und öffnete das Fenster. Glücklich atmete sie die kalte Luft ein. Am Himmel blinkten die letzten Sterne. Es versprach ein schöner Wintertag zu werden. Als sie langsam, aber sicher ihre Füße kaum noch spürte, nahm sie einen letzten tiefen Atemzug. Schließlich feuerte sie die Glut im Ofen an. Während sie in Windeseile ihre Yogasachen anzog, begann das Feuer fröhlich zu knistern. Sie legte noch ein großes Scheit auf und schloss die Ofentür. Ach, wie sie es liebte ihren Tag in ihrem eigenen Tempo zu starten und sich auf der Yogamatte für all die Überraschungen stark zu machen. Sie war oft so schnell mit allem, dass sie sich regelmäßig selbst überrannte. Yoga, hatte sie herausgefunden, half ihr ihre Bedürfnisse und Wünsche besser zu verstehen und auch danach zu handeln. So stand sie nun am Anfang ihrer Matte, schloss die Augen und faltete die Hände vor ihrem Herzen.

***

Pünktlich wie jeden Morgen stand Arthur früh auf, während sich Nigel gern noch einmal umdrehte. Die beiden ergänzten sich wirklich hervorragend. Arthur liebte es, sich in die Verwaltung des Gutes und dessen Zahlen zu vertiefen. Früher hatte es noch einen landwirtschaftlichen Betrieb gegeben. Jetzt musste die Nutzung des Waldes für einen Großteil der Unkosten des

Hauses aufkommen. Es war Nigels Idee gewesen Haus und Garten für Events zu nutzen. Zusätzlich hatten beide einen Lehrauftrag an der Universität angenommen, für den finanziellen Ausgleich. Und nun war Liz hier um mit Hilfe ihres erfolgreichen Blogs die Bekanntheit von Gracewood Hall zu steigern. Ihre Follower waren hauptsächlich junge, unabhängige Frauen, wie sie, die beruflich und privat viel in der Welt herumreisten, und sich deshalb nach Beständigkeit sehnten. Daher war Liz überzeugt, dass ihnen die Idylle des englischen Landlebens genauso gefallen würde wie ihr. Wer weiß, vielleicht träumte die eine oder andere bereits von einer Märchenhochzeit auf einem englischen Landsitz und Liz konnte ihnen zeigen, dass die Erfüllung dieses Traumes ganz einfach war.

***

Zeitgleich schloss Mrs. Cuthbert die Küchentür auf und freute sich ebenfalls auf den neuen Tag. Der morgendliche Spaziergang vertrieb die Müdigkeit besser als jeder Kaffee. Ihre Jungs hatten die Küche in einem tadellosen Zustand hinterlassen, wie immer. So konnte sie sich direkt an die Zubereitung des Frühstücks machen und noch einmal die Vorratskammer inspizieren, um zu sehen was für die Feiertage noch gebraucht wurde.

In diesem Moment kam Matthew durch die Küchentür geschlurft. „Morgen", brummelte er und schaltete direkt die italienische Espressomaschine an, damit sie vorheizen konnte. Wortlos schlurfte er hinaus, um alle Öfen und Kamine im Haus anzuheizen. Mrs. Cuthbert lächelte nur und ließ ihn wieder ziehen. Sie wusste, dass Matthew kein Morgenmensch war und erst nach seinem ersten Espresso zu seiner guten Laune fand. Nach einem ordentlichen

Frühstück würde sie ihm eine Liste mit den fälligen Besorgungen geben.

Kaum war Matthew hinaus getreten, kam Mr. Cuthbert, der als Gärtner und Förster für das Herrenhaus arbeitete, herein: „Die Luft draußen ist einfach herrlich", sagte er und ließ einen Schwall davon in die Küche hinein. „Man könnte glatt hoffen, dass es trocken bleibt."

„Ja, das wäre schön. Dann könnten wir die Zimmer oben auch besser lüften", antwortete seine Frau, während sie den Porridge umrührte.

„Kommt Annie heute?"

„Ja, sie kommt, um die Zimmer für die Gäste vorzubereiten." Mildred drehte sich zu ihrem Mann um. „Tee und Porridge brauchen noch fünf Minuten. Bist du so lieb und holst die Eier und das Brot?"

Annie war eine junge Frau aus dem Dorf, die während ihres Studiums überraschend schwanger geworden war. An der Uni hatte Annie eine Auszeit beantragt, da der Vater des Kindes sich mehr oder minder geschickt aus der Affäre gezogen hatte. Bis ihre Kleine groß genug war, um in den städtischen Kindergarten zu gehen, besserte sie ihre Haushaltskasse auf, in dem sie im Herrenhaus zur Hand ging. Während dieser Stunden passte ihre Mutter auf die Kleine auf oder sie brachte Poppy einfach mit.

Mrs. Cuthbert arbeitete gern mit Annie zusammen, denn sie war, trotz der abrupten Wendung, die ihr Leben genommen hatte, meist fröhlich und gut gelaunt. Zusätzlich konnte sie hervorragend kochen und so tauschten sich die beiden Frauen oft über neue Rezepte aus.

***

Max hatte gut geschlafen. Er genoss es von allein aufzuwachen und nicht wie sonst rüde vom Wecker aus dem Schlaf gerissen zu werden. Die freien Tage auf Gracewood Hall hatte er sich verdient und sich ganz bewusst aus allem ausgeklinkt. In der Firma lief jetzt zum Jahresende alles etwas ruhiger und er wusste, dass er sich auf seine Leute verlassen konnte. Weihnachten auf Gracewood Hall zu feiern hatte eine lange Tradition und er freute sich auch schon sehr auf alle, denn auch seine Familie würde kommen. Umso mehr genoss er jetzt die Ruhe vor dem Sturm. Ein Blick aus dem Fenster zeigte ihm, dass es ein weiterer trockener Wintertag werden würde, perfekt für seinen geplanten Ausritt.

***

Erfrischt und energiegeladen lief Liz die Treppe hinunter in die Halle, wo sie Mrs. Cuthbert beladen mit einem vollen Tablett antraf. „Guten Morgen Mrs. Cuthbert! Warten Sie, ich nehme Ihnen etwas ab." Liz griff nach der schweren Teekanne und strahlte die Haushälterin an.

"Guten Morgen und vielen Dank! Haben Sie gut geschlafen?", erkundigte sich Mrs. Cuthbert, während sie gemeinsam ins Frühstückszimmer gingen um den Tisch zu decken.

„Ich habe wunderbar geschlafen! Es scheint heute trocken zu bleiben." Liz warf einen Blick aus dem Fenster.

„Das wäre zu hoffen."

„Der Sonnenaufgang sieht herrlich aus, finden Sie nicht?" Liz bewunderte die verschiedenen Rosa- und Rottöne und seufzte ein bisschen. „Wenn ich das sehe, wird mir immer wieder bewusst, wie klein wir doch sind und wie unbedeutend unsere Sorgen."

„Du meine Güte", rief Mrs. Cuthbert aus, „mein Porridge!" und schon eilte sie in die Küche. Liz folgte ihr mit dem leeren Tablett. In der Küche angekommen, machten sich die beiden Frauen in stiller Übereinkunft daran, weitere Köstlichkeiten für das Frühstück auf Tabletts zu stapeln und hinüber zu tragen. Es gab selbstgemachte Orangen- und Erdbeermarmelade, goldgelben Honig, Butter, cremigen Käse und würzigen Schinken, alles von Bauern aus der Umgebung. In der Pfanne brutzelten noch Eier und Speck und warteten genauso wie das Porridge darauf in Warmhaltebehälter umgefüllt zu werden.

„Mrs. Cuthbert, wer soll denn das alles essen?", staunte Liz. „Sagen Sie mir bitte, dass etwas davon noch für Sie und Ihre fleißigen Helfer ist!"

Mrs. Cuthbert schmunzelte und holte frische Brötchen aus dem Ofen: „Meine Liebe, Sie werden sehen, das Landleben macht hungrig und bis zum Nachmittagstee vergehen ein paar Stunden."

„Sie meinen also, ich soll auf Vorrat essen?!" Liz grinste.

„Oder heimlich ein paar Scones mitgehen lassen", sagte Max, der unbemerkt hereingetreten war. „Mrs. Cuthbert kann sehr böse werden, wenn sie ‚Mäuse' in ihrer Vorratskammer entdeckt!"

„Maxwell!" Mrs. Cuthbert fasste sich an die Brust, „Schleich' dich nicht immer so an! Das macht mein Herz nicht mehr mit!"

Max macht einen tiefen Diener. „Ich bitte untertänigst um Verzeihung!"

„Du Schlingel!" Mrs. Cuthbert versuchte ihr Lachen zu verstecken. „Hilf uns lieber!"

Mit einem todernsten „Stets zu Diensten!", schnappte sich Max das schwerste Tablett und war schon aus der Küche verschwunden.

Mrs. Cuthbert seufzte leise: „Es tut so gut, den Jungen mal wieder lachen zu sehen." Sie nahm sich ebenfalls ein Tablett und ging ihm hinterher.

Liz konnte dem nur zustimmen, leider war jetzt nicht der richtige Zeitpunkt, um nachzuforschen was Max denn das Lachen verleidet hatte. Also schnappte sie sich den Brötchenkorb und folgte den beiden. In der Halle traf sie auf Nigel und Arthur. „Guten Morgen ihr Zwei!", grüßte sie fröhlich.

„Guten Morgen Lizzie! Ich brauche dich wohl nicht zu fragen, wie du geschlafen hast!", erwiderte Arthur nicht minder gut gelaunt.

Nigel brummte nur ein „Morgen" und trottete auf das Frühstückszimmer zu, wo er sich als erstes eine Tasse Tee eingoss. Seine sonst so fröhliche und muntere Art, konnte man zu diesem Zeitpunkt nur erahnen.

Liz und Arthur grinsten sich verschwörerisch an und setzten sich unter extra lautem Stuhlscharren umständlich an den Tisch. Auch Max konnte sich nicht zusammen-reißen und rührte besonders laut mit seinem Löffel im Tee herum.

„Ich weiß, was ihr da macht!", murrte Nigel.

„Was machen wir denn?", fragte Liz unschuldig.

Nigel hob nur seine Tasse an den Mund und murmelte etwas, das wie „Elendes Pack!" klang. Arthur, Max und Liz lachten laut auf. Nigel senkte den Kopf noch ein wenig mehr. Es hatte den Anschein, als wolle er in seiner Teetasse versinken.

Schließlich konzentrierten sich alle darauf ihre Teller mit den Köstlichkeiten zu beladen. Eine Weile war nur das leise Klappern von Besteck und das Klicken von Liz Handykamera zu hören. Wie jeden Morgen teilte sie ihr

Frühstück mit der digitalen Welt. Schließlich tauchte auch Nigel hinter seiner Tasse auf und griff nach einem Brötchen. Arthur lächelt ihn liebevoll an, bevor er sich an Liz wandte: „Ach Lizzie, unsere Gartenführung müssen wir leider auf heute Nachmittag oder morgen verschieben. Nigel und ich müssen in die Stadt zur Uni. Vorhin hat der Professor angerufen, er möchte uns sprechen. Ich weiß nicht worum es geht", erklärte er an Nigel gewandt.

„Kein Problem!", sagte Liz. „Ich muss eh noch mit Mrs. Cuthbert sprechen und einen Blogpost fertig machen. Ich kann mich auch gut allein umsehen."

„Ich könnte dir alles zeigen." Max war selbst überrascht, als ihm dieses Angebot über die Lippen kam, und guckte auch so.

Liz sah erstaunt drein. „Oh. Vielen Dank. Aber das ist wirklich nicht nötig. Ich..." Liz überlegte, wie sie ablehnen konnte, ohne dass es komisch aussah. Aber da hatte sie die Rechnung ohne Nigel gemacht.

„Das ist eine hervorragende Idee, Max!", schaltete er sich schadenfroh ein. „Maxwell kennt den Garten bestimmt noch besser, als wir es tun. Wenn ich mich recht erinnere, kennt er jedes Versteck." Nigel grinste schelmisch.

„Wie schön, dass du jetzt wach bist!", erwiderte Max und griente zurück. An Liz gewandt meinte er: „Es wäre mir eine Freude dir und deiner Kamera alles zu zeigen. Du reitest nicht zufällig?"

Liz lächelte zögernd, sie konnte sein Angebot nicht genau einschätzen und entschied sich daher für einen neutralen und höflichen Ton: „Vielen Dank, das ist sehr nett von dir. Ich habe als Teenie ein paar Reitstunden gehabt, aber ich habe seit Ewigkeiten nicht mehr auf einem Pferd gesessen."

„Ach, das macht nichts!", schaltete sich Nigel erneut ein. „Du nimmst einfach Queenie, die ist lammfromm. Außerdem ist Max ein ganz außergewöhnlicher Reiter!" Unter dem Tisch bekam Nigel einen Fußtritt von Arthur und über dem Tisch einen vernichtenden Blick von Max. Aber Nigel ließ sich nicht bremsen. Im Gegenteil er wirkte sehr selbstzufrieden und fegte Liz Einwand, sie hätte keine Reitsachen dabei, einfach vom Tisch. „Wir haben genug. Irgendetwas davon passt dir bestimmt. Ich suche es dir raus, während du mit Mrs. Cuthbert sprichst und bringe es in dein Zimmer. Maxwell kann sich derweil um die Pferde kümmern."

Liz musste lachen und salutierte: „Jawohl Herr Oberleutnant!"

Maxwell starrte nur in seine Teetasse und fragte sich, wieso er sich als Fremdenführer angeboten hatte. Er wollte doch seine freien Tage allein und in Ruhe verbringen. Mit *Miss Sunshine* an seiner Seite war das bestimmt nicht möglich.

***

Nach dem Frühstück ging jeder seine Wege. Liz' Gespräch mit Mrs. Cuthbert dauerte nicht lange, denn Liz war gut vorbereitet. Sie hatte nicht nur einen ausführlichen Einkaufszettel für ihr deutsches Weihnachtsessen geschrieben, sondern auch einen detaillierten Ablaufplan, sowie die verschiedenen Rezepte für die Haushälterin zusammengestellt. Mrs. Cuthbert war beeindruckt und versprach alles besorgen zu lassen. Morgen wollten sie zusammen mit den Vorbereitungen beginnen.

Anschließend ging Liz in ihr Zimmer, um nach den versprochenen Reitsachen zu sehen. Was dort auf dem Stuhl lag, übertraf ihre Erwartungen bei weitem. Sie hatte mit einer alten und viel getragenen Reithose und ebensolchen Schuhen gerechnet. Aber was sie hier vorfand war Reitkleidung der allerersten Güte. Eine leuchtend blaue Vollbesatzhose mit passender Daunenweste und farblich abgestimmtem Wollpulli lagen ebenso bereit, wie Handschuhe und gefütterte Stiefel in der richtigen Größe. Sie konnte sich nicht erinnern, Nigel ihre Schuhgröße verraten zu haben. Kopfschüttelnd begann sie sich umzuziehen und wunderte sich kein bisschen, dass die Sachen perfekt passten. Nigel war ein echter Schlawiner. Sie hoffte, sie würde im Sattel eine ebenso gute Figur machen, wie jetzt im Spiegel. Sie wollte sich ungern blamieren, auch wenn sie eigentlich keine Probleme hatte Fehler zuzugeben oder zu ihren Schwächen zu stehen.

Damit ihre langen Haare sie nicht störten, flocht sie noch schnell einen Zopf. Ihr Handy verstaute sie in der Tasche ihrer Weste. Sie schnappte sich Kamera und Handschuhe und stiefelte los. Beim Hinausgehen überlegte sie noch, ob sie Maxwell überreden könnte auch ein paar Bilder von ihr für den Blog zu machen.

***

Max ging, nachdem er sich umgezogen hatte, direkt zum Stall hinüber, um Queenie und Casanova für den Ausritt fertig zu machen. Dort traf er Matthew, der gerade dabei war auszumisten. „Guten Morgen Matthew! Wie geht's?"

„Hey Max. Es läuft. Und selbst?" Mittlerweile hatte Matthew nicht nur seinen morgendlichen Espresso, sondern auch ein ordentliches Frühstück bekommen und daher gute Laune.

„Ebenso. Ich werde heute mit Casanova und Queenie einen kleinen Ausritt machen."

„Ist dir ein zweiter Hintern gewachsen oder hast du dir Gesellschaft besorgt?"

Max verdrehte die Augen, es war ja klar gewesen, dass Matthew ihn deswegen aufziehen würde. „Ich zeige der Bloggerin das Grundstück und die Umgebung. Nigel und Arthur haben zu tun."

Matthew grinste: „Wie edel von dir! Naja, wenigstens wirst du die Aussicht genießen können!" Matthew stützte sich auf die Mistgabel und grinste noch breiter: „Ihre Beine sind der Wahnsinn!"

Max entschied sich einfach so zu tun, als hätte er nichts gehört und holte Queenies Putzkasten und Sattelzeug aus ihrem Schrank.

„Zu schade, dass wir Dezember haben", fuhr Matthew fort, „im Sommer hätte sie sicherlich nur ein knappes Top an."

Äußerlich ungerührt brachte Max die Sachen zum Putzplatz und wollte dann Queenie aus ihrer Box holen. Irgendwie störten ihn Matthews harmlose Neckereien. Matthew seinerseits beobachtete ihn genau: „Sag mir nicht, dass du ihren Wahnsinnskörper nicht bemerkt hast!"

„Soweit ich weiß", erwiderte Maxwell betont ruhig, bevor er zu der Stute trat, „soll sie das Haus vermarkten und nicht sich selbst."

„Schon gut. Ich habe gar nichts gesagt!" Matthew fuhr mit dem Ausmisten fort und grinste dabei in sich hinein. Seiner Meinung nach tat es Maxwell ganz gut, wenn er die tollen Rundungen der Bloggerin zur Kenntnis nahm. Schon viel zu lange hatte Max keine Frau mehr genauer angesehen. Nur weil er selbst sein Herz schon vor Jahren hoffnungslos verschenkt hatte, hieß das nicht, dass er den anderen kein Glück gönnte. Oder dass ihm eine tolle Frau nicht auffallen würde.

„Hallo Süße!", begrüßte Max die Haflinger-Stute leise und strich ihr liebevoll über die Nüstern und den Hals, „Bist du bereit für einen kleinen Ausflug?" Die Stute genoss seine Berührungen und schnaubte. „Ja, ich weiß, du schmust gern!" Max schmunzelte und führte sie zum Putzplatz. Als er ein wenig später Casanova aus seiner Box holte, wartete der Hengst schon ungeduldig darauf ins Freie zu dürfen. Max musste grinsen: „Hallo Kumpel, ich sehe schon, du kannst es gar nicht erwarten. Wir werden uns heute aber etwas zurückhalten müssen. Wir nehmen die Ladies mit." Der Friesenhengst schnaubte und es klang, als wolle er seine Missbilligung kund tun. Max lachte: „Na, wir werden sehen."

Kapitel 5

Als Liz aus der Tür ins Freie trat, wartete Maxwell bereits auf sie. Seine missmutige Miene veranlasste Liz sich zu entschuldigen: „Ich hoffe, ich habe dich nicht zu lange warten lassen."

„Nicht doch", antwortete Max. „Ich bin eben erst angekommen. Dein Helm hängt am Sattel." Matthew hatte recht, dachte er widerwillig, ihre Beine sahen toll aus in diesen Reithosen.

Während Liz sich den Reithelm aufsetzte, hatte sie Gelegenheit ihn genauer zu betrachten. Neben dem Friesenhengst wirkte er wie der schwarze Ritter im Märchen. Gutaussehend, aber gefährlich. Sie schmunzelte in sich hinein. „Fertig?", brummte er und wartete ihre Antwort gar nicht erst ab, sondern half ihr direkt in den Sattel. Während er die Steigbügel anpasste, machte sie sich mit Queenie bekannt: *„Hallo meine Liebe!"*, flüsterte sie ihr auf Deutsch ins Ohr. *„Ich hoffe, wir verstehen uns gut. Ich habe lange nicht mehr auf einem Pferd gesessen."*

Bevor er weiter den fremden Worten lauschen konnte, ging die Tür auf und Mrs. Cuthbert kam heraus. „Gut, ich erwische euch noch. Ich habe euch etwas Tee und eine Kleinigkeit zur Stärkung eingepackt." Sie hielt Max einen prall gefüllten Beutel hin, welcher ihn ergeben entgegen nahm und am Sattel befestigte.

„Danke Mrs. Cuthbert. Das ist sehr nett von Ihnen!" Liz lächelte die Haushälterin freundlich an.

„Wollen wir?", fragte Max auffordernd und ritt ohne eine Antwort zu erwarten los. Liz zuckte die Achseln, lächelte Mrs. Cuthbert noch einmal zu und folgte ihm.

Mrs. Cuthbert rief ihr noch ein aufmunterndes „Viel Spaß!" hinterher, bevor sie wieder hineinging.

Entgegen ihrer Erwartungen war Max nicht einfach losgaloppiert, sondern wartete an der Hausecke auf sie.

„Am besten machst du dich erstmals mit Queenie vertraut. Reiten ist wie Rad fahren, das verlernt man nicht", sagte er freundlich.

Diesmal war es an Liz missmutig zu brummen. Mit 15 hatte sie das letzte Mal auf einem Pferd gesessen und das war ewig her. Aber Max ließ ihr keine Zeit sich zu verkrampfen, sondern zeigte ihr den Küchengarten, das Gewächshaus und weiter versteckt die verschiedenen Geräteschuppen, während sie im Schritt über das Gelände ritten. Dabei ließ er sie nicht aus den Augen und überprüfte ihre Haltung. „Das sieht doch ganz gut aus! Ich sagte ja, reiten verlernt man nicht! Wollen wir ein bisschen Tempo zulegen?", fragte er als sie auf den Wald zu ritten.

„Ich weiß nicht", setzte Liz an, aber da war Max schon losgetrabt. Also blieb ihr nichts anderes übrig, als ihm zu folgen. Zuerst musste sie sich sehr konzentrieren, um den richtigen Rhythmus zu finden, aber nach einer Weile fiel es ihr immer leichter und sie hob den Blick. Im Wald war es wundervoll, die Sonne fiel immer wieder durchs Geäst und tanzte regelrecht auf dem Weg, die Luft roch klar und würzig und außer dem Hufgetrappel und ihrem eigenen Atem hörte sie nichts. Einfach herrlich!

Nach einer Weile blieb Max auf einer Anhöhe stehen und auch Liz zügelte ihre Stute, um schnell nach ihrer Kamera zu greifen und das Bild festzuhalten, wie sich Pferd und Reiter dunkel gegen den hellen Horizont abhoben. Die Stute schien zu spüren, dass es wichtig war und hielt ganz still. Dann drehte Max sich um, Liz ließ die Kamera sinken und gab Queenie zu verstehen, dass sie zu den beiden aufschließen wollte.

Max staunte, dass sie mithalten konnte. Für einen kurzen Moment hatte er seine Begleiterin ganz vergessen. Es war zwar nicht der wilde Galopp gewesen, den er und

Casanova sich gewünscht hatten, aber es hatte gereicht um erst einmal einen freien Kopf zu bekommen. Langsam kam Liz auf ihn zu geritten, aus ihrem Zopf hatten sich ein paar Strähnen gelöst und ihre Wangen hatten einen hübschen Rotton angenommen. Ihre Augen strahlten mit ihrem Lächeln um die Wette und Max musste an eine 1000 Wattbirne denken. Unwillkürlich lächelte er zurück: „Gefällt es dir?"

„Es ist herrlich! Ich sitze definitiv zu viel am Schreibtisch." Liz schaute sich auf der Anhöhe um und griff automatisch nach ihrer Kamera. „Der Ausblick ist wundervoll, selbst jetzt im Winter."

„Siehst du den Fluss dort unten? Er ist eine Grundstücksgrenze von Gracewood Hall." Maxwell deutete mit dem Finger auf ein blaues Band, das silbrig im Tal glitzerte. „Das gehört alles Nigel und Arthur?" Liz konnte es kaum glauben.

Maxwell grinste und fügte lakonisch hinzu: „Das war nur der kleinere Wald, durch den wir gerade geritten sind."

„Nein!"

„Doch!"

„Echt?", fragte Liz betreten.

„Aber mach dir mal keine Gedanken! So ein Besitz kostet auch, sie machen diese ganzen Veranstaltungen nicht nur zum Spaß."

Liz sah ihn zweifelnd an.

„Außerdem", fuhr er fort, „wenn die beiden bei eurer ersten Begegnung erzählt hätten, wie viel Land ihnen gehört, wärst du jetzt nicht hier. Richtig?"

„Ja, wahrscheinlich." Liz richtete sich etwas auf. „Von solch eingebildeten Schnöseln halte ich mich konsequent fern." Sie grinste ihn an und nickte bekräftigend. „Was machst du eigentlich?", fragte sie.

„Internet", antwortete er knapp und setzte sein Pferd wieder in Bewegung.

Liz verdrehte genervt die Augen, da war er wieder der mürrische und verschlossene Maxwell Thomson. Sie würde ihn schon aus der Reserve locken. „Da du offensichtlich keinen Blog schreibst, arbeitest du entweder in der Werbung oder in der Technik", konstatierte sie.

„Wie kommst du darauf, dass ich keinen Blog schreibe?", fragte er und sie musste laut lachen.

„Ich habe noch nie dein Handy gesehen. Weder um etwas zu posten, noch um zu fotografieren. Du hast noch nicht einmal damit telefoniert. Glaub mir, DU bist kein Blogger!"

„Ich wusste nicht, dass es so offensichtlich ist!", erwiderte er. „Komm mit, ich kenne eine Stelle, an der wir rasten können."

„Einverstanden, dann kannst du mir ganz in Ruhe von deiner Arbeit erzählen", betonte sie.

Er hatte es gewusst, diese Frau war eine Nervensäge: „Du lässt nicht locker, was?", gab er über seine Schulter zurück.

„Nur beim Yoga", antwortete sie trocken.

Wie gut, dass sie sein Grinsen nicht sah. Er wollte ihr die Lichtung mit dem kleinen Teich zeigen. Er war sich sicher, dass sie ihr gefallen würde. Dort konnte sie bestimmt einige Aufnahmen für ihren Blog machen.

Die Lichtung bildete ein perfektes Oval. Auf der einen Seite lag eine kleine Wiese, von der ein Pfad abging. Links befand sich der Teich über dem ein großer, flacher Findling thronte. Einen solchen märchenhaften Ort hatte Liz im Leben nicht erwartet. Sie konnte den Blick nicht abwenden und hauchte ein leises „Oh!", das Max zusammenzucken ließ. „Es ist wunderschön hier!", staunte sie. Liz geriet ins Träumen. Wie wundervoll musste es hier im Frühling sein.

Plötzlich stand Max neben ihr und nahm ihr die Zügel aus der Hand. Seine Berührung war, trotz der Handschuhe, wie ein leichter Blitzschlag. „Oh, äh, ich kann...", stammelte sie und schwang das rechte Bein über den Pferderücken. Da griff er schon nach ihrer Taille und hob sie herunter. Sie war sich seiner Nähe überdeutlich bewusst, als sie mit dem Rücken zu ihm auf dem Boden ankam. Viel zu schnell ließ er sie los. Dort wo seine Hände gewesen waren, bereitete sich ein Kribbeln über ihren ganzen Körper aus.

‚Liz!', schalt sie sich in Gedanken selbst. ‚Du bist zum Arbeiten hier!' Sie schloss kurz die Augen und holte tief Luft, bevor sie sich zu ihm umdrehte und den Helm abnahm, aber Max hatte sich schon abgewandt und breitete eine Decke auf dem Felsen auf.

Auch er hatte das leise Prickeln gespürt, als er sie berührt hatte und wollte Abstand gewinnen.

„Es ist wunderschön hier!", sagte Liz zu seinem Rücken und hob ihre Kamera, „Meine Leser werden es lieben!" Sie ging ein wenig umher, auf der Suche nach dem besten Motiv und drückte ein paarmal auf den Auslöser. Die Pferde hatten zu grasen begonnen und obwohl es nicht richtig kalt war, stieg ihr Atem in kleinen Wölkchen auf.

Max beobachtete sie, wie sie völlig versunken in ihre Arbeit alles um sich herum vergaß und sich auch nicht darum scherte, ob ihre Hose dreckig wurde. Ja, sie bemerkte nicht einmal wie die Zweige sich in ihren Haaren verfingen und lustige Strähnen aus ihrem Zopf lösten. Auch er ließ den Blick schweifen und genoss die Stille um sich herum. Genau das hatte er sich gewünscht, Natur, frische Luft und eine Stille wie es sie nur im Wald gab. Wenn man wollte, hörte man das Rauschen des

Windes und hier und da einen Vogel. Seine Gedanken gingen auf Wanderschaft.

Hatte er im Büro alles veranlasst für die letzten Tage des Jahres? Hatte er alles besorgt? War alles vorbereitet für Weihnachten? In drei Tagen kamen sie schon. Trotz der Unterstützung durch seine Familie war Weihnachten immer noch die schwerste Zeit im Jahr für ihn. Wie anders alles verlaufen wäre, wenn damals nicht der Notruf gekommen wäre. Drei Jahre war das nun schon her. Mal kam es ihm vor, als sei es gestern gewesen und dann wieder als wäre der schreckliche Autounfall ewig her. Wie in einem anderen Leben und das war es ja auch.

Ein lautes Platschen drang an sein Ohr und er sah erschrocken auf. Erleichtert stellte er fest, dass Liz nur einen Stein ins Wasser geworfen hatte und nicht selbst hineingefallen war. Denn sie stand sicheren Fußes am Ufer und fotografierte die Ringe auf dem Wasser.

„Möchtest du einen heißen Tee? Ich glaube, Mrs. Cuthbert hat auch ein paar Kekse eingepackt", rief er ihr zu. Sie ließ die Kamera sinken und kam lächelnd auf ihn zu.

„Das klingt wunderbar!"

„Bist du zufrieden mit den Aufnahmen bis jetzt? Wir könnten auf einem anderen Weg zurückreiten, dann kannst du das Haus aus einem anderen Blickwinkel ablichten." Er goss den Tee ein.

„Danke", sagte sie, als sich ihre Finger um den warmen Becher schlossen. „Ja, ich habe tolle Bilder machen können. Ich kann es kaum erwarten sie auf einem großen Bildschirm zu sehen!" Sie nippte vorsichtig, um die Temperatur zu prüfen. Der Tee war noch ein wenig zu heiß. „Ich würde gern Außenaufnahmen vom Haus machen. Die Fotos auf der Website werden ihm überhaupt nicht gerecht." Sie nahm sich einen Keks und biss hinein. Genüsslich schloss sie die Augen.

„Die sind gut, nicht wahr?!"

„Gut? Die sind himmlisch! Vielleicht verrät mir Mrs. Cuthbert ja ihr Rezept!" Sofort begann Liz ein Arrangement von Keksen, Thermoskanne und Blättern auf der Decke zu drapieren.

„Wie bist du eigentlich zum Bloggen gekommen?" Maxwell beobachtete interessiert wie sie scheinbar mühelos ein perfektes Bild legte.

„Nee, nee, mein Lieber! Du bist dran. Du wolltest mir erzählen, was du im Internet machst. Das habe ich nicht vergessen!" Liz grinste ihn kurz an, während sie weiter an ihrem Arrangement bastelte und zwischendurch immer wieder durch die Kamera schaute. Er konnte den Blick nicht von ihr lösen, es wirkte wie ein Spiel dessen Regeln nur sie kannte. Schließlich drückte sie mehrmals auf den Auslöser, ließ dann die Kamera sinken und nahm sich einen weiteren Keks. „Nun?", fragte sie aufmunternd.

Max zuckte mit den Schultern: „Es ist kein Geheimnis."

„Warum machst du dann eines draus?"

„Tu ich das?"

„Ja." Sie nickte bekräftigend.

„Nun ja, ich bin Geschäftsführer einer Firma, die Werbeplätze vermarktet." Er zuckte betont beiläufig mit den Schultern.

„Deiner Firma", stellte sie fest.

„Ja, meiner Firma", bestätigte er.

„Macht es dir Spaß?"

„Meistens. Vor allem genieße ich die damit verbundenen Freiheiten. Ich kann mir meine Arbeitszeit weitestgehend frei einteilen."

„Das mag ich am Bloggen auch gern. Wobei ich fürchte, ich arbeite mehr als jeder andere in meinem

Freundeskreis." Sie zuckte mit den Achseln und er musste grinsen.

„Freunde? Du hast noch Freunde??", fragte er ironisch.

„Nun ja", druckste sie herum, „Ich glaube schon."

Sie mussten lachen.

„Was haben sie denn gesagt, als du ihnen verkündet hast, du würdest Weihnachten hier verbringen?", fragte er.

„Sie sagten, wenn ich Weihnachten schon in einem Schloss verbringe, soll ich mir wenigstens einen Prinzen angeln!" Sie guckte erschrocken, das war jetzt völlig falsch rausgekommen. Max guckte überrascht und lachte dann schallend los. Er lachte bis ihm die Tränen über die Wangen liefen.

Liz Erleichterung verwandelte sich in Ärger. Was war denn daran bitte SO lustig?! Sie begann die Sachen zusammenzupacken und stand auf. „Wir sollten zurück reiten. Ich habe noch zu tun", sagte sie pikiert.

„Liz." Max war ebenfalls aufgestanden und hielt sie am Handgelenk fest. Seine Augen waren von einem geheimnisvollen nebelgrau, wie sie jetzt erkennen konnte. Sie spürte wie das Kribbeln sofort wieder einsetzte und konnte sich seinem Blick nicht entziehen. Unwillkürlich hielt sie den Atem an und stand ganz still. Max beugte sich zu Liz hinunter und ihr Herzschlag stolperte.

Es wäre ganz einfach sie jetzt zu küssen. Er bräuchte sich nur ein wenig vorzubeugen... Irritiert hielt er inne. Es war lange her, dass er einer Frau so nahe gekommen war. Er hatte nicht gewusst, dass er dafür noch empfänglich sein konnte. Innerhalb von Sekunden hatte er sich wieder im Griff, so dass Liz sich verwundert fragte, was das gerade gewesen war.

„Ich habe nicht über dich gelacht." Dann grinste er wieder. „Arthur und Nigel kennen tatsächlich zwei

Prinzen." Ein übermütiges Funkeln trat in seinen Blick. „Der eine ist bestimmt schon 85 und der andere ist 5! Beide würden dich sicherlich wahnsinnig gern mit auf ihr Schloss nehmen!" Sein Lachen brach sich wieder Bahn und sie machte sich verärgert von ihm los.

„Hahaha, sehr witzig!", sagte sie. Während er sich noch ausschüttete vor Lachen, bemühte sie sich ihre Anspannung nicht zu zeigen und ihren galoppierenden Herzschlag wieder unter Kontrolle zu bekommen. Er hatte sie veräppelt, na und. Das kam vor.

„Hey!" Maxwell hatte sich beruhigt und stellte fest, dass Liz die Picknickdecke ein bisschen zu fest in den Beutel stopfte. "Elizabeth, ist alles in Ordnung? Ich wollte dich nicht ärgern." Er trat auf sie zu und nahm ihr den Beutel ab.

‚ELIZABETH' hatte er gesagt und es englisch ausgesprochen. Niemand nannte sie Elisabeth, nicht einmal ihre Oma. Sie riss sich zusammen und lächelte ihn unverbindlich an: „Es ist alles ok!" Sie versuchte zu grinsen. „Aber du musst mir versprechen, mir die beiden Prinzen vorzustellen! SO eine Chance kann ich mir doch nicht entgehen lassen!"

Er grinste zurück und ihr dummes, kleines Herz machte einen Hüpfer. „Großes Indianerehrenwort!", versprach er und legte die Hand auf sein Herz. Dann wandte er sich ab, um die Pferde zu holen und Liz schalt sich selbst eine dumme Pute. Sie war hier um zu arbeiten und sonst nichts!

Den Rückweg verbrachten sie in einvernehmlichem Schweigen, beide genossen die Ruhe der Natur. Die letzten Wochen waren für sie sehr hektisch gewesen. Keine Spur von einem besinnlichen Advent. Daher war es vor allem für Liz eine schöne Überraschung hier auf dem englischen Land Erholung zu finden. Allerdings waren

Nigel und Arthur selbst so herzlich und entspannt, dass es sich so gar nicht nach Arbeit anfühlte.

Auch Maxwell fühlte sich so gut, wie schon lange nicht mehr. Vielleicht war Liz doch keine so große Nervensäge, wie er gedacht hatte. Er war überrascht, dass sie auch schweigen konnte und dass sich ihr Zusammensein so gut anfühlte. Die Stunden, die er in den letzten Jahren mit anderen Frauen allein gewesen war, konnte er an einer Hand abzählen. Das erste Jahr nach dem Unfalltod seiner Frau hatte er nur versucht zu überleben. Danach wollten seine Freunde ihn auf andere Gedanken bringen und hatten verschiedene Dates arrangiert, die alle auf unterschiedliche Weise entsetzlich gewesen waren. Also hatte er sich geweigert weiter auszugehen. Das war reine Zeitverschwendung. Seine Hoffnung auf eine Liebe fürs Leben hatte er vor drei Jahren zu Grabe getragen. Die letzten Stunden mit Liz hatten ihm allerdings gezeigt, wie das Leben noch sein konnte.

„Ich glaube, wir sind da." Ihre Stimme riss ihn aus seinen Gedanken.

„Ja, tatsächlich", antwortete er schnell.

Sie hielten auf einer kleinen Anhöhe, die einen fantastischen Ausblick auf das Haus und die umliegende Landschaft gewährte. „Aus dir könnte vielleicht doch noch ein ganz passabler Blogger werden. Du hast einen guten Blick für Bilder." Liz schaute über die Schulter zu Max.

„Das ist an dieser Stelle aber auch nicht schwer", erwiderte er lächelnd und stieg ab, um Liz erneut aus dem Sattel zu helfen.

Max führte die Pferde beiseite, damit sie sich ganz auf ihre Arbeit konzentrieren konnte. Er setzte sich auf einen umgefallenen Baumstamm und beobachtete sie. Wieder fühlte sich ihr Beisammensein ganz natürlich an. Schließlich drehte sie mit ihrem Handy noch ein kurzes

Video von der Aussicht und wandte sich zu dem wartenden Maxwell um. „Wäre es ok für dich, wenn du auch ein paar Bilder von mir machst?", fragte sie und ärgerte sich etwas über ihren schüchternen Tonfall.

„Ja, kein Problem." Er stand sofort auf und ging auf sie zu „Wo und wie möchtest du es denn?"

Sofort schoss ihr das Blut in den Kopf wegen der Zweideutigkeit seiner Worte, die anscheinend nur sie heraus gehört hatte. „Äh, wir können ja Plätze tauschen..." Sie gab ihm die Kamera in die Hand. „Einfach hier auf den Auslöser drücken, einmal kurz um scharf zu stellen und dann lange durchdrücken um das Foto zu machen. Den Fokus stellst du hier ein."

„Ja, ich weiß. Ich habe eine ähnliche", sagte er und dirigierte sie zum Baumstamm. Sie nahm den Helm ab und begann ihren Zopf zu lösen und die Haare aufzuschütteln. Schließlich stellte sie sich in Position. „Wie sehe ich aus?"

Konzentriert blickte er durch den Sucher. „Gut", murmelte er. „Stell den rechten Fuß auf und dreh dich etwas zu mir. Gut bleib so." Er betätigte ein paarmal den Auslöser und ging schließlich zu ihr, um ihr das Ergebnis zu zeigen. „Hast du es dir ungefähr so vorgestellt?"

„Ja! Vielleicht könntest du mit dem Bildausschnitt noch ein wenig spielen." Sie gab ihm noch ein paar Instruktionen und begann erneut zu posieren. Ihre anfängliche Verlegenheit war im Nu verschwunden. Max brachte sich und seine Vorschläge auf eine unerwartet professionelle Weise ein, so dass es ihr sehr leicht fiel, ganz sie selbst zu sein. Nachdem sie verschiedene Positionen und Hintergründe abgelichtet hatten, rief sie: „Ich glaube, das reicht."

Max ließ die Kamera sinken und lächelte: „Ich glaube auch. Du hast richtig Spaß dabei, oder?!"

„Na klar macht mir meine Arbeit Freude. Wäre ja irgendwie komisch, wenn nicht", antwortete sie leichthin.

„Naja, viele Menschen sehen das anders", bemerkte er und griff nach Casanovas Zügeln.

„Ich bin aber nicht viele Menschen", sagte sie bestimmt und trat zu ihrer Stute. „Ich habe irgendwann wirklich begriffen, dass ich nur dieses eine Leben habe und dann habe ich beschlossen, dass ich das Allerbeste daraus machen werde! Egal, was andere denken oder wie das Wetter ist oder so. Ich will jeden Tag, jede Minute bis zum Maximum genießen." Sie strahlte ihn an und er lächelte zurück.

Es klang so einfach und wahr, was sie sagte, dass er gar nicht anders konnte, als sie offen und ehrlich anzulächeln. Liz spürte die Besonderheit dieses Augenblicks und reagierte ganz spontan. „Lass uns ein Selfie machen!" Sie stellte sich an seine Seite.

„Oh, okay...", antwortete er überrascht. Spontan griff er nach dem Smartphone. „Ich habe die längeren Arme", erklärte er. Schon ertönte der Signalton und sie grinsten in den Bildschirm. Heraus kam ein Bild auf dem beide strahlten, flankiert von ihren Pferden. Sie wirkten glücklich, wie langjährige Freunde. „Wenn du mir deine Nummer oder deine Email gibst, schicke ich es dir." Liz guckte Max auffordernd an.

„Ich kann meine Nummer nicht auswendig. Ich gebe dir später meine Karte."

„Du kannst deine Nummer nicht auswendig?", fragte Liz ungläubig und verstaute das Handy in der Tasche.

„Es gibt wichtigeres", brummelte er, während er ihr in den Sattel half. Liz ließ es dabei bewenden und flüsterte Queenie etwas ins Ohr. Max war kaum im Sattel angekommen, da rief sie schon: „Wettrennen!" und galoppierte los. Ihm blieb fast das Herz stehen, hatte sie vergessen, dass sie keine versierte Reiterin war? Völlig überrumpelt und nur Sekunden später preschte Max hinterher. Als er sah, dass sie Queenie gut im Griff hatte, entspannte er sich etwas und begann den Galopp zu genießen und trieb Casanova weiter an. Sie lieferten sich ein kurzes Rennen. Als sie in der Nähe der Stallungen das Tempo drosselten, ergriff Max das Wort: „Du kannst mir Queenie gern überlassen. Sagtest du nicht, du müsstest noch arbeiten?"

Liz tätschelte der Stute den Hals: „Süße, kann ich dich mit ihm alleine lassen?" Ein promptes Wiehern war Liz Antwort genug. „Das wäre sehr nett von dir! Vielen Dank!" Sie blieben stehen und sahen sich an. „Und auch vielen Dank für den schönen Ausflug!" Liz lächelte und stieg ab.

„Gern geschehen", antwortete Max als sie ihm Queenies Zügel reichte. „Wir sehen uns beim Tee." Er nickte ihr zu.

Liz hob die Hand: „Bis später!" und wandte sich ab, um mit schwungvollen Schritten ins Haus zu gehen.

***

Bevor sie sich in Nigels Arbeitszimmer zurückzog, schaute sie in der Küche bei Mrs. Cuthbert vorbei. Sie wollte sich bei ihr für das spontane Picknick bedanken und um eine weitere Kanne Tee bitten. Außerdem hoffte Liz bei dieser Gelegenheit Mrs. Cuthbert das Rezept für die himmlischen Cookies zu entlocken. Als sie die Tür öffnete, bot sich ihr ein derart idyllisches Bild, dass sie es mit ihrer Kamera festhalten musste. Die Haushälterin stand an dem großen Holztisch, steckte bis zu den Ellenbogen in einer riesengroßen Schüssel und knetete mit ihren kräftigen Händen einen elastischen Teig. Ihre Wangen waren von der Anstrengung gerötet. Neben ihr stand eine junge Frau mit schwarzen Locken, die mit flinken Händen Fleischbällchen formte. Während die beiden Frauen sich miteinander unterhielten, saß ein etwa anderthalbjähriges Mädchen in einem Hochstuhl und untersuchte konzentriert die Teigreste, die vor ihr lagen. Die drei hörten sie nicht, denn im Hintergrund liefen Weihnachtssongs. Liz trat leise näher und bekam ihr perfektes Bild. Zufrieden lächelnd nahm sie die Kamera herunter. Bevor sie sich bemerkbar machen konnte, krähte das Kleinkind fröhlich: „DA!"

Mrs. Cuthbert zuckte zusammen. „Guter Gott, was schleichen Sie sich denn so an!" Auch die junge Frau war erschrocken.

„Entschuldigung! Ich wollte Sie nicht erschrecken. Ich bin ganz normal hereingekommen." Liz hob die Schultern.

„Schon gut. Es ist ja nur mein Herz", brummelte Mrs. Cuthbert.

„Ach, Mrs. Cuthbert, wir haben ja auch geschwatzt und mit dem Radio...", ergriff die junge Frau das Wort. „Hallo, ich bin Annie und das ist meine Tochter Poppy", stellte sie sich und das Kind lächelnd vor.

„Hallo, schön euch kennenzulernen!", Liz lächelte zurück. „Hilfst du Mama und Mrs. Cuthbert fleißig, ja?!", wandte sich Liz an die Kleine, die sie sofort anstrahlte. „Sie ist ja süß!" Liz war begeistert und bemerkte die prüfenden Blicke von der Haushälterin nicht. „Sie sieht dir sehr ähnlich!"

„Dankeschön!" Annie freute sich, wie jede junge Mami, über die netten Worte.

Liz richtete sich auf und blickte zu Mrs. Cuthbert. „Mrs. Cuthbert, ich wollte mich noch für Ihr kleines Picknick bedanken. Der warme Tee hat sehr gut getan und die Kekse waren wirklich himmlisch!" Liz strahlte die Haushälterin an. „Darf ich mir hier kurz die Hände waschen und vielleicht noch eine Kanne Tee kochen?"

„Das Waschbecken ist dort drüben." Mrs. Cuthbert wies ihr mit dem Kopf die Richtung „Den Tee mache ich Ihnen, wenn ich hier fertig bin."

Liz drehte sich um. „Oh, so meinte ich das nicht. Bitte machen Sie sich meinetwegen keine Umstände. Ich kann mir sehr gern selbst Tee kochen, wenn Sie erlauben."

„Einverstanden", sagte die Haushälterin und bevor sie erklären konnte, wo sich alles befand, trat Annie zu Liz um sich ebenfalls die Hände zu waschen. „Ich bin fertig mit den Klößchen, ich zeige dir wo alles steht."

„Vielen Dank! Das ist nett von dir", freute sich Liz.

Gemeinsam war schnell ein Tablett gerichtet. „Möchten Sie das Foto sehen, während wir auf das Wasser warten?" Liz sah fragend in die Runde.

„Welches Foto?", wollte Annie wissen.

„Dieses hier!" Liz hielt Annie das Kameradisplay hin.

„Also haben Sie sich doch angeschlichen!", stellte Mrs. Cuthbert streng fest und versetzte dem Teig einen letzten kräftigen Stoß, ehe sie ihn abdeckte und beiseite stellte.

„Naja, ein bisschen vielleicht...", Liz setzte ihr strahlendes Lächeln auf.

„Mrs. Cuthbert, das müssen Sie sich ansehen! Es ist fantastisch geworden. Liz, du bist ja eine Künstlerin", rief Annie aufgeregt und hielt der Haushälterin die Kamera unter die Nase.

„Ich brauche meine Brille", erwiderte diese und Annie setzte sie ihr behutsam auf. Die Szene war Liz vertraut. Wie oft hatte sie ihrer Oma schon in der Küche geholfen und in den letzten Jahren auch immer wieder die Brille gerichtet, wenn Omi schmutzige Hände hatte und es nicht selbst tun konnte.

„Tatsächlich, es ist ganz nett geworden." Zu mehr ließ sich Mrs. Cuthbert nicht hinreißen.

„Ganz nett?!" Annie war empört. „Es könnte glatt ein Werbefoto für idyllisches Landleben sein. Die Leute aus der Stadt mögen so etwas!"

„Tatsächlich?" Mrs. Cuthbert sah noch einmal genauer hin.

„Annie hat recht. Nigel und Arthur könnten es auf die Homepage von Gracewood Hall stellen", schaltete sich Liz ein. „Tatsächlich?!" wiederholte die Haushälterin nur und wandte sich um.

Annie grinste Liz an: „Liz, schickst du es mir per Mail, wenn ich dir meine Adresse aufschreibe?"

„Natürlich!"

Annie holte sofort Stift und Zettel und notierte ihre Emailadresse.

„Sagen Sie Mrs. Cuthbert...", begann Liz, wurde aber vom schrillen Pfeifen des Teekessels unterbrochen, in den Poppy fröhlich mit einstimmte. Die drei Frauen lachten und Liz goss das Teewasser auf. „Sie möchten noch ein paar meiner Kekse haben", stellte Mrs. Cuthbert an Liz gewandt fest.

„Nein. Da heißt, doch schon. Aber noch viel lieber hätte ich das Rezept." Wieder lächelte Liz Mrs. Cuthbert entwaffnend an.

Wenige Minuten später trug eine sehr glückliche Liz ihr Teetablett mit Keksen und Rezept, sowie der ausdrücklichen Erlaubnis dieses zu veröffentlichen, in Nigels Arbeitszimmer hinauf.

Kapitel 6

„Lizzie?" Nigel steckte den Kopf zur Tür herein. Liz schaute vom Bildschirm auf und musste ein paarmal blinzeln. „Nora und ihre Familie sind angekommen. Wir wollen zusammen Tee trinken." Nigel kam ganz ins Arbeitszimmer und blieb wie angewurzelt stehen. „Du hast ja noch deine Reitsachen an!"

Verwirrt guckte Liz an sich herunter: „Oh, das habe ich ganz vergessen. Ich war so im Flow." Sie zuckte mit den Schultern. „Komm her, ich möchte dir zeigen, was ich geschafft habe!" Sie winkte Nigel zu sich. Als er hinter sie trat, zeigte sie ihm nacheinander zwei Blogposts, die sie vorbereitet hatte, sowie die Bilder für ihre anderen Social-Media-Kanäle. „Und hier sind noch ein paar Fotos, mit denen ihr eure Homepage aktualisieren könnt." Als Nigel entgegen seiner sonstigen Art schwieg, wurde Liz nervös. Sie hatte doch alles genau so gemacht, wie sie es immer machte und ihre Arbeit hatte den beiden doch gefallen. Aber ehe sie weitergrübeln konnte, machte Nigel endlich den Mund auf.

„Wahnsinn! Lizzie, das ist großartig! DU bist großartig! Ich hatte ja keine Ahnung, dass ... mir fehlen die Worte!", sprudelte es aus ihm heraus. Er zog sie vom Stuhl hoch und umarmte sie stürmisch und küsste sie. „Danke, meine Liebe! Danke! Danke! Danke! Das muss ich gleich Arthur zeigen!" Schon rannte er raus und brüllte: „Arthur! Komm sofort her!"

Liz zuckte zusammen und musste schmunzeln. Wo war die vielgerühmte britische Zurückhaltung geblieben?

Da kam Arthur schon panisch um die Ecke gerannt. „Was ist los? Bist du verletzt?" Arthurs Blicke wanderten suchend über Nigels Körper.

„Was?! Nein." Nigel schüttelte irritiert den Kopf. „Lizzie..."

„Liz ist verletzt?" Arthur wollte auf Liz zu stürzen.

„Niemand ist verletzt!", verschaffte sich Nigel Gehör. „Liz hat ihre ersten Bilder und Artikel fertig und sie sind fantastisch! Ich wollte, dass du sie dir sofort ansiehst." Nigel setzte seinen Lebensgefährten auf den Schreibtischstuhl. „Lizzie, zeig ihm was du mir gezeigt hast", forderte er sie auf.

„Na klar!" Liz war schon an den herangetreten und klickte sich durch die verschiedenen Programme.

„Wow!", flüsterte Arthur beim Betrachten. „Liz! Du bist ja eine Künstlerin!" Er drehte sich zu ihr um und ergriff ihre Hand. „Du hast Gracewood Hall so eingefangen, wie wir es mit unserem Herzen sehen. Dankeschön!"

Liz errötete, so viele liebe Worte. „Ich habe nur meine Arbeit gemacht", sagte sie bescheiden und lächelte dann. „Und es hat mir so viel Spaß gemacht! Außerdem bin ich noch nicht fertig."

Unterdessen hatte Nigel sich die Maus geschnappt und noch etwas weitergeguckt und das Selfie von Liz und Max gefunden. „Ist das von heute?", fragte er. „Sieht aus, als hättet ihr eine Menge Spaß gehabt." Nigel grinste und wackelte mit den Augenbrauen.

„Der Ausritt war sehr nett", gab Liz neutral zurück.

Bevor Nigel weiterbohren konnte, hatte Arthur ihn schon am Arm gegriffen und zog ihn aus dem Zimmer. „Liz! Nochmal vielen Dank! Wir freuen uns so sehr, dass du hier bist und deine fantastische Arbeit machst. Wir sehen uns gleich im Salon?!" Er lächelte Liz warm an und zog den vor sich hin murmelnden Nigel mit.

Liz ließ sich grinsend auf den Stuhl fallen. Hier zu arbeiten war wirklich toll! Sie hatte gar nicht gemerkt, wie die Stunden verflogen waren. Sie betrachtete das Foto von Max und sich und seufzte. Nein, sie würde jetzt nicht seinen Namen im Internet suchen, um ihm das Foto per

Email schicken zu können. Sie war zum Arbeiten hier und genau das würde sie tun. Sie schloss alle Programme und fuhr ihren Laptop hinunter. Sie würde jetzt duschen, sich umziehen und dann Nigels große Schwester und ihre Familie kennenlernen und noch mehr Tee trinken. Wie zur Bestätigung begann ihr Magen zu knurren.

***

Kurz darauf stand sie frisch geduscht vor ihrem Spiegel und musterte sich. Dank des Zopfes vom Vormittag fielen ihre langen blonden Haare jetzt in sanften Wellen über ihre Schultern. Wieder hatte sie sich für Jeans entschieden, dazu eine sehr weihnachtliche rot-karierte Flanellbluse. Sie musste grinsen. Sie sah aus, wie einem amerikanischen Werbefilm entsprungen. Da sie sich beeilen wollte, verzichtete sie auf ein allzu aufwendiges Styling und tuschte nur noch schnell ihre Wimpern.

Bereits auf der Treppe, hörte sie Gelächter. Als sie die Tür zum Salon öffnete, sah sie die ganze Familie im Frühstückszimmer versammelt. Nigel saß auf seinem Platz am Kopfende des Tisches und unterhielt sich lebhaft mit einer großen Frau, die wunderschönes kastanienrotes Haar und leuchtend grüne Augen hatte. Das musste seine Schwester Nora sein. Arthur saß zwischen den beiden Kindern. Claire und Henry, das hatte sich Liz gemerkt. Claire war ihrer Mutter wie aus dem Gesicht geschnitten und musste ungefähr sieben Jahre alt sein. Während Henry mit seinen blonden Haaren und strahlenden blauen Augen eher nach seinem Vater kam und schätzungsweise vier Jahre alt war. Beide erzählten ihrem Onkel lebhaft von der Fahrt hierher. Am anderen Tischende saß der großgewachsene Vater der Kinder, seinen Namen hatte Liz vergessen. Er unterhielt sich leise mit Maxwell, neben dem der einzig freie Platz war.

66

Arthur bemerkte sie als erstes: „Liz, Liebes, komm herein, wir haben auf dich gewartet." Augenblicklich verstummten die Gespräche, erwartungsvoll sahen sie alle an.

„Liz, das ist meine Schwester Nora, mit ihren Kindern Claire und Henry und ihrem Mann Timothy."

Liz lächelte und streckte Nora und Timothy die Hand hin: „Hallo! Schön euch kennenzulernen."

„Ich freue mich auch!", antwortete Nora freundlich.

„Ja, wir waren schon sehr neugierig auf dich!", ergänzte Timothy.

Liz beugte sich zu den Kindern herunter: „Entschuldigt bitte, ich habe gearbeitet und ganz die Zeit vergessen. Ich hoffe, Ihr konntet es noch aushalten." Claire lächelte hoheitsvoll. Bevor sie etwas sagen konnte, krähte ihr Bruder: „Ich habe Hunger!"

„Auf der Fahrt gab es nur Äpfel und Sandwiches", fügte Claire hinzu.

„Dann ist es ja gut, dass ich endlich hier bin!", antwortete Liz ernst und setzte sich.

„Ja!", nickte Henry und griff sofort nach einem Schokomuffin, den er scheinbar schon die ganze Zeit im Auge hatte. Claire tat es ihrem Bruder gleich und sagte zu Liz: „Unser Dad vergisst auch immer die Zeit. Und dann kommt er so spät nach Hause, dass wir ohne ihn essen müssen. Manchmal kann er uns nicht einmal mehr was vorlesen."

„Was ich immer sehr bedauere. Ich freue mich jeden Tag auf unser Vorlesen am Abend", schaltete sich Timothy ein.

„Was machst du denn beruflich?", fragte Liz.

„Ich bin im Finanzwesen", antwortete er.

„Oh, Zahlen sind ja so gar nicht meins." Liz grinste entschuldigend.

„Meins auch nicht", antwortete Nora und wischte dabei die Schokokrümel ihres Jüngsten beiseite. „Nigel erzählte gerade, was für wundervolle Arbeit du in den letzten Stunden geleistet hast."

„Danke! Es hat sich gar nicht wie Arbeit angefühlt! Außerdem ist es so toll hier, da ist es nicht schwierig, all das Schöne zu zeigen", schwärmte Liz während sie sich zwei kleine Sandwiches auf den Teller legte. „Ich kann dir nachher sehr gern die Blogposts zeigen, wenn du magst."

„Unbedingt! Ich bin wirklich gespannt!" Nora lächelte Liz an.

„Dann sind wir verabredet."

„Henry, Claire, nehmt euch noch etwas Obst." Nora reichte ihren Kindern einen liebevoll zusammengestellten Obstteller. Beide Kinder griffen beherzt zu. Allerdings konnte Liz genau sehen, wie Klein-Henry mit einem weiteren Schokoteilchen liebäugelte. Schnell stopfte er sich seine Mandarinenstücke in den Mund und hangelte sich quer über den Tisch.

„Henry! Was haben wir besprochen?", fragte Timothy streng.

„Kannich bidde ein Schootötchen habn?", nuschelte sein Sohn augenblicklich und rutschte auf seinen Stuhl zurück.

„Selbstverständlich", antwortete Timothy und reichte Arthur die Platte, damit dieser dem Jungen ein Schokotörtchen geben konnte. Liz versteckte ihr Grinsen hinter ihrem Sandwich und konnte beobachten, dass auch Nigel seine Teetasse verdächtig hoch hielt.

„Claire, möchtest du auch noch eines?", fragte Arthur.

„Nein, danke. Ich hätte lieber einen Scone mit viel Sahne und Marmelade", antwortete die Große höflich.

„Aber selbstverständlich!" Mit großer Geste reichte Arthur seiner Nichte das Gewünschte. „Möchte noch jemand einen Scone?"

„Ich probiere heute einen." Liz hob die Hand.

„Ich nehme auch noch einen", sagte Max neben ihr und Liz zuckte leicht zusammen. Es war das erste Mal, dass er etwas sagte. Augenscheinlich war Maxwell Thomson in größeren Runden nicht der Gesprächigste.

„Onkel Max, liest du uns nachher etwas vor?", fragte Claire während sie ihren Scone ordentlich mit Clotted Cream bestrich.

„Oh, ja!", rief ihr Bruder begeistert.

„Ja, das kann ich machen. Wenn wir mit dem Tee fertig sind", versprach Maxwell und Liz staunte. Sie hätte ihn nicht für den Kindertyp gehalten. Wobei sie ihn wirklich nicht einschätzen konnte. Vorhin hatten sie sich nett unterhalten und jetzt hatte er ihr nicht einmal hallo gesagt. Normalerweise kam sie mit allen Menschen gut zurecht, aber dieser Mann gab ihr wirklich Rätsel auf. Die Frage war nur, ob es wirklich ihre Aufgabe war, diese Rätsel zu lösen.

„Lizzie? Ist alles in Ordnung? Du bist so schweigsam", unterbrach Arthur ihre Gedanken.

„Ja, ja. Es ist alles bestens. Ich war nur in Gedanken", sie winkte ab. „Dieser Scone ist einfach köstlich! Ihr habt solch ein Glück, dass ihr Mrs. Cuthbert habt!"

„Das finden wir auch!", Nigel strahlte und rieb sich sein Bäuchlein, dass alle lachten.

„Ich versuche seit Jahren sie zu überreden mit uns nach London zu kommen!", bedauerte Nora. „Ich habe keine Chance! Dabei könnten wir sie gut gebrauchen..."

„Oh ja!", stimmte Tim zu. „Dann würde ich bestimmt kein Abendessen mehr verpassen!", schwärmte er und Nora fragte entrüstet: „Wie bitte?"

„Naja, Fischstäbchen und Nudeln sind nicht gerade meine Leibspeisen", gab er zu.

„Denkst du denn meine? Aber das ist doch lange kein Grund…"

„Schatz!", unterbrach er sie. „Das war ein Scherz! Ich komme jeden Tag so schnell zu euch, wie ich kann!" Liebevoll schaute er seine Frau an.

Nora lächelte besänftigt zurück: „Das weiß ich doch. Aber du hast recht, es wäre toll, wenn Mrs. Cuthbert jeden Abend für uns kochen würde."

„Das würde mir auch gefallen und ich habe keinen Ehemann und keine zwei Kinder!", bescheinigte Liz und die Erwachsenen lachten.

Die Kinder waren fertig und begannen unruhig auf ihren Stühlen herumzurutschen. Klein-Henry hatte klammheimlich die Reste seines Schokotörtchens auf seinem Teller „dekoriert". Als seine Mutter es bemerkte, nahm sie ihm routiniert den Teller weg und wischte seine Hände mit einer Serviette sauber. „Claire, Henry, wir gehen Hände waschen." Sie stand auf und ging mit beiden aus dem Zimmer. Ihr Ausruf „Hände hoch!" wurde von Henry begeistert aufgenommen und etliche Male wiederholt und verstummte erst, als die Tür zufiel.

Nigel hob die Teekanne hoch und schenkte allen noch einmal ein. Kurz darauf kam auch Nora wieder: „Max, die Kinder sind in der Bibliothek und stellen dir eine Vorleseliste zusammen", sagte sie grinsend.

„Dann trinke ich meinen Tee aus, öle meine Stimme und gehe rüber." Er grinste zurück und erhob sich. „Bis später!"

„Wer geht morgen Vormittag mit den Kindern zu den Pferden?", fragte Nora. „Denn ich muss nochmal ins Dorf. Ich hoffe, ich bekomme dort alles."

„Die Kinder übernehmen wir. Wir freuen uns schon darauf und haben die Zeit auch so eingeplant", antwortete Arthur.

„Ja, geh ein bisschen bummeln. Nimm doch Liz mit!“, schlug Nigel vor. „Lizzie, du wolltest doch auch noch ins Dorf?!“

„Wollte ich, ja, aber ich möchte mich nicht aufdrängen. Ich kann auch allein gehen. Außerdem wollte ich noch ein paar Fotos für den Blog machen“, erklärte sie.

„Ich kann dich sehr gern mitnehmen. Das macht mir keine Umstände. Während du deine Fotos machst, kann ich in Ruhe bummeln.“ Nora lächelte verschmitzt.

„Tja, dann habe ich wohl frei“, konstatierte Timothy und lehnte sich entspannt zurück. Alle lachten und Nora verdrehte die Augen: „Ja, erhol dich nur. Denn später wirst du mir helfen die Geschenke einzupacken!“ Sie grinste schelmisch. Tims Schultern sackten merklich nach unten und er verzog das Gesicht. Dann grinste er übertrieben zurück und sagte: „Aber sicher, mein Schatz! Ich freue mich schon darauf!“ Dies sorgte wieder für Gelächter.

So zog der Nachmittag schnell vorbei. Liz zeigte Nora und Tim noch wie besprochen ihre Blogposts und Bilder auf dem Tablet.

„Du hast wirklich ein Auge dafür, alles ins rechte Licht zu setzen! Bei dir sieht alles so hübsch und aufgeräumt aus“, Nora seufzte. „Warum sieht es bei uns nicht so aus?!“

„Ach“, winkte Liz ab, „auf den Blog kommt ja nur ein Teil meines Lebens. Eben häufig nur das Schöne! Die Unordnung, die ich beim Arbeiten produziere, zeige ich natürlich nicht!“

„Das sagst du bestimmt nur, damit ich mich besser fühle. Du hast ja keine Ahnung, wie viel Chaos zwei kleine und zwei große Personen schaffen können!“ Nora lachte ein wenig verzweifelt auf.

„Ach komm, sie sind so süß!" Liz lächelte sie aufmunternd an.

„Wer jetzt genau?", fragte Nora verschmitzt und beide mussten lachen. Dann sagte sie: „Ja, du hast ja recht. Ich jammere nur ein bisschen. Hör einfach nicht hin. Willst du eigentlich Kinder?" Aber ehe Liz antworteten konnte, öffnete sich die Salontür schwungvoll und herein stürmten ebenjene süßen Rabauken. „Mama, liest du uns jetzt vor?"

„Onkel Max ist heiser, sagt er!"

„Bitte!"

„Bitte, bitte, bitte!"

„Hey ihr Zwei!", unterbrach Arthur die hüpfenden Kinder. „Es ist noch Zeit bis zum Abendessen, wollen wir oben im Spielzimmer die Eisenbahn aufbauen?"

„Au ja!", schrien sie und rannten schon die Treppe hoch.

„Komm Onkel Nigel", sagte Arthur und zog ihn hoch. „Lass uns mit der Eisenbahn spielen!" Unter vorgetäuschtem Ächzen und Stöhnen stand Nigel auf und Arm in Arm liefen die beiden den Kindern hinterher.

„Entschuldigt, aber ich muss euch auch allein lassen. Ich habe noch einiges zu tun." Liz stand auf. Rückwärts ging sie auf die Tür zu „Wir sehen uns nachher beim Abendessen!" Beim Umdrehen prallte sie gegen Maxwell, der leise aus der Bibliothek gekommen war. „Huch! Äh, sorry", murmelte Liz. Umständlich machten die beiden sich gegenseitig Platz. Nora und Tim sahen sich fragend an, sagten aber kein Wort, bis Liz die Tür hinter sich geschlossen hatte und Maxwell zu ihnen getreten war.

***

Als die Salontür endlich geschlossen war, musste Liz sich kurz am Treppengeländer festhalten und die Augen schließen. Himmel! Was roch dieser Mann gut! Sein Aftershave war wie ein direkter Schlag in die Magengrube, ein regelrechter Pheromonangriff. Sie schüttelte ihre Benommenheit ab und beglückwünschte im Geiste den Parfümeur dieser Komposition. Hoffentlich verdiente er sich damit eine goldene Nase. Während sie auf die Küche zulief, atmete sie noch ein paarmal tief durch. Das war nun wirklich nicht die beste Zeit, um sich von ein paar Sandelholzaromen, oder was immer in diesem Parfüm steckte, ablenken zu lassen. Sie hatte eine tolle Idee für einen weiteren Blogartikel und musste diese als allererstes mit Mrs. Cuthbert besprechen.

***

„Ich finde sie ganz süß", bemerkte Nora später beiläufig und legte entspannt die Füße hoch. „Ihr nicht auch?"

Tim murmelte ein zustimmendes „Jaja" während er ein neues Scheit ins Feuer legte. Maxwell saß gedankenverloren daneben. „Und du Max?", versuchte es Nora erneut.

Maxwell schreckte auf: „Entschuldigung, was hast du gesagt?"

„Liz, Max. Was hältst du von ihr?"

„Was ich von ihr halte?" Max schien überrascht.

„Ja. Du bist doch mit ihr ausgeritten."

„Ach so." Max zuckte mit den Achseln und überlegte. „Sie macht ihre Arbeit ganz gut, denke ich. Sie scheint sehr fokussiert zu sein. Ich glaube, sie hat ein gutes Auge für Details."

„Ja, ihre Bilder sind fantastisch und die Texte zeugen von einem feinen Sinn für Humor. Ich finde bemerkenswert, dass sie ihren Blog zweisprachig führt."

Nora lächelte Max an und lehnte sich vor: „Aber was hältst du von ihr als Mensch?"

Maxwell zog die Augenbrauen zusammen und fragte schneidend: „Als Mensch oder als Frau?"

Noras Lächeln wurde noch breiter und bekam einen zuckersüßen Anstrich, während Timothy sich weiter mit dem Feuer beschäftigte.

„Nora!", brauste Max auf. „Ich habe dir schon oft genug gesagt, dass dieses Kapitel für mich abgeschlossen ist. Alles funktioniert gut so wie es ist. Wir sind ein eingespieltes Team und keine Frau der Welt wird etwas daran ändern!" Er hatte nicht übel Lust aus dem Zimmer zu stürmen, aber das wäre dann doch etwas unreif gewesen.

„Ja, Max, ich weiß", sagte Nora sanft und berührte ihn am Arm. „Ihr seid ein tolles Team und macht das ganz fantastisch. Besser hätte es Diana auch nicht hinbekommen." Mitfühlend lächelte sie ihn an. "Die Frage ist doch nur, bist du auch glücklich?"

Max murmelte ein unbestimmtes: „Hmm."

Besorgt musterte Nora ihn kurz. Dann wandte sie sich an ihren Mann, um noch ein paar organisatorische Dinge für die Feiertage zu besprechen. Sie hatte Max wirklich gern. Er sollte sich nicht von ihr genervt fühlen.

Max seufzte leise. Glück! Er hatte keine Zeit für Glück! Er hetzte von einem Termin zum nächsten, schlief immer zu kurz und arbeitete zu viel. Er war froh, wenn er mal einen Abend nicht am Computer saß. Er gönnte sich nur diese drei Tage im Jahr, um abzuschalten und selbst dann dachte er nicht darüber nach, ob er glücklich war oder was ihn glücklich machen könnte. Diese Frage hatte sich vor drei Jahren erledigt. Seitdem hatte er einfach getan, was getan werden musste. Eigentlich hatte er noch etwas lesen wollen, aber dafür war er jetzt zu unruhig. Er würde eine Runde laufen gehen. Bewegung tat immer gut.

***

Liz freute sich, dass die Haushälterin tatsächlich in der Küche war, sie hätte nicht gewusst, wo sie sie sonst hätte suchen sollen. „Hallo Mrs. Cuthbert! Störe ich?"

„Nein, kommen Sie ruhig rein." Mrs. Cuthbert hatte sich entschieden nett zu der jungen Frau aus Deutschland zu sein.

„Oh, hier duftet es aber gut! Richtig weihnachtlich. Was zaubern Sie denn Leckeres?" Liz schnupperte und musste noch breiter lächeln.

„Das wird Mince Meat. Ich hatte zwar schon einiges im November hergestellt, aber dieser Vorrat ist in den letzten Wochen beträchtlich geschrumpft."

„Da komme ich ja genau im richtigen Moment, ich wollte schon immer mal wissen, was da alles reingehört", sagte Liz und trat näher.

Mrs. Cuthbert lachte: „Und ich soll Ihnen glauben, dass sie noch nie im Internet nachgeschaut haben?"

Liz guckte verdutzt und musste dann ebenfalls lachen: „Das klingt merkwürdig, Sie haben recht. Aber es stimmt trotzdem." Liz strahlte Mrs. Cuthbert an und diese seufzte ergeben. Schließlich winkte sie Liz noch ein Stück näher:

„Na, dann komm. Ich zeig es dir, Mädchen!"

Ehe sie sich versahen, waren die zwei Frauen ganz vertieft in den Austausch von Erfahrungen, Rezepten und Aromen. Während Mrs. Cuthbert traditionell kochte und backte, hatte sich Liz seit sie denken konnte, mit Feuereifer auf jedes neue Rezept gestürzt, um es auszuprobieren. Dabei hatte sie natürlich auch die neuen, gesünderen Ernährungsformen kennengelernt und ausprobiert.

„Orangeat und Zitronat kann man ganz leicht selbst herstellen und es dauert auch nicht ewig! Man braucht nur Ahornsirup und eine Bio-Orange und Bio-Zitrone. Die werden geschält, die Schale in Stücke geschnitten und dann in dem Ahornsirup eingelegt. Fertig!", erzählte Liz ganz begeistert.

„Und das kann man dann essen?", fragte Mrs. Cuthbert erstaunt.

„Sicher, vor allem kann man es zum Backen verwenden. Allerdings muss es kühl stehen und es kann nicht ganz so lange gelagert werden. Es sind keine Konservierungsstoffe drin und kein Haushaltszucker, der würde schließlich auch konservieren." Liz lehnte sich zurück.

Mittlerweile hatten beide am großen Küchentisch Platz genommen und eine weitere Kanne Tee geleert. Zwischen ihnen lagen verschiedene Zettel vollgeschrieben mit neuen Rezepten und Tipps und Tricks. Jetzt kramte die Haushälterin nach einem letzten leeren Zettel und begann zu schreiben: „Dann ist das abgemacht, du backst morgen einen Stollen und ich besorge noch die restlichen Zutaten."

Liz wollte gerade nicken, als ihr wieder einfiel, weswegen sie eigentlich hergekommen war. „Ich kann den Rest einkaufen. Nora und ich wollten morgen nach dem Frühstück ins Dorf. Dann backe ich morgen Nachmittag den Stollen, meine Variante geht ja schnell."

Mrs. Cuthbert schaute auf: „Einverstanden. Dann gibt es morgen zum Tee Mince Meat Pastetchen und übermorgen, da ist ja schon Heiligabend, deinen Stollen. Du meine Güte, die Tage vergehen immer wie im Flug!" Die Haushälterin schüttelte den Kopf. „Früher als Kind, dauerte der Advent immer EWIG!"

Liz lächelte, Mrs. Cuthbert hatte ihr die perfekte Überleitung geboten. „Ja, so ging es mir auch. Vermutlich wird es auch für Claire und Henry so sein. Was halten Sie davon, wenn wir mit ihnen Plätzchen backen? Beziehungsweise ich."

„Das ist eine gute Idee! Jetzt ist ja auch Henry groß genug, dass er richtig mitmachen kann." Mrs. Cuthberts Augen leuchteten.

„Abgemacht, dann machen wir das am Nachmittag vor dem Tee. Dann können die beiden einen Teil ihres Schaffens direkt ihren Eltern präsentieren."

Mrs. Cuthbert war schon aufgestanden und guckte in ihre Schränke: „Irgendwo muss ich doch noch ein paar Zuckerperlen haben."

„Machen Sie sich keine Umstände, Mrs. Cuthbert. Ich kann auch welche mitbringen", sagte Liz und griff nach dem Einkaufszettel und dem Stift. Die Angesprochene suchte dennoch weiter: „Ich habe aber noch welche, ganz bestimmt!" Sie drehte sich zu Liz um. „Ach, das ist eine gute Idee. Warum bin ich nicht selbst darauf gekommen?! Dann haben Nora und ihr Mann auch mal Zeit für sich." Mrs. Cuthbert verschwand immer tiefer in den Küchenschränken begleitet von gemurmelten „Wo sind sie denn?" und „Das gibt's doch nicht!"

Liz grinste und musste an ihre Mutter und ihre Oma denken. Die waren in solchen Momenten ganz genauso.

„Na endlich! Hier ist es!", Mrs. Cuthbert richtete sich mühsam wieder auf. „Ich wusste doch, dass ich noch Zuckerperlen habe."

„Fein! Ich verschwinde mal kurz." Liz wunderte sich wirklich, wie die Briten so viel Tee trinken konnten, ohne ihn auch wieder ‚wegzutragen'. „Wenn ich wiederkomme, mache ich schnell einen einfachen Mürbeteig", bekundete sie und stand auf.

Als sie in die Küche zurückkam, war Mrs. Cuthbert gerade dabei Butter und Eier aus dem extragroßen

Kühlschrank zu holen. Auf der Arbeitsplatte neben der Küchenmaschine standen bereits Mehl, Backpulver, Zucker, gemahlene Mandeln und verschiedene Gewürze bereit.

„Mrs. Cuthbert, Sie haben ja schon angefangen! Ich wollte Ihnen doch nicht noch mehr Arbeit machen", sagte Liz als sie näher trat und die Zutaten begutachtete.

„Keine Sorge, ich habe nur alles rausgeholt. Den Teig darfst du kneten. Ich muss langsam mit der Vorbereitung fürs Abendessen beginnen", beruhigte Mrs. Cuthbert Liz, als sie Eier und Butter dazustellte.

„Dann lege ich besser sofort los, damit ich Ihnen nicht im Weg bin. Haben Sie noch eine Tasse oder ..."

„...einen Messbecher für dich?", fragte Mrs. Cuthbert und hielt Liz den gewünschten Gegenstand hin. Liz lächelte und bedankte sich und machte sich sofort daran einen einfachen, süßen Mürbeteig mit gemahlenen Mandeln zum Ausstechen herzustellen. Das Rezept kannte sie auswendig, denn sie hatte solche Plätzchen schon als Kind gebacken. Als sie fertig war, stellte sie den Teig in den Kühlschrank und räumte ihren Arbeitsplatz auf.

Mrs. Cuthbert wies immer mal wieder mit ihrem Ellenbogen auf die richtigen Schränke. „Jetzt lass gut sein Liz, ich räume den Rest später auf. Du musst dich für das Abendessen umziehen. Ich bin hier auch gleich fertig und dann decke ich den Tisch im Blauen Salon."

„Stimmt, das hätte ich beinahe vergessen! Ich habe überall Mehl, das passiert mir beim Backen IMMER!", lachte Liz. „Danke, für alles!"

„Nicht doch!", erwiderte Mrs. Cuthbert knapp.

Liz lachte wieder und rannte die Treppe hinauf, ihr neuer schwarzer Jumpsuit wartete oben schon auf sie.

Kapitel 7

Mit einem freien Kopf und müden Beinen kam Max vom Joggen zurück. Es tat so gut, ein paar Tage nur zu machen, worauf er Lust hatte. Er staunte immer wieder wie viele Dinge man schaffen konnte, wenn man keine Verpflichtungen hatte und sich um nichts kümmern musste. Er ließ seine Schuhe im Vestibül stehen und lief barfuß die Treppe hoch. Er freute sich auf eine heiße Dusche. Hoffentlich war die Bloggerin schon fertig im Bad. Dass sie ausgerechnet das Zimmer neben seinem bekommen hatte und sie sich daher ein Bad teilen mussten, konnte er nicht verstehen. Es gab noch reichlich freie Zimmer im Haus, selbst wenn alle Gäste angekommen waren. Aber er hatte nichts gesagt, er wollte nicht wie ein verwöhnter Teenager klingen. Außerdem hätte auch er eines der anderen Zimmer nehmen können. Unwillig schüttelte er den Kopf, diese Frau schlich sich öfter in seine Gedanken, als ihm lieb war.

Oben angekommen, schälte er sich aus seinen Klamotten und klopfte an seine Badezimmertür. Als niemand antwortete trat er ein. Sie musste gerade eben hinausgegangen sein, denn ihr Parfum lag noch in der Luft. Max seufzte und verschloss die Türen. Er würde nicht zulassen, dass diese Frau weiter in seinem Kopf herum spukte. Er würde sich nicht von ihrem tollen Po und den Strahleaugen ablenken lassen. Entschlossen drehte er die Dusche auf.

***

Das Mehl auf Liz Klamotten hatte sich, gottseidank, in Grenzen gehalten, daher brauchte sie nicht noch ein drittes Mal an diesem Tag zu duschen. Sie war gerade

79

fertig geworden, da hatte ihr Handy geklingelt und sie war aus dem Bad geeilt. Nun telefonierte sie mit ihrer großen Schwester, die ihr zum gefühlt hundertsten Mal mitteilte, was sie alles besorgt, organisiert und für ihre Eltern und Großeltern vorbereitet hatte. Auch wenn sie ihr manchmal gewaltig auf die Nerven ging und das komplette Gegenteil von ihr war, liebte Liz ihre Schwester Charlotte sehr. Liz war froh, dass sie Anfang Dezember ein paar Tage zu ihnen gefahren war und ihren kleinen Neffen ausgiebig geknuddelt hatte, so musste sie jetzt nicht traurig sein, dass sie Weihnachten ohne ihre Familie verbringen würde.

„Lotti-Schatz, ich muss jetzt langsam zum Abendessen. Ich danke dir, für deine Mühe und küss meinen süßen Neffen!", versuchte Liz sich zu verabschieden.

„Jaja, und vergiss nicht vorher noch das perfekte Spiegelselfie von dir zu posten!", zog Charlotte sie auf.

„Haha! Sehr witzig." Liz fühlte sich ertappt, denn genau das hatte sie vorgehabt. „Ich muss wirklich runter."

„Sei nicht beleidigt, Schwesterchen! Ich hab dich lieb! Einen schönen Abend! Ach, da fällt mir ein, sind irgendwelche tollen Männer da..."

„Ich lieb dich auch! Tschüss!", flötete Liz und legte einfach auf. Anschließend schoss sie ein Spiegelselfie und stellte es für ihre Follower online. Breit grinsend trat sie aus ihrem Zimmer.

Auf dem Flur traf sie Maxwell, der augenscheinlich geduscht hatte, seine Haare waren noch feucht.

Sie blieb abrupt stehen und schaute ihn an. Egal, wie düster er auch schauen konnte, er sah einfach unverschämt gut aus. Der Anzug stand ihm sogar noch besser als der Freizeitlook, den er vorher getragen hatte. Stumm standen sie einander gegenüber und sahen sich an.

Max Blick ging auf Wanderschaft. Schwarz stand ihr ganz hervorragend, es ließ ihre Haut schimmern. Sie trug einen seidigen Overall, mit einem knappen, aber dennoch verführerischen Ausschnitt. Auch ihre Arme waren unbedeckt, einen schwarzen Cardigan trug sie in der Hand. In der anderen die obligatorische Kamera.

Gerade als Liz das Schweigen brechen wollte, ertönte ein „Lizzie-Baby!" vom anderen Ende des Flures. Sie schaute an Max vorbei und sah Nicholas mit langen, dynamischen Schritten auf sie zukommen. Ein strahlendes Lächeln breitete sich auf ihrem Gesicht aus. „Nick, ich wusste, du schaffst es!" Schon war er bei ihr, schloss sie in seine Arme und wirbelte mit ihr durch den Flur.

„Ich halte schließlich meine Versprechen!", rief er aus und setzte sie wieder ab. „Meistens jedenfalls!" Er grinste unverschämt.

„Du Schwerenöter!", lachte Liz und boxte ihn spielerisch gegen den Arm.

Max beobachtete die beiden schweigend. Sie waren wirklich ein schönes Paar, beide blond, sportlich und strahlten eine jugendliche Unbekümmertheit aus. Dabei war Nicholas gerade mal vier Jahre jünger als er selbst. Aber er hatte einen gänzlich anderen Lebensweg gewählt. Ungebunden und scheinbar frei wie ein Vogel reiste er als Fotograf um die Welt. Wenn Max ehrlich zu sich selbst war, beneidete er Nicholas manchmal um seine Unabhängigkeit. Schon als kleiner Junge hatte Nick es geschafft, alle mit seinem Charme zu bezaubern. Von ihm ging eine Lebensfreude und Leichtigkeit aus, die Max schon immer fasziniert hat.

„Max, wie geht es dir? Wie ich sehe, hast du schon Bekanntschaft mit unserer liebreizenden Lizzie gemacht."

Nick hatte Liz losgelassen und klopfte Max nun auf die Schulter.

„Hallo Nick! Ja, habe ich", erwiderte Max kurz und wandte sich zum Gehen.

„Max ist mit mir ausgeritten und hat mir einen Teil des Anwesens gezeigt."

„Tatsächlich?" Nick hob erstaunt eine Augenbraue.

„Das war ja klar, wenn irgendwo abseits des Geschehens eine Party stattfindet, dann steht mein kleiner Bruder in deren Mittelpunkt!" Nora stand plötzlich hinter ihnen. „Wie schön, dass du es geschafft hast! Ich freue mich so!", sagte sie und drückte Nick fest an sich. „Und nun los, die Kinder versuchen einzuschlafen und wir werden unten erwartet." Ganz die große Schwester und Mutter scheuchte sie die Treppe hinunter.

„Ach, essen die Kinder nicht mit uns?", fragte Liz.

„Nein, heute nicht. Sie sind müde von der langen Fahrt und haben bei Mrs. Cuthbert in der Küche schon Spaghetti mit Fleischbällchen gegessen", erklärte Nora.

„Mrs. Cuthbert macht tolle Spaghetti mit Fleischbällchen!", schwärmte Nick.

Liz musste lachen, als sie seine verzückte Miene sah. „Wenn sie gut gemacht sind, kann ich ihnen auch nicht widerstehen", bestätigte sie.

Maxwell folgte ihnen schweigend. Immer wieder wanderte sein Blick zwischen Liz und Nick hin und her. Die beiden verstanden sich blendend. Max hatte gedacht, dass Liz vor allem mit Nigel befreundet war. Da hatte er wohl falsch gelegen. Unwillkürlich fragte er sich, wie eng Nick und Liz wohl „befreundet" waren.

Mrs. Cuthbert hatte im Frühstückszimmer ein wundervolles Büffet aufgebaut. Der Tisch war mit dem 100jährigen Familienporzellan festlich gedeckt. Das sanfte Leuchten des Kerzenlichts brach sich im Silberbesteck und den Gläsern und alles funkelte und strahlte eine stille Eleganz aus. Liz wollte diesen Anblick wahnsinnig gern auf Fotos festhalten, aber genauso wenig wollte sie ihn zerstören, in dem sie anfing alles umher zu rücken, damit die Beleuchtung stimmte. Daher entschied sie sich spontan nur ein oder zwei Bilder mit ihrer Spiegelreflex zu schießen und sich dann ganz dem raffinierten Essen und dem schönen Abend zu widmen.

Während Liz Fotos von den Köstlichkeiten machte, füllten die anderen ihre Teller mit Graved Lachs und kleinen Kartoffelpuffern, gebratenen Jakobsmuscheln und frischem Blattsalat oder genossen eine klare Gemüsebrühe mit knusprigem Brot. Zusätzlich gab es verschiedene Buttersorten und Dips.

„Oh mein Gott, ich weiß gar nicht, wofür ich mich entscheiden soll!" Liz seufzte und ließ den Blick über die Leckereien schweifen. Sie bemerkte, dass wieder der einzig freie Platz der neben Maxwell war.

„Also, ich werde von allem essen!", gab Nick freimütig zu.

„Das war auch mein Plan", schaltete Timothy sich ein, woraufhin Nigel meinte: „Wer wollte das nicht?"

„Nun gut, ich beginne auf jeden Fall mit der Brühe", bekundete Liz und füllte ihre Schale.

„Liz, Schatz, möchtest du heute ein Glas Wein mit uns trinken?" Wieder war es Arthur, der allen einschenkte.

Liz lächelte ihn an: „Sehr gern. Vielen Dank!"

„Nick, erzähl uns doch von deinen neuesten Abenteuern! Ich brauche ganz dringend andere Themen, als immer nur Schule, Kindergarten, Turnen und Ballett." Nora sah aufmunternd zu ihrem Bruder hinüber.

Nick grinste: „Wirklich? Ich dachte, ich erfahre heute die neuesten Streiche meines wilden Neffen. Wie schade! Dann muss ich ihn wohl selber fragen."

„Du darfst ab morgen selbst bei seinen tollen Ideen mitmachen. Das weißt du doch genau", grinste Nora zurück. „Jetzt lass dich nicht so lange bitten!"

Also erzählte Nick eine amüsante Episode, die sich kürzlich ereignete. Es entspann sich eine leichte Unterhaltung über Gott und die Welt. Maxwell beteiligte sich kaum, was niemanden besonders auffiel, außer Liz, die spürte, wie verkrampft er neben ihr saß.

„Du bist so still", sagte Liz leise zu ihm, damit die anderen nichts bemerkten. „Ist alles in Ordnung?" Irgendwie hatte sie das Gefühl, dass etwas seit ihrem Ausritt vorgefallen war. Liz hatte gelernt mehr auf ihre Intuition zu hören. Nach einigen schmerzhaften Fehlern, bei denen sie ihre innere Stimme ignoriert hatte, hatte sie beschlossen, dass ihr das nicht noch einmal passieren sollte. Heute Vormittag als sie zwei allein gewesen waren, war Maxwell deutlich entspannter gewesen als jetzt und irgendwie wollte sie wissen warum.

Max wusste nicht, ob er sich freuen oder ärgern sollte, dass sie seine Anspannung bemerkt hatte. Es war wirklich unglaublich, welche Wirkung diese Frau auf ihn hatte. Er hatte geglaubt, er hätte mit diesem Kapitel abgeschlossen. Aber als sie nun so gut duftend neben ihm saß und leise mit ihm flüsterte, hätte er sie am liebsten an die Hand genommen und in eine stille Ecke gezogen. Er wollte mit ihr allein sein. Diese Erkenntnis überraschte ihn, aber wenn er ehrlich zu sich selbst war, dann wollte er sie vom ersten Augenblick an. Also antwortete er mehr oder minder wahrheitsgemäß: „Es ist nichts, ich habe nur nachgedacht."

„Bist du zu einem Schluss gekommen?", fragte sie nach und drehte sich unbewusst näher zu ihm hin.

Das Kerzenlicht ließ ihre Haut sanft schimmern und er fragte sich, ob sie sich genauso seidig anfühlte, wie sie aussah. Ohne es groß zu bemerken, schlug er seine

Vorsätze in den Wind. Schließlich waren sie beide erwachsen und in ein paar Tagen würde sie wieder abreisen. Wahrscheinlich sah er sie nie wieder, da konnten sie sich auch etwas Spaß gönnen. Also rückte er ebenfalls etwas näher und flüsterte: „Ja. Bin ich." Dann erlaubte er sich, ihr einmal in aller Ruhe in die Augen zu schauen. Das Kornblumenblau wirkte im Kerzenschein dunkler, wie der Himmel in einer klaren Nacht.

Liz hielt den Atem an, seine grauen Augen bohrten sich regelrecht in ihre, als wollte er ihre geheimsten Gedanken und Wünsche darin entdecken. Sie war sich sicher, wenn er noch länger schauen würde, gelänge es ihm auch. Daher zwang sie sich, wegzusehen. Dieser Mann machte ihr wirklich zu schaffen. Entweder ignorierte er sie oder er schenkte ihr seine volle Aufmerksamkeit. Es brachte sie völlig aus dem Konzept. Sie war nun wirklich nicht hier, um irgendwelche Verführungsspielchen zu spielen. Sie hatte nur nett sein wollen. Um Gelassenheit bemüht, wandte sie sich ab und sagte: „Dann ist ja alles gut." Sie griff nach einem Stück Brot.

Still vor sich hin schmunzelnd beobachtete Max, wie sie sich abrupt abwandte und sich ganz auf ihr Essen konzentrierte.

Er nahm sich ebenfalls ein Stück Brot und fragte beiläufig: „Elizabeth, kann ich die Fotos sehen, die du heute gemacht hast?"

Genau wie heute Vormittag, durchlief sie ein Prickeln, als er sie ELIZABETH nannte. Es war absurd, dass die Verwendung ihres Geburtsnamens eine solche Intimität herstellte. Liz atmete langsam ein und aus. Wenn er spielen wollte, dann sollte er das doch tun. Er würde schon merken, dass er bei ihr auf Granit beißen würde. Sie hatte genug von Männern, die nur auf ihr Vergnügen aus waren und dabei auch nicht vor Lügen zurückschreckten, um zu bekommen, was sie wollten. Es war ihr auch egal, ob Maxwell in diese Kategorie gehörte oder nicht und sie würde es auch bestimmt nicht herausfinden. Daher griff sie nach ihrem Weinglas und sagte betont sachlich: „Sicher. Gern."

Nora hatte die Szene zwischen Liz und Max beobachtet und eine Idee keimte in ihr auf. Während die anderen gerade darüber debattierten, ob sie anschließend lieber einen Film gucken wollten oder doch lieber der Tradition folgen und Monopoly spielen sollten, begann Nora sich immer mehr für ihre Idee zu begeistern. „Ich weiß etwas viel Besseres!", verkündete sie mit erhobener Stimme. Alle schauten auf. Auch Max und Liz nahmen wieder am Geschehen teil.

„Wir spielen ‚Sardinen in der Büchse'!" Nora lächelte triumphierend in die Runde. Timothys zweifelnder Einwand, ob sie dafür nicht schon zu alt wären, wurde von Nick mit einem „Ach was, das wird lustig!" beiseite gewischt.

Gleichzeitig freute sich Nigel laut: „Das haben wir ja ewig nicht mehr gespielt!" Ohne sich mit seiner Schwester abgesprochen zu haben, ahnte er worauf sie hinauswollte: „Nora, das ist ein tolle Idee! Wir legen gleich los! Das Dessert gibt es später!"

Bevor er aufspringen konnte, fragte Liz schnell: „Was ist denn ‚Sardinen in der Büchse'?"

Arthur antwortete als Erster: „Es ist eine Art Versteckspiel, Liebes. Einer geht los und versteckt sich. Nach und nach machen sich die anderen auf die Suche. Wer das Versteck und den Versteckten gefunden hat, stellt sich dazu. Bis es immer mehr werden in dem Versteck, eben wie Sardinen in einer Büchse."

„Alles klar." Liz freute sich, endlich etwas Abstand zu Maxwell zu bekommen.

Inzwischen war Nigel aufgestanden und rieb sich freudestrahlend die Hände. „Gut, versteckt wird sich nur im Erdgeschoss. Liz, am besten fängst du in der ersten Runde an, das ist einfacher für dich."

Obwohl Liz nicht verstand warum das einfacher für sie sein sollte, nickte sie.

„Wir anderen starten im 6-Minuten-Rhythmus", fuhr Nigel fort. „Muss jemand noch mal auf die Toilette?" Grinsend schüttelten alle den Kopf und Nigel kontrollierte seine Uhr.

Liz überlegte, wohin sie gehen wollte, die Küche war möglicherweise noch hell erleuchtet und fiel damit aus. Der Salon war zu nah und ...

„Los Lizzie!", riss Nigel sie aus ihren Gedanken.

Etwas nervös stand Liz auf und ging begleitet von lauter guten Wünschen und witzig gemeinten Kommentaren hinaus. Sorgfältig schloss sie die Tür hinter sich. Ganz von allein trugen ihre Füße sie in die Bibliothek. Leise öffnete sie die Tür und schlüpfte hinein. Wie sie gehofft hatte, hatte jemand die Vorhänge zugezogen. Also würde sie sich in einer der Fensternischen verstecken. Schnell schnappte sie sich noch ein Kissen vom Sofa und kletterte in ihr Versteck. Zu spät fiel ihr ein, dass die Warterei mit ihrem Handy einfacher gewesen wäre. Leider lag das im Frühstückszimmer, genauso wie ihr Cardigan. Fröstelnd rieb sie sich ihre nackten Arme. Hoffentlich fanden die anderen sie bald. Sie merkte richtig, wie sich nörgelnde Gedanken in ihr ausbreiten wollten und schob diese energisch beiseite. Es war wie es ist und nicht zu ändern. Von so ein bisschen Kälte würde sie sich doch nicht den Spaß verderben lassen. Sie setzte sich so bequem wie möglich hin.

***

Im Frühstückszimmer wurde derweil die Reihenfolge der Suchenden festgelegt. Timothy sollte als Nächster gehen, danach Arthur. Beiden war klar, dass sie nur ein Ablenkungsmanöver waren und von ihnen erwartet wurde sich unauffällig aus dem Staub zu machen.

Timothy schaute seine wunderbare Frau an und schüttelte in Gedanken den Kopf. Wenn sie sich etwas vorgenommen hatte, brachte nichts und niemand sie davon ab. Daher hatte er schon früh gelernt mit seinen Kräften zu haushalten und es nur dann auf einen Machtkampf ankommen zu lassen, wenn es ihm wirklich wichtig war. Was sie mit Max und Liz vorhatte, interessierte ihn nicht wirklich. Er wusste, dass seine Frau ihre Feldwebelmentalität niemals einsetzen würde, um anderen zu schaden. Ganz im Gegenteil, sie wollte immer nur das Beste für die Menschen, die sie liebte. Also machte sich Timothy, nach einem kurzen Seitenblick auf Arthur, der ihm unmerklich zunickte, auf den Weg und ging schnurstracks die Treppe hinauf in Arthurs Arbeitszimmer. Dort würden sein Schwager und er sich die Zeit bei einem Glas schottischen Whisky vertreiben und garantiert nicht im Weg sein.

Ähnliche Gedanken hatte sich Arthur gemacht und war zu demselben Schluss wie sein Schwager gekommen, was er ihm mit diesem kleinen Nicken zu verstehen gegeben hatte. Sollten sich die Geschwister bei ihrem Verkuppelungsversuch ruhig austoben. Um Maxwell machte er sich keine Sorgen, wenn der etwas nicht wollte, brachten keine zehn Pferde ihn dazu. Er konnte ein genauso großer Sturkopf sein wie Nora. Arthur glaubte auch nicht, dass Liz leicht zu beeinflussen war. Schließlich führte sie schon seit Jahren sehr erfolgreich ein eigenes kleines Unternehmen. Er hatte sich auf Bali ausführlich mit ihr übers Bloggen unterhalten und hatte sie dabei von einer ganz anderen Seite kennengelernt. Also machte auch er sich geradewegs auf den Weg in sein Arbeitszimmer, zu Tim und dem Whiskey.

Max wusste genau, was Nora und Nigel im Schilde führten. Dass ihm dies ganz gelegen war, brauchten sie ja nicht zu wissen. Also mimte er den Ahnungslosen und unterhielt sich scheinbar ungezwungen mit Nick, während er überlegte, wohin die süße Liz wohl gegangen sein mochte.

Auch Nick ahnte, dass etwas im Busch war. Selbst wenn er seine Geschwister und ihre Partner nicht oft sah, kannte er sie doch gut genug, um die Spannung im Raum zu spüren. Daher konnte er sich ein wissendes Grinsen nicht verkneifen, als Nigel verkündete, dass Max als Dritter losgehen sollte. Wenn Nora und Nigel sich ausgedacht hatten, dass die beiden ein tolles Paar abgeben würden, würde er sich dem bestimmt nicht in den Weg stellen. Max hatte etwas Spaß nach dem tragischen Tod seiner Frau verdient. Aber auch Liz würde ein Mann wie Max gut tun, nachdem was sie ihm von ihrem Ex erzählte hatte. Also klopfte er Max auf die Schulter und schickte ihm ein ernstgemeinstes „Viel Erfolg!" mit auf den Weg, als Nigel das Startsignal gab.

„Werde ich haben!", konterte Max frech grinsend und schloss sorgfältig die Tür. Er hatte sich entschieden, es zuerst mit der Bibliothek zu versuchen.

***

Verblüfft starrten Nora und Nigel die verschlossene Tür an, schließlich lachten sie laut. Nick verdrehte die Augen: „Wie die Teenies!", murmelte er.

„Das habe ich gehört!", empörte Nora sich. „Gerade du darfst dir gar keine Meinung erlauben, Mr. Ewiger Junggeselle! Du weißt doch gar nicht, wie es ist, in einer verlässlichen Partnerschaft zu ..."

„Schwesterchen, reg dich ab!", unterbrach Nick sie und schenkte sich gelassen noch ein Glas Wein ein. „Gegen eure Kuppelei habe ich gar nichts. Ich finde auch, dass die beiden gut zueinander passen."

„Ach ja?", fragte Nora überrascht und ließ sich auf den nächsten Stuhl plumpsen.

„Ja, tatsächlich. Und wer bin ich schon, den Moralapostel zu spielen?" Mit einem wissenden Lächeln setzte sich Nick ebenfalls wieder. „Ich finde eure Vorgehensweise nur etwas plump."

„Mag sein, dass wir ein wenig eingerostet sind", gab Nigel zu und griff ebenfalls nach dem Wein. „Das Wichtigste ist doch, dass die Zwei jetzt die Möglichkeit haben, Zeit miteinander zu verbringen."

„Allzu viel Zeit sollten wir ihnen aber nicht gönnen. Es muss doch spannend bleiben!", grinste Nick.

„Was hast du vor?", wollte Nora wissen.

Nick grinste noch breiter: „Da die Verführungs-techniken unseres Max sicherlich ebenfalls etwas eingerostet sind, werde ich ihn dazu bringen, etwas auf die Tube zu drücken."

„Du willst ihn eifersüchtig machen!", Nigel gluckste.

„Ach", winkte Nick ab, „ich werde Liz ein bisschen mit meinem Charme betören. Das wird sicherlich reichen."

***

90

Zügig durchschritt Max die Eingangshalle und öffnete leise die Tür zur Bibliothek. Er war sich sicher, dass sie hier war. Wie zur Bestätigung lag ein Hauch ihres Parfüms in der Luft. Als er die Tür behutsam schloss, krachte es im Kamin. Das Feuer war beinahe heruntergebrannt. Beiläufig ergriff er ein neues Holzscheit und schürte es leise. Er ließ sich Zeit. Es konnte nicht schaden, ihre Spannung noch ein wenig zu steigern. Aufmerksam sah er sich um. Wenn sie sich nicht gerade hinter der Couch versteckte und so wenig Fantasie traute er ihr nicht zu, musste sie sich in eine der Fensternischen gesetzt haben. Dort war es deutlich kälter, dass wusste er. Ein altes Haus wie Gracewood Hall hatte eben keine modernen, mehrfach isolierten Fenster. Hatte sich nicht dort der Stoff ein klein wenig bewegt? Doch, er war sich sicher. Festen Schrittes ging er auf die mittlere Fensternische zu.

***

Liz setzte sich auf. War da nicht ein Geräusch gewesen? Angestrengt lauschte sie in die Stille und hielt gespannt den Atem an. Plötzlich krachte es im Kamin und sie zuckte erschrocken zusammen. Es war bloß ein Holzscheit in sich zusammengefallen. Erleichtert ließ sie sich zurücksinken und atmete aus. Leider drang von der Kaminwärme nichts durch die dicken Samtvorhänge und langsam wurde ihr wirklich kalt. Wieder ein Geräusch. Da war doch jemand! Ihre Ohren hatten sie nicht getrogen. Anscheinend wurde das Feuer geschürt, vermutlich war das Mrs. Cuthbert oder gar Matthew. Liz überlegte, ob sie sich bemerkbar machen sollte und wenn ja, wie. Schließlich wollte sie niemanden zu Tode erschrecken. Ob sie es wagen konnte einen Blick zu riskieren? Während sie noch überlegte, lauschte sie weiter. Wer auch immer dort vor dem Kamin stand, er war fertig. Aber anstatt zu gehen, blieb er oder sie stehen. Liz versuchte sich kleiner zu machen, was irgendwie albern war, denn durch die Vorhänge konnte man nichts erkennen. Wieder hielt sie den Atem an, diese Spannung war kaum auszuhalten. Sie wusste schon, warum sie keine Thriller las. Endlich bewegte sich der- oder diejenige. Allerdings nicht Richtung Tür. Er, es musste ein er sein, kam auf sie zu. Liz Herz schlug immer schneller, trotz aller Versicherungen ihres Verstandes, dass sie nur Verstecken spielten. Der Vorhang bewegte sich langsam. Am liebsten hätte Liz die Augen zusammengekniffen, aber sie musste wissen, wer sie gefunden hatte.

***

„Ich hab dich!", flüsterte Max und Liz rann ein Schauer über den Rücken. Warum musste ausgerechnet er sie als Erster finden?! Sie versuchte ihren Atem und ihr wild pochendes Herz zu beruhigen und dabei nicht allzu erschreckt auszusehen. Sie fürchtete, dass es ihr nicht besonders gut gelang. Sie wusste, dass man ihr ihre Gefühle immer sehr deutlich ansah und dass auch die schummrige Beleuchtung in der Bibliothek diese nicht verschleiern würde. Außerdem konnte sie es an seinem Blick erkennen.

„Habe ich dich erschreckt?", fragte er jetzt auch noch und grinste dabei frech.

Liz verdrehte die Augen und stand auf, um ihm Platz zu machen. Was leider keine so gute Idee war, denn mit ihren hohen Schuhen fand sie kaum Halt auf den dicken Polstern und so musste sie sich an der kalten Wand abstützen.

Mit seinen langen Beinen stieg Max einfach in die Fensternische und stellte sich neben sie. Langsam zog er den Samtvorhang wieder zu und wandte sich zu ihr um. Er stand viel näher bei ihr, als es eigentlich nötig gewesen wäre.

Sie konnte seine Körperwärme spüren und hätte sich am liebsten an ihn gekuschelt. Sofort verbot sie sich diesen Gedanken. Ihr war einfach nur kalt. Dass der Geruch seines Aftershaves ihre Hormone in Aufruhr brachte und sie jeden Augenblick das Gefühl hatte zu fallen, war so etwas wie die Dreingabe in dieser merkwürdigen Situation. Obwohl sie sich so gut es ging, festhielt, wackelte sie permanent hin und her. So musste Training auf diesen Vibrationsgeräten sein, dachte sie noch, als sie plötzlich spürte, wie Max eine ihrer Haarsträhnen berührte und sie hinter ihr Ohr strich. Beinahe wäre ihr ein wohliger Seufzer entwischen. Liz biss sich auf die Lippen und schloss die Augen. Sie wagte es nicht ihn anzusehen.

Stocksteif stand sie neben ihm und rührte sich auch nicht, als er begann mit ihren Haaren zu spielen. Ihre einzige Reaktion bestand darin, sich auf die Lippen zu beißen. Sie hatte wirklich wundervolle Lippen. Max überlegte, wie sie schmeckten und was sie wohl alles mit ihrem Mund anstellen konnte. Der Gedanke erregte ihn. Gern hätte er noch länger über ihre zarte Haut gestrichen, aber er wusste, dass er nicht der alleinige Verursacher ihrer Gänsehaut war. Langsam beugte er sich zu ihr und flüsterte ihr ins Ohr: „Du frierst." Dabei zog er sein Jackett aus. Als er es ihr über die Schultern legen wollte, verlor sie den Halt und taumelte gegen ihn.

Jetzt war sie doch dankbar, dass er so nah bei ihr stand. Sonst wäre sie wenig elegant aus der Nische gefallen. Er hatte sie regelrecht an sich gezogen und hielt sie noch immer fest. Durch sein Hemd spürte sie seine Körperwärme und Liz erlaubte es sich, sich einen kurzen Moment an ihn anzulehnen. Es tat überraschend gut, in seinen Armen zu liegen. Als er schließlich doch sein Jackett um ihre Schultern legte, fühlte sie sich sicher und geborgen, wie in einem Kokon. Aber davon durfte sie sich nicht beeinflussen lassen, rief sie sich in Erinnerung. Sie rückte ein wenig von ihm ab und als sie sich gerade bedanken wollte, wurde der Vorhang erneut aufgezogen.

***

„Störe ich?", fragte Nick süffisant.

„Nein!", antwortete Liz hastig. „Max hat mich nur ... ich bin beinah ...", stammelte sie weiter.

„Gestürzt", brummte Max missmutig, wenig erfreut über die Unterbrechung.

„Ja, ich habe mein Gleichgewicht verloren", bestätigte Liz und wollte noch ein wenig mehr von Max abrücken, wurde aber von Nick wieder zurückgedrängt, als dieser sich auch noch in die Nische quetschte. Nun stand sie zwischen den beiden Männern. Während Max augenblicklich zu seiner kalten Distanziertheit zurückgefunden hatte, verströmte Nick eine warme Herzlichkeit. Sie fühlte sich wie zwischen zwei gegensätzlichen Polen. Das war ja wie im Film, beinahe hätte sie laut gelacht.

„Mensch Lizzie, du hättest dir ruhig ein wärmeres Versteck aussuchen können! Ich fürchte, du wirst dich an mich kuscheln müssen, damit ich nicht so friere." Erwartungsvoll grinste Nick sie an.

Maxwell schnaubte angesichts dieser plumpen Anmache.

Doch Liz erwiderte lachend: „Da bist du bei mir an der falschen Adresse. Obwohl er so kühl wirkt, ist tatsächlich Max hier am heißesten..." Liz lief vor Schreck rot an. Hoffentlich sah das keiner in der Dunkelheit.

Nick warf einen abschätzenden Blick auf Max. „Echt jetzt?! Auf ihn stehe ich aber nicht so." Er strahlte Liz an. „Lizzie-Baby, mir fällt schon aber ein, wie ich uns einheizen kann."

Überaus zufrieden stellte Nick fest, dass sich Max Miene noch etwas verdunkelte.

Liz lachte und legte Nick die Hand auf den Arm: „Ich wäre auch ziemlich enttäuscht gewesen, wenn nicht", gab sie flirtend zurück. Sie war sehr froh Nick zu sehen. Mit ihm war alles einfach. Sicher, er hatte auch seine ernsten Seiten und leisen Momente, doch die waren selten. Er hatte so ein unerschütterliches Vertrauen, dass das Universum es gut mit ihm meinte, dass er Grübeleien und Sorgen für überflüssig hielt. Er war überzeugt, dass alles schon so kommen würde, wie es kommen sollte.

Das entsprach vollkommen Liz Vorstellung von der Welt. Nur wenn sie sich ihre bisherigen Beziehungen ansah, überkamen sie ab und zu leise Zweifel an dieser Sichtweise. Letzten Sommer wollte sie gemeinsam mit ihrem Freund in den Urlaub fliegen. Nur zwei Wochen vor ihrem Abflug war es bei einem ihrer üblichen Streits überraschend zur Trennung gekommen. Sven hatte ihr wieder einmal eifersüchtige Vorhaltungen gemacht, nur diesmal hatte sie nicht kleinbeigegeben. Plötzlich hatte sie ihre ganze Beziehung in einem anderen Licht gesehen und ihr war aufgegangen, dass es so nicht weitergehen konnte. Wer von ihnen das Wort Trennung zuerst ausgesprochen hatte, konnte sie später nicht mehr sagen. Dennoch war die nachfolgende Zeit alles andere als friedlich verlaufen.

Mit gebrochenem Herzen hatte sie sich dann nach Bali aufgemacht und war drei Wochen später strahlend schön, erholt und völlig klar mit sich und der Welt wieder nach Hause gefahren. Es war nicht nur die Sonne, das Essen und die besondere Atmosphäre Balis gewesen, sondern auch die vielen Gespräche und Yogaeinheiten mit Nick, die ihr Weltbild wieder geradegerückt hatten.

Sie hatten sich in einem Yogastudio in Ubud kennengelernt und sofort blind verstanden. Sie liebte Nick's Art abgöttisch. Wer in ihm nur den verantwortungslosen, herumreisenden, ewigen Junggesellen sah, der tat ihm unrecht. Dass die gegenseitige sexuelle Anziehung ausblieb, war einerseits enttäuschend gewesen, weil es doch vieles vereinfacht hätte. Andererseits fand sie die Vorstellung mit jemandem das Bett zu teilen, der ihre geheimsten Wünsche und Gedanken kannte, irgendwie gruselig. Sie konnte sich nicht vorstellen, wie dabei die Leidenschaft erhalten bleiben sollte.

Und wieso zum Teufel, kam ihr bei dem Gedanken an Leidenschaft Max in den Sinn?! Sie schnaubte frustriert.

„Alles ok bei dir?", erkundigte Nick sich besorgt. Er hoffte, dass sie nicht zu weit gegangen waren mit ihrem kleinen Verkuppelungsversuch. Das letzte was er wollte war, dass Liz enttäuscht wurde. Dennoch hatte er ein gutes Gefühl, wenn er die beiden zusammen sah.

„Es ist nichts", antwortete Liz. „Ich mag nur nicht mehr auf diesen Polstern stehen." Kaum hatte sie es ausgesprochen, wurde der Vorhang schwungvoll beiseite gezogen.

„Dann ist es ja gut, dass wir euch gefunden haben!", sagten Nick und Nora im Chor. Liz seufzte erleichtert auf, ihr tat alles weh. Permanent ihr Gleichgewicht austarieren zu müssen war wirklich anstrengend gewesen. Bevor sie sich Gedanken machen konnte, wie sie ihre überreizten

Muskeln dazu bringen sollte, herunterzusteigen, spürte sie zwei starke Hände um ihre Taille und Max hob sie herunter. Instinktiv stützte sie sich auf seine Arme. Behutsam stellte er sie ab, ohne sie jedoch loszulassen. Überaus zufrieden mit sich und der Welt zogen sich die Geschwister leise zurück. Liz registrierte ihren Abgang nur halb. Sie konnte und wollte nicht loslassen. Zum einen traute sie ihren Beinen noch nicht und zum anderen... Max war ihr so nah, dass sie ihn problemlos küssen könnte. Sie müsste sich nur ein wenig auf die Zehenspitzen stellen.

Max war hin- und hergerissen, einerseits wollte er sie gern küssen, aber andererseits spürte er, dass sie durcheinander war. Außerdem wollte er ihr vorher unbedingt reinen Wein einschenken, denn sie sollte sich nicht blind in eine Affäre mit ihm stürzen.

Er konnte sich nicht satt sehen an ihren strahlend blauen Augen und dem verführerischen Mund. Binnen einer Sekunde warf er seine guten Vorsätze über Bord, er war schließlich auch nur ein Mann. Morgen wird noch genug Zeit zum Reden sein, sagte er sich. Zärtlich legte er seine Hand an ihre Wange und senkte seine Lippen auf ihre. Eigentlich hatte er behutsam vorgehen wollen, aber er hatte nicht mit dem Feuer gerechnet, dass ihn traf. Das leise Knistern, das sie beide am Vormittag gespürt hatten, entwickelte sich nun zu einer wahren Explosion. Unwillkürlich zog er sie enger an sich und Liz schlang ihre Arme um seinen Hals.

Sie hatte nicht gewusst, dass ein Kuss so sein konnte. Nichts hatte mehr Bedeutung. Wenn jetzt die Welt um sie herum untergehen würde, sie würde es nicht bemerken. Dieser Kuss hob sie aus Raum und Zeit. Es war wundervoll und beängstigend zugleich.

Mit einer schier unmenschlichen Willensanstrengung löste er sich schließlich von ihr. Noch eine Sekunde länger und er hätte für nichts mehr garantieren können. An ihrem verhangenen Blick erkannte er, dass es ihr genauso ging. Er räusperte sich mühsam. „Kannst du stehen?", fragte er sie und ließ sie los.

„Mmh." Nur schwer fand sie in die Wirklichkeit zurück. „Was? Äh...?" Was war denn das für ein Gestammel? Wo war ihre eloquente Ausdrucksweise, wenn sie sie mal brauchte? Sie schloss die Augen und konzentrierte sich.

„Ja, ich kann stehen." Sie schaute ihn an und zog sich dann verwirrt, das Jackett von den Schultern. „Das brauche ich nicht mehr. Ich sollte jetzt gehen. Ich habe morgen viel vor." Sie zögerte kurz, dann besann sie sich und lächelte ihr strahlendes Lächeln, das sie so gern und offen verschenkte. „Gute Nacht und bis morgen."

Max nahm ihr das Jackett ab und antwortete unwillkürlich lächelnd „Gute Nacht."

Es traf sie unvorbereitet. Er lächelte so selten und sah dann so anders aus, jünger, unbeschwerter, attraktiver. Beinahe hätte sie sich wieder auf ihn gestürzt, um diesen atemberaubenden Kuss fortzusetzen. So schnell sie konnte drehte sie sich um und verließ auf wackeligen Beinen die Bibliothek. Sie konnte jetzt nicht in den Salon zurückkehren, auch wenn es unhöflich war. Sie sehnte sich nach Ruhe. Der Tag war lang und aufregend genug gewesen.

Nachdem sie gegangen war, ließ er sich auf die Fensterbank fallen und murmelte: *„Holy shit."*

Doch dann stahl sich ein kleines triumphierendes Lächeln in sein Gesicht. Auch wenn es irgendwie albern war, schmeichelte es doch seiner Eitelkeit, dass er eine gewisse Wirkung auf sie hatte. Überaus zufrieden mit sich und der Welt machte er sich auf den Weg in den Salon. Er wollte sehen, welches Dessert Mrs. Cuthbert vorbereitet hatte und außerdem wollte er den anderen keinen Raum für Spekulationen geben. Noch nicht.

***

„Meint ihr, zwischen den beiden ist irgendwas passiert?", fragte Nigel seine Geschwister und warf einen Blick auf die verschlossene Bibliothekstür.

„Es hat auf jeden Fall mächtig geknistert. Ich konnte die Funken regelrecht sehen. Es ist ein Wunder, dass die Vorhänge nicht Feuer gefangen haben!" Nick grinste zufrieden.

„Hoffentlich reicht das auch!", meinte Nora. „Max kann manchmal echt stur sein!"

„Dieser Wesenszug ist dir natürlich völlig fremd, nicht wahr, Schwesterchen?!", konnte Nick sich nicht verkneifen und ging vorsichtshalber direkt in Deckung.

„Ach, hör bloß auf!" Halbherzig schlug Nora nach ihm. „Viel wichtiger ist doch die Frage, was jetzt geschieht!"

„Ich versuche jetzt erst mal unsere Männer von ihrem Whiskey loszueisen", verkündete Nigel.

„Du weißt genau, dass ich das nicht gemeint habe!"

„Schwesterchen, bleib cool. Es wird schon alles werden", beruhigte Nick sie. „Lass ihnen etwas Zeit."

„Du hast ja recht", erklärte Nora ergeben. „Nigel, kannst du Tim bitten, kurz nach den Kindern zu sehen? Ich hole derweil den Nachtisch", bat Nora.

„Mach ich!", versprach er und ging die Treppe hinauf.

„Ich räume schon mal den Tisch ab", verkündete Nick.

***

„Und wart ihr erfolgreich?", fragte Arthur als Nigel in sein Arbeitszimmer trat.

„Vielleicht." Nigel grinste und setzte sich auf seinen Schoß. Arthur nahm ihn in die Arme und drückte ihn.

„Das heißt, wir sollen jetzt wieder hinunter kommen, damit die Scharade weitergehen kann?", stellte Timothy fest.

„Ich bitte dich! Wir wollen euch zwei bei uns haben! Der Abend ist ja noch nicht vorbei." Nigel wackelte mit den Augenbrauen. „Vorher darfst du aber noch nach deinen beiden Nachkommen sehen."

„Dann werde ich das besser tun." Tim grinste und erhob sich. „Aber lasst mir was vom Dessert übrig!"

„Sicher doch!", rief Nigel ihm ebenfalls grinsend hinterher.

„Dann lass uns auch gehen", sagte Arthur und wollte aufstehen. Doch Nigel machte keine Anstalten, sondern legte seine Arme um ihn. „Die ganze Romantik in diesem Haus macht mich ganz wuschig...", erklärte er bedeutungsvoll.

Arthur zog grinsend die Augenbrauen hoch. „Ach, tut sie das?", fragte er noch, bevor er ihn näher zu sich heranzog und leidenschaftlich küsste.

***

Timothy traf seine Frau allein im Salon an, als sie sich gerade über ein niedriges Sofatischchen beugte, um die Dessertschalen zu verteilen. Sie sah heute einfach unglaublich sexy aus. Rasch trat er hinter sie und presste sein Becken an ihres. Überrascht richtete Nora sich auf. „Tim!"

„Ich dachte, den Nachtisch gibt es woanders!", flüsterte er ihr rau ins Ohr. „Die Kinder schlafen tief und fest. Komm lass uns hoch gehen!!!" Er strich ihr das Haar aus dem Nacken und küsste sie. Gleichzeitig verstärkte er seinen Griff an ihren Hüften.

„Tim", sagte Nora noch einmal, diesmal deutlich weicher, „wir sind nicht allein."

„Allerdings!", brummte Max, der soeben eingetreten war.

Nick stand direkt hinter ihm und erfasste die Situation sofort. „Max, ich kann dir Übungen zeigen, die dir helfen dich zu entspannen. Sie sollen auch bei sexueller Frustration helfen." Er grinste süffisant.

Unwillkürlich zuckten Max Mundwinkel. „Wie kommst du darauf, dass ich frustriert bin?", fragte er betont gleichgültig. „Ich wollte mir lediglich Mrs. Cuthberts Nachtisch nicht entgehen lassen."

Auch Nora und Tim mussten schmunzeln und ließen sich nah beieinander auf dem Sofa nieder.

Max setzte sich ebenfalls und griff nach einem Dessertschälchen.

„Übermäßiger Zuckerkonsum ist ein klassischen Zeichen für eine konstante Enthaltsamkeit und der daraus resultierenden hormonellen Missstimmung", dozierte Nick und Tim lachte schallend los.

„Wo bleiben denn Nigel und Arthur?", wunderte sich Nora und versuchte damit das Thema zu wechseln.

„So wie ich unseren Bruder kenne, holt er sich eine andere Art Nachtisch...", antwortete Nick gelassen und ließ es sich ebenfalls schmecken.

„Nick!", tadelte Nora, während Tim sich zu seiner Frau hinüber beugte. „Siehst du!", flüsterte er ihr ins Ohr und verteilte wieder kleine Küsse. Nora bekam Gänsehaut. Sie wandte den Kopf und schaute ihren Mann verliebt an. Unmerklich nickte sie. Tim grinste als hätte er einen entscheidenden Sieg errungen.

„Oh, es ist ja schon so spät!", rief Nora aus und stand auf. „Ich geh hoch. Unsere Monster sind morgen bestimmt wieder früh wach!"

„Du hast recht Schatz." Eifrig erhob sich Tim ebenfalls.

Max verdrehte heimlich die Augen, obwohl er zugeben musste, dass Nick nicht ganz unrecht gehabt hatte. Der Kuss von eben hatte eine überraschend nachhaltige Wirkung auf ihn. Er konnte ihn einfach nicht abschütteln. Gedankenverloren stand er ebenfalls auf und hörte Nicks spöttisches „Gute Nacht, Schwesterchen, schlaf schön!" kaum.

„Ich bin auch weg", murmelte er nur und schloss die Salontür hinter sich.

Nick blieb grinsend allein zurück. Dann würde er wohl alle Kerzen löschen, das Kaminfeuer abdecken und aufräumen. Wenn er damit fertig war, sollte er sich vielleicht die besagte Meditation gönnen. Bei geöffnetem Fenster! Diese sexuell aufgeladene Atmosphäre war ja kaum auszuhalten.

23. Dezember
Kapitel 8

Liz hatte unruhig geschlafen und wirr geträumt. Von Gewitterwolken, Pferden, die Dosenfisch fraßen und von Büchern, die fliegen konnten und sie verfolgten. Als ihr Handy anzeigte, dass es 5 Uhr war, stand sie erleichtert auf. Obwohl sie spürte, dass ihr Körper sich nach Schlaf sehnte, war sie doch zu aufgedreht, um zur Ruhe zu kommen. Auch ihre morgendliche Yogarunde verschob sie spontan nach hinten. Dick eingemummelt in einen riesigen Wollpulli, Kuschelhose und Lammfellstiefel machte sie sich leise auf den Weg in die Küche, um sich eine Kanne Tee zu kochen. Im Herrenhaus schliefen noch alle und selbst Mrs. Cuthbert war zu dieser Zeit noch nicht unterwegs. In der Halle leuchtete der große Weihnachtsbaum still und erhaben vor sich hin. Liz blieb kurz stehen und genoss den grandiosen Anblick. Sie seufzte leise und die merkwürdigen Traumbilder fielen von ihr ab. Genau diesen Moment würde sie in ihrem Herzen speichern. Genauso wollte sie dieses besondere Weihnachten in Erinnerung behalten. Sie lächelte und spürte eine tiefe Dankbarkeit in sich. Wie wundervoll das Leben doch war! Sie atmete noch einmal tief ein, dann ging sie weiter. Sie wollte die Zeit nutzen, um am Blog zu arbeiten, deswegen war sie schließlich hier.

***

Zwei Stunden später streckte Liz zufrieden den müden Rücken. Sie hatte einiges geschafft, aber jetzt konnte sie nicht mehr sitzen und kalt war ihr auch. Sie speicherte gerade alle Dateien, als es an der Tür klopfte und Nick seinen Kopf ins Zimmer steckte. „Hey, Süße! Wusste ich's doch, dass ich dich hier finde!" Er trat ganz ins Zimmer und sie bemerkte seine Sportklamotten. „Hast du Lust auf eine Runde Yoga?"

Liz strahlte ihn an. „Nick! Ich hatte so sehr gehofft, dass wir dafür Zeit finden werden!" Sie stand schwungvoll auf. „Ich ziehe mich eben um und hole meine Matte."

Nick hielt ihr die Tür auf. „Klasse. Ich warte auf dich."

In Windeseile zog sie sich um. Eine Yogasession mit Nick war immer etwas ganz besonderes. Er war stark und gelenkig genug, um viele Asanas gemeinsam zu üben und sie auch hochzuheben. Die Matte unterm Arm und das Smartphone in der Hand trat sie kurz darauf in den Flur. „Das ging ja schnell!", staunte Nick und Liz grinste. „Ich bin einfach gut vorbereitet!"

„Offensichtlich", gab Nick trocken zurück und ging zur hinteren Treppe. „Wir gehen nach oben, da haben wir unsere Ruhe und genug Platz."

Oben angekommen, staunte Liz nicht schlecht. Sie hatte ein vollgestopftes Zimmer erwartet, mit einigen Überbleibseln aus Nicks Teenagerjahren. Stattdessen hatte er sie in ein großzügiges Loft geführt. Zwischen die freigelegten Dachbalken waren bodentiefe Fenster eingebaut, die das violette Licht der Morgendämmerung hereinließen.

„Wow!", bewundernd ließ Liz ihren Blick schweifen. „Ich hätte nicht gedacht, dass ein einziges Haus so viele unterschiedliche Räume haben kann!"

„Mir fällt das schon gar nicht mehr auf." Nick schmunzelte. „Als unsere Eltern den Umbau geplant haben, war ihnen irgendwie schon klar gewesen, dass ich ein unstetes und ruheloses Leben führen würde." Er zuckte mit den Schultern. „Gracewood ist meine einzige feste Adresse..." Nick setzte ein schiefes Grinsen auf. „Wollen wir loslegen?"

„Ja, klar!", grinste Liz zurück und rollte ihre Yogamatte aus. Sie konnte nicht beschreiben, wie sehr sie sich freute, dass er hier war.

***

Nach 40 Minuten atmen, dehnen und öffnen, fühlte sie sich für den Tag gewappnet. Yoga mit Nick war immer wieder ein Erlebnis. Beflügelnd und herausfordernd zugleich. Ganz im Einklang mit sich und der Welt, öffnete sie die Augen und lächelte.

„Und? Wie gefällt dir unser Zuhause?", fragte Nick neben ihr. Er hatte sich bereits aufgesetzt.

„Es ist wunderschön!", schwärmte Liz. „Nicht zu groß und nicht zu klein!" Sie wandte sich zu ihm um. „Aber jetzt musst du erzählen, wie ist es dir in den letzten Monaten wirklich ergangen?"

„Ich habe doch gestern Abend schon alles erzählt!", wunderte sich Nick.

Liz schüttelte den Kopf. „Du hast deiner Familie erzählt, was sie hören wollte. Jetzt möchte ich wissen, was sonst noch so war." Liz blickte ihn auffordernd an und Nick musste lachen.

„Lizzie, du wirst einmal eine hervorragende Mutter! Deine Verhörmethoden sind Weltklasse!"

„Na, vielen Dank auch!" Liz schnaubte empört.

„Sei nicht böse, es war lieb gemeint", sagte er versöhnlich. „In dem Kloster, von dem ich gestern erzählt habe, ist noch etwas passiert", begann Nick und Liz lauschte aufmerksam.

***

Maxwell hatte hervorragend geschlafen und er spürte, wie gut ihm das getan hatte. Eine ruhige Nacht war etwas Feines, erst recht, wenn man in den frühen Morgenstunden mit einem erotischen Traum über eine gewisse lebensfrohe Blondine mit wunderbaren Beinen belohnt wurde. Mit einem frivolen Grinsen reckte und streckte er sich und begab sich ins Bad. Er wollte ausgiebig duschen.

***

Nach der Yogasession mit Nick hatte Liz das Gefühl sie würde die Treppe herunter schweben. Sein spirituelles Erlebnis in dem buddhistischen Kloster ließ sie nicht los. Dass er ausgerechnet ihr davon erzählt hatte! Über diesen Vertrauensbeweis freute sie sich sehr. In ihrem Zimmer angekommen, legte sie ihre Yogamatte und das Smartphone weg. Jetzt noch eine heiße Dusche und der Tag konnte beginnen!

Beschwingt öffnete sie die Badezimmertür und blieb verdutzt stehen. Erst jetzt hörte sie das Wasserrauschen. Unter der Dusche stand Maxwell. Das Wasser floss in einem steten Strom über seinen muskulösen Körper. Wie gebannt stand sie da und bewunderte seine breiten Schultern und schmalen Hüften. Man sah ihm den Schreibtischjob wirklich nicht an. Sie ließ ihren Blick weiter wandern und verweilte gerade auf seinem knackigen Po, da drehte er sich um.

‚Oh! Lange kann er noch nicht wach sein...‘, dachte sie noch, bevor ihr bewusst wurde, dass sie ihn noch immer anstarrte. Augenblicklich schoss ihr das Blut in den Kopf. Sie wagte es nicht ihm in die Augen zu sehen. Entschuldigungen stammelnd flüchtete sie aus dem Bad und warf die Tür hinter sich zu.

Das Gesicht in ihren Händen vergraben, sank sie auf den Boden. Vor Scham hätte sie sich am liebsten unter dem Bett verkrochen und wäre frühestens in 100 Jahren wieder hervorgekommen. Wie peinlich! Warum musste das ausgerechnet ihr passieren? Und hatte sie nicht gerade noch gedacht, sie wäre nach der Yogarunde wach und fit? Liz schüttelte ihren Kopf und stöhnte leise. Warum hatte sie ihn auch so angestarrt?

Okay, sie wusste warum sie ihn angestarrt hatte. Wenn sie ganz ehrlich zu sich selbst war, musste sie zugeben, dass ihr gefiel, was sie gesehen hatte. Außerordentlich gut gefiel!

Erst dieser Wahnsinnskuss gestern Abend und jetzt das! Hatte sie nicht vorgestern noch zu Lena gesagt, sie wäre zum Arbeiten hier?! Wenn die sie jetzt sehen könnte! Liz spürte wie ein kleines, aber unaufhörliches Prusten in ihr aufstieg. Mühsam versuchte sie das unpassende Kichern zu unterdrücken. Es gelang ihr nur schlecht. Schnell griff sie nach ihrem Pullover und vergrub ihren Kopf darin. Das war wieder typisch Lizzie, in den peinlichsten Situationen lachte sie sich schlapp. Sie bekam kaum noch Luft und spürte, wie ihr die Tränen in die Augen stiegen, als es kurz an der Badezimmertür klopfte und sie ihn gedämpft sagen hörte: „Das Bad ist jetzt frei. Ich bin fertig."

Liz kniff die Augen zusammen und presste mühsam ein „Danke" heraus. Sie wartete noch 5 Minuten, ehe sie aufstand und vorsichtig die Tür öffnete. Der Duft seines Aftershaves hing noch in der Luft, daher riss sie als erstes ein Fenster auf, um wenigstens einen kurzen Stoß frische Luft herein zu lassen und wieder einen klaren Kopf zu bekommen. Dann schloss sie sorgfältig beide Türen ab.

***

Max war ein kleines bisschen enttäuscht darüber, dass Liz das Bad so schnell verlassen hatte. Ihm wäre schon etwas eingefallen, wie sie beide das warme Wasser gewinnbringend hätten nutzen können. Sein Grinsen wurde noch eine Spur breiter, als ihm klar wurde, dass diese Fantasie durchaus im Bereich des Möglichen lag. Dieses Weihnachtsfest versprach interessant zu werden. Aber vorher wollte er mit ihr reden, vielleicht konnten sie noch einmal gemeinsam ausreiten.

***

Unter der Dusche hatte Liz sich beruhigt und beschlossen, den Vorfall zu ignorieren. Nicht sie hatte vergessen, die Tür abzuschließen, sondern er. Außerdem war gar nichts passiert. Beim Nachdenken fiel ihr zusätzlich auf, dass er nicht sonderlich peinlich berührt gewirkt hatte. Umso besser!

Rasch zog sie sich etwas Warmes an, denn heute stand der Ausflug mit Nora auf dem Programm. Wieder im Reinen mit sich und der Welt hüpfte sie 20 Minuten später munter die Treppe hinab und durchquerte schwungvoll den Salon. Als sie ins Frühstückszimmer trat, waren dort schon fast alle versammelt. Nigel und Nick fehlten und auch Max war nirgends zu sehen, wie Liz erleichtert feststellte.

„Guten Morgen Liz", begrüßte Arthur sie. Nora und Tim nickten ihr nur kurz zu. Wie es schien, hielten die Kinder auch beim Frühstück ihre Eltern auf Trab.

„Guten Morgen", wünschte Liz gut gelaunt und trat ans Frühstücksbuffet. Mrs. Cuthbert hatte wieder gezaubert, es gab cremigen Porridge mit Apfelzimtkompott, fluffiges Rührei, frische Brötchen, sowie die obligatorischen Würstchen mit Bohnen und Pilzen. Außerdem standen wieder die köstlichen Marmeladen und der samtige Honig neben der Butter. Tee, Kaffee, Saft und eine Kanne mit Kakao standen auf dem Tisch. „Wie macht sie das bloß?", murmelte Liz, als sie versuchte sich zu entscheiden, was sie essen mochte.

„So umfangreich ist das Frühstück nur, wenn wir alle versammelt sind oder Gäste haben." Arthur war neben Liz getreten. „Dafür haben die Cuthberts im Januar immer zwei Wochen Urlaub. Dann müssen wir uns selbst versorgen." Er lächelte etwas schief.

„Jetzt sag nicht, ihr müsst euch dann mit Fertigessen begnügen?!"

„Nein, nein. So schlimm ist es nicht. Wir können schon selbst ein paar Gerichte kochen, außerdem hat Mrs. Cuthbert auch immer einiges in der Tiefkühltruhe und dann gibt es im Dorf noch den Pub und ein nettes Café."

„Dann bin ich beruhigt. Ich hatte mir schon Sorgen gemacht!" Liz grinste und griff entschlossen nach einem Sauerteigbrötchen und nahm sich etwas von dem Rührei.

„Liz, was ich eigentlich sagen wollte - wenn du lieber einen Espresso oder Latte Macchiato möchtest, ist das kein Problem. Ich kümmere mich gern darum." Arthur sah sie auffordernd an.

„Ehrlich? Ich muss gestehen, ich hätte wirklich sehr gern einen Cappuccino, wenn es nicht zu viele Umstände macht." Die Aussicht auf einen echten italienischen Kaffee ließ Liz strahlen.

Arthur lächelte zurück. „Wenn es Umstände machen würde, dann hätte ich es dir nicht angeboten", sagte er und ging hinaus.

Liz musterte noch einmal das Büfett. Zu Kaffee mochte sie immer etwas Süßes essen und der Honig sah einfach verlockend aus.

Mit einem gut gefüllten Teller setzte sie sich auf ihren Platz und holte sofort ihr Handy hervor, um ihr Frühstück mit ihren Followern zu teilen.

„Warum fotografierst du dein Essen?", wollte Claire wissen.

„Weil...", Liz verstummte. Die Süße hatte recht. Warum tat sie das eigentlich? Weil das alle machten, war keine gute Antwort. Ohne es zu ahnen, hatte Claire auf eine der Absurditäten des Bloggerlebens hingewiesen. Liz lächelte. „Es sieht komisch aus, nicht wahr?", fragte sie. „Weißt du, es gibt Menschen, die interessieren sich dafür. Die möchten gern wissen, was ich zum Frühstück esse. Sie überlegen dann, ob sie das nicht auch essen möchten. Das nennt man Inspiration."

„Claire und ich mögen am liebsten Pancakes", erklärte Henry ernsthaft.

„Die mag ich auch gern", antwortete Liz.

„Wer liebt Pancakes nicht?!", bemerkte Maxwell, als er hereinkam. „Guten Morgen. Ich habe dir etwas mitgebracht." Er stellte Liz einen Cappuccino hin.

„Oh. Vielen Dank." Liz war überrascht. Insgeheim hatte sie gehofft, er wäre schon weg. Egal wohin! Hauptsache sie müsste nicht mit ihm reden. Stattdessen setzte er sich neben sie und trank in aller Seelenruhe einen Espresso. Liz war nur kurz irritiert, dann überwog die Erleichterung. Irgendwie war es klar gewesen, dass er weder den Kuss noch ihre Überraschungsaktion vor allen anderen erwähnen würde.

„Liz, steht unsere Verabredung noch?", wollte Nora wissen.

„Ja, natürlich." Liz nickte. „Wann wolltest du los?"

Nora wechselte einen Blick mit ihrem Mann. Tim grinste schief und antwortete Liz: „Wenn ihr fertig seid, könnt ihr sofort fahren. Ich kümmere mich schon um die Racker."

Nora lächelte ihn warm an: „Danke Schatz."

„Papa, können wir zu dem alten Pavillon reiten? Von dort kann man doch so toll den ganzen Wald sehen?", fragte Claire.

Mit einem leichten Lächeln warf Max ein: „Liz hat heute ja auch schon die ‚Aussicht' genossen."

Vor Schreck verschluckte sich Liz an ihrem Cappuccino.

„Liz geht es dir gut?", fragte Arthur, der gerade wiederkam.

Liz versuchte zu nicken, musste aber weiterhin husten. Hilfsbereit klopfte Maxwell ihr auf den Rücken. „Sie hat sich nur verschluckt", antwortete er Arthur. „Sie hat wohl nicht damit gerechnet, dass es so heiß sein würde!" Er warf ihr ein süffisantes Lächeln zu, das sie erröten ließ.

Unwillig versuchte sie, seine Hand auf ihrem Rücken abzuschütteln. Es gelang ihr nicht. Im Gegenteil, Max ließ sie noch ein wenig länger dort verweilen.

Arthur runzelte kurz die Stirn, hakte aber trotz der merkwürdigen Formulierung nicht nach.

Während Liz Atem sich wieder beruhigte, musste sie insgeheim Maxwells Unverfrorenheit bewundern. Was hätte er denn gesagt, wenn jemand nachgefragt hätte?!

„Papa?" Ungeduldig wiederholte Claire ihre Frage.

„Claire, was hältst du davon, wenn wir das machen?", schlug Arthur vor. „Am besten weckt ihr Onkel Nigel, wenn ihr mit dem Frühstück fertig seid."

Kaum hatte Arthur ausgesprochen, stürzten die Kinder mit lautem Jubelgeschrei davon.

Auch Nora stand auf: „Entschuldigt mich bitte. Ich möchte mich noch etwas zurechtmachen. Liz reicht dir eine halbe Stunde?"

„Das reicht vollkommen. Bis gleich!", antwortete sie. „Ach Nora, Mrs. Cuthbert und ich wollten heute

Nachmittag mit den Kinder Plätzchen backen. Ist euch das recht?"

„Dazu hast du wirklich Lust? Du musst dich nicht verpflichtet fühlen, was mit ihnen zu machen." Nora war stehen geblieben.

„Ich fühle mich nicht verpflichtet", beruhigte Liz sie. „Ich bin gern mit Kindern zusammen und ich habe wirklich Lust heute Nachmittag Plätzchen zu backen. Das machen wir in Deutschland so. In der Weihnachtszeit gibt es immer viele verschiedene Kekse. Zimtsterne, Vanillekipferl, Lebkuchen..."

„Oh, wie lecker!", warf Arthur ein.

„Ja, so versüßen wir uns die Wartezeit auf den Weihnachtsmann!" Liz grinste verschmitzt und Nora strahlte: „Wenn das so ist, freuen wir uns sehr! Die Kinder werden ganz aus dem Häuschen sein! Dankeschön!"

„Gern geschehen!", antwortete Liz und freute sich, dass ihre Idee schon bei der Mama so gut angekommen war. Fröhlich summend verließ Nora das Frühstückszimmer.

„Wirst du darüber schreiben?", wollte Maxwell wissen.

„Das auch. Ich werde alles vorbereiten und Nora und Tim entscheiden dann, wie viel von den Kindern zu sehen sein darf oder auch nicht", erklärte Liz. „Meine Follower werden auch älter und einige träumen schon von einer eigenen Familie. Das passt gut in die Weihnachtszeit." Sie lächelte beinahe entschuldigend.

„Viele glauben ja, dass erst Kinder Weihnachten zu etwas besonderem machen", bemerkte Maxwell. Liz blieb keine Zeit sich über diesen Kommentar zu wundern, denn Arthur warf ein: „Beim Lesen sieht es immer alles so leicht und spontan aus."

„Das soll ja auch so sein. Wer will schon etwas von Mühe und Anstrengung lesen oder schmutzige Badezimmer sehen?!" Sie lachte. „Aber eine gewisse

Planung gehört eben dazu, vor allem wenn man beruflich bloggt."

„Apropos Planung", fragte Arthur nach. „Benötigst du noch etwas für euer Menü?"

„Mrs. Cuthbert und ich fangen heute mit den ersten Vorbereitungen an. Ich glaube also nicht." Liz trank einen letzten Schluck von ihrem Cappuccino. „Ich muss mich jetzt auch fertig machen, sonst wartet Nora nachher noch auf mich. Wir sehen uns später!", verabschiedete sie sich und Arthur wünschte ihr viel Spaß. Maxwell sah ihr nur schweigend hinterher und verspürte dabei ein leises Bedauern.

***

Bei ihrer Anreise hatte Liz nicht die Gelegenheit gehabt, sich im Dorf umzusehen, daher freute sie sich nun umso mehr endlich das englische Landleben kennenzulernen. Bisher war sie immer nur in London gewesen.

Nora hatte am Dorfanger geparkt und Liz das Postamt gezeigt, dann hatten sich ihre Wege getrennt. Nora wollte noch nach letzten Geschenken stöbern, während Liz durch den Ort schlendern und Fotos für den Blog schießen wollte. Sie hatten verabredet sich später in dem kleinen Café zu treffen.

Liz wurde nicht enttäuscht, ganz im Gegenteil sie musste aufpassen, dass sie nicht die ganze Zeit ihre Kamera vor der Nase hatte und alles nur durch die Linse sah. Der Ort wirkte wie einem Jane Austen Film entsprungen. Dass es so etwas überhaupt noch gab! Auf dem Dorfanger stand ein großer, wundervoll geschmückter Weihnachtsbaum. Rund um den Platz gruppierten sich pittoreske kleine Steinhäuser, in denen die verschiedensten Läden zu finden waren. Lichterketten waren von Haus zu Haus gespannt und alle Türen mit Tannen- und Stechpalmengirlanden geschmückt. Liz hätte es nicht gewundert, wenn jeden Augenblick der Weihnachtsmann mit seinem Rentierschlitten gelandet wäre.

Es gab einen alteingesessenen Tante-Emma-Laden, einen modernen Bioladen, aber auch einen Buch- und einen Blumenladen. Vor dem Pub standen ein paar Einheimische und plauschten. Es war wirklich wie im Film. Nachdem sie jedes Motiv mindestens 100mal abgelichtet und auch direkt ein paar kurze Videosequenzen ins Netz gestellt hatte, beschloss sie spontan den Blumenladen genauer anzusehen. Pompöse Feierlichkeiten auf Gracewood Hall benötigten schließlich auch großartigen Blumenschmuck.

Kleine Weihnachtsbäumchen standen am Eingang Spalier. Liz öffnete die Tür und eine altmodische Türglocke bimmelte. Augenblicklich befand sie sich in einem wahren Wunderland. Jemand hatte den vorderen Teil des Ladens in einen verschneiten Winterwald verwandelt. In einer Ecke stand sogar ein märchenhafter Kristallpalast, der allerlei Deko enthielt. Wie verzaubert wanderte Liz durch den Raum. Sie wusste nicht, wohin sie zuerst schauen sollte.

„Einen Moment bitte, ich bin gleich für Sie da!", ertönte es von hinten. Liz ging der Stimme entgegen und die Szenerie im Laden verwandelte sich. Durch einen angedeuteten Torbogen betrat Liz ein weihnachtlich geschmücktes Wohnzimmer. Ein prachtvoller Tannenbaum stand neben einer Kaminkonsole, in der unzählige Kerzen brannten. Wunderschöne Arrangements aus Amaryllis, Christrosen, Tannen- und Stechpalmen-zweigen waren im ganzen Raum verteilt. Liz kam aus dem Staunen nicht mehr heraus. So ein Kleinod hatte sie nicht erwartet.

„Kann ich Ihnen behilflich sein?" Eine kleine rundliche Mittfünfzigerin kam auf Liz zu. Ihre braunen Haare hatte sie zu einem lustigen Dutt hochgesteckt und ihre Wangen hatten einen hübschen Rotton. Sie sah aus, wie eine eben erblühte Rose.

„Ihre Laden ist wunderschön!", antwortete Liz. „Machen Sie auch Brautsträuße und Tischgestecke?"

„Natürlich! Ich kann Ihnen ein paar Bilder zeigen." Schon trat die Floristin auf einen alten Bauernschrank zu und holte ein dickes Fotoalbum hervor. „Wollen wir uns nicht setzen?" Sie deutete auf eine kleine Sitzecke, die Liz noch nicht bemerkt hatte.

„Sehr gern." Liz nickte und begann sich den Mantel aufzuknöpfen. Langsam wurde ihr warm.

„Wann ist es denn soweit? Feiern Sie auf Gracewood Hall?", fragte die Floristin interessiert. „Ach, ich habe mich ja noch gar nicht vorgestellt. Ich bin Rosemary Davis, die Inhaberin."

Liz streckte der Frau ihre Hand hin. „Hallo, ich bin Liz Sommer." Sie hatte bereits das Album aufgeschlagen und einige Bilder angesehen. „Ich schreibe einen Artikel über Gracewood Hall", ergänzte sie.

„Sie heiraten gar nicht?"

Liz strahlte sie an. „Nein. Im Moment fehlt mir noch der passende Mann dazu."

„Und weswegen sind Sie dann bei mir?" Rose runzelte die Stirn.

„Auf meinem Blog ‚Liz' Journey' werde ich über die Möglichkeiten, die Gracewood als Veranstaltungsort bietet, berichten." Liz holte ihre Visitenkarte hervor und gab sie Rosemary. „Sie wissen ja, erst durch die richtigen Blumen gewinnen Feierlichkeiten Atmosphäre." Liz machte eine ausholende Handbewegung. „Was Sie hier machen, ist einfach wundervoll und genau das Richtige für prächtige Hochzeiten auf Gracewood Hall. Daher wollte ich Ihnen eine Art Kooperation vorschlagen."

Rose schüttelte skeptisch den Kopf: „Für so große Werbung fehlt mir das Budget."

„Oh nein", rief Liz, „ich möchte Ihnen keine Werbung verkaufen. Ich wollte Sie und Ihren Laden mit ein paar Bildern und einem kleinen Interview vorstellen." Liz griff ihre Hand. „Sehen Sie, wenn meine Leser ihre Traumhochzeit auf Gracewood Hall feiern wollen, dann brauchen sie Blumen. Viele Blumen." Sie lächelte Rose gewinnend an. „Also stelle ich Sie und ihren fantastischen Laden gleich mit vor. Ich sehe das bereits alles vor mir."

„Und was soll ich Ihnen im Gegenzug dafür bieten?" Rose hatte sich abwartend zurückgelehnt. Sie war schon zu lange Geschäftsfrau, um nicht zu wissen, dass alles zwei Seiten hatte. Sie mochte die junge Frau und ihr gefiel die Idee. Aber sie hatte gelernt, die Dinge mit Bedacht anzugehen.

Liz ließ sich ebenfalls nicht aus der Ruhe bringen. „Das liegt ganz bei Ihnen. Da gibt es einige Möglichkeiten." Lächelnd holte sie einen Block aus ihrer Tasche und skizzierte spontan die verschiedenen Varianten einer Zusammenarbeit. Interessiert beugte sich Rosemary vor.

Anderthalb Stunden später hatten die beiden sich nicht nur geeinigt, sondern auch gleich ein Interview aufgenommen. Außerdem hatte Liz so gut wie jeden Winkel des Blumenladens fotografiert. „Toll, ich freu mich sehr, dass das geklappt hat!" Liz strahlte und auch Rose lächelte.

„Ich mich auch! Wir sehen uns morgen Abend, wenn ich die Weihnachtsgestecke für das Festessen am 25. liefere", sagte Rosemary und begleite Liz zur Tür.

„Ja, bis dann!", antworte Liz und knöpfte ihren Mantel wieder zu.

Die Türglocke bimmelte und Liz stand wieder draußen. Schwungvoll hüpfte sie die zwei Stufen hinunter. Es war immer besonders schön, wenn sie ihrer Eingebung folgen und dabei spontan ein Geschäft abschließen konnte. Ach, sie liebte ihren Job!

Gut gelaunt beschloss sie, selbst noch etwas bummeln zu gehen, bevor sie sich mit Nora traf. Sie musste sowieso noch die fehlenden Zutaten für den Stollen besorgen.

Vollbepackt mit Geschenken für ihre Lieben ging sie als letztes in den Buchladen. Dort traf sie Nora, die ähnlich beladen war, wie sie selbst. Als sie sich sahen, lachten sie spontan los. „Sagtest du nicht, du hättest alle Weihnachtsgeschenke?", fragte Nora.

„Habe ich auch! Das sind Geburtstagsgeschenke." Liz grinste vielsagend. „Ich habe jetzt für jeden etwas für das ganze nächste Jahr!"

„Nein!"

„Doch. Hier gibt es so viele wundervolle Dinge!", schwärmte Liz.

„Ich muss wohl auch mal alleine Urlaub über Weihnachten im Ausland verbringen... Zeigst du mir nachher alles?"

Liz nickte: „Klar, aber vorher möchte ich noch etwas stöbern."

„Tu das! Ich bin auch noch nicht ganz fertig." Nora deutete auf einen Stapel verschiedenster Bücher.

Eine halbe Stunde später machten sich die Zwei auf den Weg zum Café, um sich eine kleine Pause zu gönnen. Liz zeigte Nora ihre Errungenschaften. Konfitüre und Tee für ihre Eltern, Badeschaum und Körperlotion für ihre Schwester, Spielsachen für ihren Neffen und Duftkerzen für ihre Freundin. Sich selbst hatte sie mit Tee und einer wundervollen Tagescreme beschenkt. Außerdem hatte sie noch einiges für das heutige Plätzchenbacken besorgt. „Im

Buchladen konnte ich mich kaum entscheiden, daher habe ich es lieber ganz gelassen. Mein Koffer ist schon voll genug."

Nora nickte: „So geht es mir im Buchladen auch immer. Irgendwie schrecklich und schön zugleich. Wie gefällt es dir eigentlich auf Gracewood? Vermisst du deine Familie nicht?"

„Ich finde es wundervoll! Ich hätte nie gedacht, dass ich mal die Möglichkeit bekomme, in einem Herrenhaus Weihnachten zu feiern. Das ist etwas, was ich an meinem Beruf so liebe. Die Möglichkeiten, die sich mir bieten! Klar, ich bin oft unterwegs und arbeite viel und sehe meine Familie selten. Aber wir telefonieren und schreiben viel. Bevor ich hergekommen bin, habe ich meine Schwester und meinen süßen kleinen Neffen noch mal besucht. Möchtest du ein Foto sehen?" Liz suchte in ihrem Handy. „Hier!"

„Oh! Er ist wirklich süß!" Noras Augen strahlten und Liz fragte: „Na? Wollt ihr noch ein Drittes?"

„Ich glaube nicht", antwortete Nora und gab Liz ihr Smartphone wieder. „Momentan haben wir mit den zweien genug zu tun und die Kinderbetreuung ist in London wahnsinnig teuer. Und du? Was ist mit dir?"

Liz lachte auf: „Ich möchte kein drittes Kind. Danke!"

Nora verdrehte die Augen.

„Sorry, ich weiß, der war etwas platt. Für ein Kind bräuchte ich ja erst mal einen Mann."

„Ich kann nicht glauben, dass du Single bist!", staunte Nora und Liz zuckte mit den Achseln. „Was ist nur los mit der Männerwelt? Haben die keine Augen im Kopf? Oder gefällt dir etwa keiner?" Interessiert beugte Nora sich vor.

„Ich bin mir ziemlich sicher, dass es nicht am mangelnden Interesse liegt." Erneut zuckte Liz mit den Achseln. „Mein zukünftiger Mann müsste auch noch bereit sein, entweder mit mir zu reisen oder auf das Kind aufzupassen", erläuterte sie.

„Bist du nicht selbst verantwortlich für den Inhalt deines Blogs? Könntest du nicht den Themenschwerpunkt verändern?", hakte Nora nach.

„Grundsätzlich hast du recht. Nur müsste ich schon abwägen, ob meine Follower das interessiert und auch schauen, wie sich das auf meine Geschäftsbeziehungen auswirkt. Mit einigen habe ich langfristige Kooperationen, schließlich möchte ich weiterhin Geld verdienen."

„Ja, das verstehe ich", warf Nora ein und Liz fuhr fort: „Es ist bestimmt alles machbar. So genau habe ich mir da noch nie Gedanken drüber gemacht. Ich sage mir immer, es kommt, wie es kommen soll!" Liz grinste Nora an. „Außerdem habe ich den tollsten Job der Welt, das genieße ich so sehr. Da fehlt mir ein Mann gar nicht."

Damit war das Thema Männer erledigt und sie wandten sich anderen Dingen zu. Es war so schön, sich mit einer Frau auszutauschen. Liz hatte gar nicht bemerkt, dass ihr das gefehlt hatte. Ihre Freundinnen bekam sie in letzter Zeit wenig zu Gesicht und ihre Schwester hatte nur noch ihren Sohn im Kopf. Das war verständlich, aber manchmal auch etwas anstrengend. Ehe sie sich versahen, war es Zeit zurück zu fahren. Liz wollte noch Plätzchen backen und einiges für das große Weihnachtsessen vorbereiten und Nora hatte ihrem Mann versprochen, nicht zu spät zurück zu sein.

Kapitel 9

Eigentlich wollte Maxwell in seinem Buch weiter lesen, leider gingen seine Gedanken immer wieder auf Wanderschaft. Also hatte er es zur Seite gelegt und war unruhig durchs Haus getigert. Im Salon traf er auf Matthew, der den letzten Weihnachtsbaum aufstellte. „Max, kannst du mal mit anfassen?"

„Er ist ganz schief", murrte Max und umfasste den Baum.

„Das habe ich mir gedacht, deswegen sollst du mir ja auch helfen", antwortete Matthew und zog die Schrauben des Baumständers an.

„Wo sind denn die anderen?", fragte Max. „Die hätten doch auch helfen können!"

„Draußen mit den Kindern. Lass mal kurz los, steht er gut?"

Max trat ein paar Schritte zur Seite: „Er steht."

„Mein Gott, bist du schlecht drauf", stellte Matt fest. „Ist es weil sie nicht da ist?"

Maxwell ignorierte Matthews Bemerkung. „Wo sind denn die Lichter?", fragte er stattdessen.

„Sie kommt ja nachher wieder", fuhr Matthew ungerührt fort und zeigte auf die Kiste neben dem Kamin. „Dann kannst du mit ihr nochmal reiten...", fügte er mit einem Grinsen hinzu.

„Hmm", gab Maxwell unbestimmt zurück und begann am Kabel der Lichterkette zu zerren.

„Wenn du nicht willst, dann kann ich mich auch um sie kümmern." Matthew grinste frech. „Oder soll unser guter Nick das übernehmen? Wie ich hörte, sind die beiden alte Freunde."

In diesem Augenblick kam Nick herein, einen Espresso und einen frischgebackenen Scone in den Händen. „Höre ich da meinen Namen? Um welchen alten Freund geht es?"

Während Max ihn ignorierte und weiter versuchte die Lichterkette zu entwirren, gab Matthew bereitwillig Antwort: „Ich sagte gerade, dass du dich sicher sehr gern um die süße Lizzie kümmern würdest."

„Oh ja, sie ist einfach toll!", gab Nick grinsend zurück.

„Hast du ihre Beine gesehen?", schwärmte Matthew und begann in den Kisten mit dem Weihnachtsbaumschmuck zu kramen.

„Junge, ich habe auf Bali die besten Aussichten gehabt", gab Nick süffisant zurück, während er sich ein gemütliches Plätzchen suchte, um sein Frühstück zu genießen.

Ob Max es wollte oder nicht, sofort schob sich ein Bild von Liz im Bikini vor sein geistiges Auge und seine Frustration steigerte sich um ein Vielfaches. „Verdammt nochmal!", knurrte er und zog und zerrte weiter an den Kabeln. „Jedes Jahr der gleiche Mist! Warum kann das nicht einmal ordentlich weggepackt werden?!", gab er lautstark von sich.

Nick und Matthew sahen sich amüsiert an und Nick fuhr ungerührt fort: „Mann, wir haben zusammen Yoga gemacht, die Frau kann Stellungen einnehmen, sag ich dir..." Er wackelte mit den Augenbrauen.

Matthew grinste: „Nick, du bist und bleibst ein alter Haudegen! Wenn ich nur halb so viel Erfolg bei den Damen hätte!"

Maxwell hörte auf an der Lichterkette zu ziehen. Er merkte selbst, dass er es in seiner Wut nur schlimmer machte. Er versuchte tief durchzuatmen, was ihm nicht gelang. Die Bali Bilder auf ihrem Blog hatte er gesehen und sich schon gefragt, wer die Fotos von den Yogastunden gemacht hatte. Das musste Nick gewesen sein. Ausgerechnet er, dem eh schon immer alles in den Schoß fiel! Wenn er daran dachte, was vielleicht sonst noch alles auf Bali passiert war... Maxwells Blickfeld verengte sich, sein Herz hämmerte und er bekam schlecht Luft. Er musste hier raus!

„Besser, du schmückst den Baum allein", brachte er gerade so heraus und ließ die beiden einfach stehen.

„Na den hat's ja ganz schön erwischt", grinste Matt.

„Ja", bestätigte Nick. „Er weiß es nur noch nicht."

***

In der Halle traf Maxwell auf Liz und Nora, die gerade wiederkamen. Lachend und mit strahlenden Augen standen sie dort und versuchten die vielen Tüten mit einem Mal die Treppe heraufzutragen.

„Hallo Max!", rief Nora ihm zu. Statt einer Begrüßung knurrte er ein „Wartet!", nahm ihnen die Tüten aus den Händen und stapfte mit zusammengebissenen Zähnen die Treppe hinauf. Nora und Liz sahen sich fragend an und zuckten gleichzeitig mit den Achseln. Langsam folgten sie ihm.

Max stellte die vielen Taschen vor Liz und Noras Türen ab. Am liebsten hätte er sie auf den Boden geschleudert, aber er beherrschte sich. Er wollte sich nicht lächerlich machen. Als er sich umdrehte, standen sie vor ihm.

Liz schaute ihn besorgt an: „Ist alles in Ordnung?", fragte sie.

Wieder sah er Liz und Nick beim gemeinsamen Yoga vor sich. „Sicher", knurrte er und stürmte an ihr vorbei die Treppe hinunter. ‚Frische Luft! Ich brauche ganz dringend frische Luft.' Hinter sich hörte er noch Nora ein „Dankeschön!" flöten, bevor die Tür krachend ins Schloss fiel. Zum Teufel mit ihnen allen.

Oh Gott, was machte diese Frau mit ihm? Wo waren sein klarer Verstand und seine Besonnenheit hin? Seit sie angekommen war, hatte er keinen einzigen ruhigen Moment gehabt. Und konnten die anderen ihn nicht einfach in Ruhe lassen? Er hatte Urlaub, verdammt! Den hatte er sich verdient! Er wollte sich doch nur mal ein paar Tage entspannen! Aufgebracht stürmte er hinaus und bemerkte zu spät, dass er seine Jacke vergessen hatte. Egal, zurück wollte er jetzt nicht mehr und kalt war ihm ohnehin nicht.

***

„Was war das denn?", fragend drehte Liz sich zu Nora um.

Diese zuckte mit den Achseln: „Was weiß ich. Mach dir keine Gedanken, der beruhigt sich auch wieder."

„Da hast du wahrscheinlich recht." Liz lächelte. „Also nochmal danke für's Fahren und den schönen Vormittag."

„Ich bitte dich! Ich habe zu danken. Vor allem, weil du jetzt noch mit den Kindern bäckst. Dann kann ich in Ruhe alles einpacken, ganz zu schweigen von der Möglichkeit mal ein ungestörtes Gespräch mit Tim zu führen! Oder so ähnlich..." Nora lachte und zwinkerte Liz zu.

Liz stimmte in ihr Lachen ein. „Das ist ein bisschen mehr Information, als ich mir gewünscht hatte, Vince!", zitierte Liz aus einem ihrer Lieblingsfilme.

Nora erkannte das Zitat und quiekte auf: „Oh ja, lass uns heute Abend einen Filmabend machen! Wir gucken irgendeinen Klassiker und brezeln uns dafür so richtig auf!

„Sehr gern! Ich habe genau das passende Kleid dafür!", freute sich Liz, bis ihr etwas einfiel. „Mist, wir hätten Popcornmais kaufen sollen!"

„Ich bin mir sicher, dass Mrs. Cuthbert welchen da hat. Nigel und Arthur sind große Filmfans und Nigel LIEBT Popcorn! Wir müssen ja eh in die Küche, ich will meine Süßen kurz küssen, da können wir sie direkt fragen."

Nachdem alle Taschen verstaut waren, liefen beide die Treppe hinunter in die Küche. Dort saßen Claire, Henry und Tim einträchtig nebeneinander am Tisch und löffelten Suppe. Mrs. Cuthbert wuselte hinter ihnen geschäftig hin und her. Henry schaute auf, als sie zur Tür herein kamen und rief: „Mama!" Er stand sofort auf und stürmte mit verschmiertem Mund und bekleckertem Shirt auf Nora zu. Die fing ihn mit ausgestreckten Armen auf, hauchte ihm einen Kuss auf den Scheitel und brachte ihn zurück. „Hallo meine Süßen!", sagte sie und küsste auch Claire und Tim.

„Hallo Mama! War es schön?", fragte Claire und Tim fügte hinzu: „Hast du alles bekommen?"

Nora setzte sich zu ihnen und antwortete: „Ja, es war schön und ja, ich habe alles bekommen. Und bei euch? Was esst ihr denn Feines?"

Wie auf's Stichwort schnatterten beide Kinder los. Liz verstand kein Wort, aber Nora schien nicht überrascht und brachte die Zwei geschickt dazu, ruhig und der Reihe nach zu erzählen.

Liz wandte sich an Mrs. Cuthbert: „Hallo Mrs. Cuthbert. Wie geht es Ihnen? Kann ich etwas helfen?"

Mrs. Cuthbert hielt inne und schaute Liz überrascht an. Liz hatte eine so herzliche, offene Art an sich, wie man sie nur selten traf. Sie lächelte. „Hallo Liebes, mir geht es gut. Dir scheinbar auch."

„Ja, der Ausflug mit Nora hat nicht nur Spaß gemacht, sondern war auch sonst ein voller Erfolg! Ich habe einen Deal mit Rosemary Davis ausgehandelt", berichtete Liz stolz.

„Der Inhaberin des Blumenladens?" Mrs. Cuthbert war erstaunt. „Sie ist eine tolle Frau, aber hoffentlich hat sie dich nicht über den Tisch gezogen."

Liz lachte auf. „Nein, nein! Keine Sorge, es lief alles ganz zivilisiert ab."

„Dann ist ja gut. Aber…"

„Sie wird morgen Abend Gestecke für die Festtafel liefern", kam Liz Mrs. Cuthberts Frage zuvor.

„Tatsächlich?" Mrs. Cuthbert hob die Augenbrauen.

„Es ist Ihnen doch recht?", fragte Liz erschrocken. Sie hatte gar nicht an die Möglichkeit gedacht, dass jemand dagegen sein könnte.

„Selbstverständlich ist mir das recht!" Mrs. Cuthbert lächelte sie warm an. „Rosemary Davis weiß, was sie tut! Ihre Gestecke werden der Feier einen ganz besonderen Rahmen geben."

Liz war erleichtert. Es wäre nicht das erste Mal gewesen, dass sie in ihrem Eifer voll ins Fettnäpfchen trat.

„Ich habe nur Sorge, dass sie allzu appetitlich aussehen könnten, mit all dem neumodischen Dekokram. Nicht, dass die Gäste in die falschen Dinge beißen", fügte die Haushälterin trocken hinzu.

Liz prustete leise. Auf einmal merkte sie, dass Mrs. Cuthbert schon einiges vorbereitet hatte. „Du hast ja schon den Quark abtropfen lassen!", freute sie sich. „Dann kann ich ja direkt loslegen!", sagte Liz und begann die mitgebrachten Lebensmittel auszupacken.

„Das war der Plan", antwortete Mrs. Cuthbert.

***

Mit weit ausholenden Schritten entfernte Maxwell sich vom Haus. Je weiter er lief, desto leichter fiel ihm das Atmen. Nur seine Gedanken sprangen immer noch wie wild umher und ließen sich nicht fassen, geschweige denn zur Ruhe bringen. Unzählige Bilder blitzten vor seinem inneren Auge auf und verschwanden wieder.

Liz beim Weihnachtsbaumschmücken. Nicks süffisantes Grinsen. Diana, wie sie konzentriert in einem ihrer Medizinwälzer las. Noras mitfühlender Blick. Liz' leuchtende Augen. Er sah sich selbst an Dianas Grab stehen und spürte gleichzeitig Liz in seinen Armen.

Seine Beine führten ihn wie von selbst zum Holzschuppen. Ohne zu zögern ging er hinein und holte die Axt hinaus. Keine Sekunde später lag das erste Scheit gespalten da. Mit voller Kraft spaltete er ein Holz nach dem anderen. Allmählich beruhigte er sich und fand zu einem steten Rhythmus. Er konzentrierte sich nur auf das Holz, die Axt und sich. Holz hacken hatte etwas Beruhigendes an sich. Jedes Mal, wenn die Axt hinunter sauste, war ihm als würde er ein Bild, einen Gedanken, eine Empfindung bloßlegen. Wie Puzzleteile, die man erst sortierte, um sie dann zu einem Ganzen zusammenzulegen.

Schon von weitem sah Walter Cuthbert, wie Maxwell angestürmt kam und sich wie ein Berserker auf das Holz stürzte. Auf diesen Anblick hatte er schon viel zu lange gewartet. Seit dem schrecklichen Unfall hatte der Junge sich hinter einem Panzer der Selbstbeherrschung versteckt. Walter war erleichtert, ihn endlich so aufgebracht zu sehen und ein bisschen war er stolz auf ihn, dass er sich daran erinnerte, was er ihn gelehrt hatte. Als Max heranwuchs, wusste er oft nicht wohin mit sich. Damals hatte Walter ihm gezeigt, wie befreiend harte Arbeit sein konnte.

Nach einer Weile, als er sah, dass der Junge seinen Rhythmus gefunden hatte, ging er zu ihm. „Du hackst", bemerkte er.

„Ja." Maxwell machte einfach weiter.

„Hast ja schon einiges geschafft." Mr. Cuthbert ließ seinen Blick schweifen.

„Nicht genug." Wieder sauste das Beil hinunter und traf mit einem satten Geräusch den Klotz.

„Willst du reden?"

„Nicht jetzt."

„Gut." Mr. Cuthbert nickte. Er war sich sicher, dass der Junge jetzt auf einem guten Weg war. Nach all der Zeit, die vergangen war, gab es keinen Grund zur Eile. Maxwell hielt kurz inne und blickte ihn an: „Danke."

„Gern, Junge." Mr. Cuthbert drehte sich um und wollte sich entfernen: „Sag Bescheid, dann helfe ich dir beim Schichten."

„Okay." Maxwell holte aus und spaltete ein weiteres Scheit.

Als er das letzte Holzstück auf den Klotz legte, sah er plötzlich klar. Die Erkenntnis war so einfach und schmerzte so sehr, dass ihm die Tränen in die Augen schossen. Die Axt glitt ihm aus der Hand. Er ließ sich daneben auf den Boden fallen. Er hatte sie so sehr geliebt, aber sie hatte ihn allein gelassen. Allein mit der Verantwortung für Lilly und der Bürde nicht nur ein guter Vater zu sein, sondern auch die fehlende Mutter so gut es ging zu ersetzen. Endlich konnte er sich eingestehen, was für eine Heidenangst ihm das gemacht hatte und wie wütend er auf Diana gewesen war, dass sie ihn einfach so verlassen hatte. Aber auf eine Tote durfte man nicht wütend sein, erst recht nicht, wenn sie gar keine Schuld an dem schrecklichen Unfall gehabt hatte.

Es war am Weihnachtsabend gewesen, eigentlich hatten sie gemütlich beieinander unterm Baum gesessen. Lilly schlief in ihrem Bettchen. Da hatte Diana auf einmal wieder von ihrem Kinderwunsch angefangen. Sie wünschte sich ein Geschwisterchen für Lilly. Aber er hatte gerade seine Firma gegründet und fand den Zeitpunkt unpassend. Sie hatten einen fürchterlichen Streit. Das Telefon hatte sie unterbrochen. Im Krankenhaus war ein Notfall hereingekommen und Diana musste sofort aufbrechen. Sie hatten keine Zeit für einen richtigen Abschied gehabt, erst recht nicht für eine Versöhnung.

Er hatte nie mit irgendjemanden darüber gesprochen, hatte alle Gesprächsversuche abgeblockt und sich mit Arbeit betäubt. All die Jahre hatte er sich schuldig gefühlt, weil er nie die Möglichkeit gehabt hatte, ihr zu sagen, wie glücklich ihn ein weiteres Kind gemacht hätte. Die Vorstellung, dass ihr letzter Gedanke ihrem Streit gegolten hatte, war so schmerzhaft gewesen, dass er sich verboten hatte daran zu denken. Bis jetzt. Er atmete tief ein und wieder aus.

Endlich konnte er sich auch eingestehen, wie oft er sich einfach weggewünscht und Nicholas um sein freies, selbstbestimmtes Leben beneidet hatte. Er hatte sich verboten zuzugeben, dass auch ihm manchmal alles zu viel war, denn Lilly hatte ja nur noch ihn. Daher war er jeden Morgen aufgestanden und hatte sich der Herausforderung gestellt, immer wieder, Tag für Tag.

Lilly ein guter Vater zu sein, war für ihn die einzige Möglichkeit gewesen sein schlechtes Gewissen zu ertragen. Er hatte sich so sehr bestraft, dass er sich verboten hatte glücklich zu sein. Er liebte seine Tochter abgöttisch und wollte ihr alles ermöglichen, aber sich selbst hatte er nicht die geringste Freude oder das kleinste bisschen Liebe gegönnt.

Erst jetzt wurde ihm klar, dass er dadurch auch seine Tochter immer auf Distanz zu sich gehalten hatte. Ihre ganze Liebe hatte ihn nie erreicht, weil er nicht glauben wollte, dass er es wert war, geliebt zu werden.

Und nun ist alles ins Wanken geraten. Er liebte Diana immer noch, er würde sie immer lieben, allein schon weil sie ihm seine wunderbare Tochter geschenkt hatte. Aber jetzt hatte sein Schutzpanzer Risse bekommen. Das Leben war auf ihn eingestürzt in Form einer umwerfenden, warmherzigen, jungen Frau mit kornblumenblauen Augen und einem strahlenden Lächeln. Er war dabei sich zu verlieben. Die Erkenntnis war so unglaublich, dass er auflachte. Damit hatte er niemals gerechnet. Er schüttelte den Kopf und wischte sich über die Augen. Dann stand er auf.

Er würde mit Liz reden müssen. Aber vorher wollte er noch hier aufräumen. Er brauchte noch einen Moment für sich.

Kapitel 10

In der Küche war der Stollen bereits hinter einer der vier Ofenklappen verschwunden. Liz kam sich vor wie in einem Märchen. Sie hatte schon immer mal mit einem dieser britischen Herde kochen wollen. Das war auch einer der Gründe für ihre Idee eines deutschen Weihnachtsessens im britischen Herrenhaus. Als Nigel von dem Traditionsofen geschwärmt hatte, hatte es für Liz, trotz der Sommerhitze in Bali, kein Halten mehr gegeben. Kurz überlegte sie, was das über sie aussagte, dass sie lieber in der Küche werkelte, als die Prinzessin zu sein. Egal, schmunzelnd wandte sie sich wieder dem Geschehen zu.

Unterdessen hatten die Kinder begonnen Plätzchenteig auszurollen und Herzen, Sterne und Tannenbäume auszustechen. Nach anfänglichen Diskussionen wer denn ausrollen durfte, arbeiteten die Geschwister nun einträchtig nebeneinander am Küchentisch. Mrs. Cuthbert war dabei die Mince Pies vorzubereiten.

Die ersten Plätzchen waren schon fertig gebacken und kühlten auf verschiedenen Gittern ab. Mrs. Cuthbert hatte sie vor den Kindern in Sicherheit gebracht und auf die etwas höhere Arbeitsplatte gestellt. Bis zum Tee sollte ja noch etwas übrig bleiben. In der Küche duftete es verführerisch nach Zimt und Vanille, nach Butter und Zucker. Liz lächelte glücklich, genauso hatte sie es sich vorgestellt.

Zur großen Freude der Kinder hatte sie versucht ihnen das deutsche Weihnachtslied „In der Weihnachtsbäckerei" beizubringen. Auch wenn sie sich mit dem Text schwer taten, so hatten sie sich die Melodie doch schnell gemerkt und summten sie nahezu ununterbrochen vor sich hin. Selbst Mrs. Cuthbert konnte sich dem Ohrwurm nicht entziehen. Liz hatte die leise Befürchtung, dass sie alle ihn noch beim Einschlafen summen würden. Es wäre nicht das erste Mal, dass zumindest sie das Lied nicht mehr aus dem Kopf bekam. Liz' Lächeln wurde noch etwas breiter. Henry sah das und grinste mehlbestäubt zurück. Er sah so süß aus, dass Liz ihn am liebsten abgeküsst hätte. Stattdessen griff sie zu ihrer Kamera und machte Fotos aus verschiedenen Perspektiven. Dabei testete sie, ob die ersten Plätzchen schon so weit abgekühlt waren, dass sie verziert werden konnten.

„Liiiz?", fragte Henry und kam zu ihr herüber.

„Ja, Süßer?" Liz beugte sich zu ihm herunter.

„Sind die Kekse fertig?"

Sie hob ihn hoch und setzte ihn auf die Arbeitsplatte. „Du meinst, ob wir sie jetzt verzieren können?"

„Ja!" Er nickte eifrig und Liz nickte ebenfalls. „Ja, wir können jetzt den Zuckerguss anrühren."

„Darf ich? Darf ich?" Sofort kam Claire angestürmt, ebenso voller Mehl und Teigspuren, wie ihr Bruder.

Bevor sie wieder einen Streit vom Zaun brechen konnten, verkündete Liz schnell: „Ihr dürft beide!"

Lautes Jubelgeschrei ertönte.

Liz und Mrs. Cuthbert hatten schon alles vorbereitet, so dass die Kinder den Guss wirklich nur noch anrühren mussten und sofort auf den Plätzchen verteilen konnten. Liz wandte sich kurz nach links, um nach den Bechern zu greifen. Als sie sich zurückdrehte, strahlten die Geschwister sie mit vollen Backen an. Die beiden sahen aus wie eine Mischung aus Hamster und Krümelmonster.

Liz musste laut lachen.

Mrs. Cuthbert hob ihren Zeigefinger: „Euch wird noch übel werden und dann bekommt ihr fürchterliches Bauchweh!", tadelte sie. Aber auch sie konnte sich ein Schmunzeln nicht verkneifen.

In diesem Moment trat Maxwell unbemerkt in die Küche. Als er die vollen Backen der Kinder sah, wusste er sofort Bescheid. Liz guckte auf die Platten und wunderte sich: „Wo sind denn die Kekse hin? Also wirklich, hier lagen doch mehr!" Sie stemmte die Hände in die Hüften und schüttelte den Kopf. „Habt ihr die Kekse gesehen?"

Die beiden Naschkatzen schüttelten breit grinsend die Köpfe.

„Sowas aber auch! Mrs. Cuthbert, haben sie etwa Mäuse in ihrer Küche?"

„Also bitte!", empörte sich die Haushälterin, „Mäuse! In meiner Küche!"

Henry kugelte sich vor Lachen auf der Arbeitsplatte und Claire überlegte: „Ich glaube, ich habe Kobolde um die Ecke flitzen sehen."

„Kobolde?", fragte Liz und drehte sich suchend um. Dabei entdeckte sie Max und stutzte kurz.

„In Mrs. Cuthberts Küche wohnt seit vielen Jahren eine Koboldfamilie. Sie haben ihr Heim direkt in der Wand hinter der Vorratskammer", erzählte Max während er näher kam.

„Tatsächlich?", fragte Mrs. Cuthbert und drehte sich unwillkürlich um, als wollte sie nachsehen. „Hinter der Vorratskammer? Das erklärt natürlich einiges." Mrs. Cuthbert nickte.

Währenddessen hatte Max blitzschnell seine Hand ausgestreckt und sich ein paar Plätzchen in den Mund gestopft. Die Kinder quietschten vor Vergnügen laut auf und griffen selbst noch einmal beherzt zu. Plötzlich klingelte der Küchenwecker und Mrs. Cuthbert eilte zum Backofen.

Liz staunte, so fidel hatte sie Max selbst auf ihrem Ausritt nicht erlebt. Entweder lag es an der Gegenwart der Kinder oder irgendetwas war passiert. Prüfend legte sie den Kopf schief und betrachtete ihn.

Max merkte, dass Liz ihn beobachtete und sah sie unverwandt an. „Hi!", begrüßte er sie.

„Oh, hallo!" Liz fühlte sich ertappt. Hoffentlich bildete er sich jetzt nicht ein, dass sie es sich zur Gewohnheit machte, ihn zu beobachten.

„Hast du Spaß?" Er grinste sie breit an.

„Ja klar, habe ich Spaß!" Liz runzelte die Stirn. „Wieso?"

„Nur so. Die beiden können einen ganz schön auf Trab halten. Und backen mit Kindern ist ja immer eine Herausforderung." Falls es überhaupt möglich war, grinste er jetzt noch breiter.

Liz konnte ihn nur mit großen Augen ansehen. Gott, er sah einfach unverschämt gut aus! Wenn er sie so ansah wie jetzt, war ihr Kopf wie leergefegt. Eigentlich hatte sie fragen wollen, woher er denn wusste, wie Backen mit Kindern war. Aber selbst atmen fiel ihr auf einmal schwer.

„Meinst du, du hast nachher einen Moment Zeit. Ich wollte dir noch die Gärten zeigen", fragte er sie leise.

Überrascht blinzelte sie. „Äh. Ich weiß nicht." Suchend wandte sie den Blick ab. „Wir wollten noch die Kekse verzieren... Wenn bis dahin noch welche ÜBRIG sind." Sie guckte gespielt streng und mit erhobenem Zeigefinger zu den Kindern. Diese hoben wie auf Kommando ebenfalls ihre Zeigefinger und grinsten.

„Außerdem wollte ich noch ein paar Bilder bearbeiten." Liz zuckte mit den Achseln. Sie war hin- und hergerissen. Einerseits wollte sie in seiner Nähe sein, aber andererseits...

„Bilder kannst du noch bearbeiten, wenn es draußen dunkel ist. Ich hol dich in einer Stunde ab", entschied er und ging. Auf dem Weg nach draußen streckte er noch einmal wie beiläufig die Hand aus und griff nach ein paar

Plätzchen. Liz blieb keine Zeit sich über ihn zu wundern, denn die Kinder warteten ungeduldig auf sie.

***

Eine halbe Stunde später verzierten Henry und Claire hingebungsvoll die letzten Plätzchen. Liz bezweifelte jedoch, dass irgendjemand diese Plätzchen würde essen können, ohne sich an der dicken Zuckerschicht die Zähne auszubrechen. Mrs. Cuthbert hatte einen Blick darauf geworfen und spontan noch ein paar Minimuffins gebacken. Während diese abkühlten, hatten sich die beiden Frauen erschöpft an den Tisch gesetzt. Die Küche sah aus wie ein Schlachtfeld, überall klebte Zuckerguss, auf dem Fußboden gaben sich Mehlspuren, Teigkrümel und Zuckerperlen ein Stelldichein. Liz legte den Kopf schief und meinte: „Es hat was von einem modernen Kunstwerk."

Bevor Mrs. Cuthbert etwas dazu sagen konnte, ging die Tür auf und Nora kam herein. Sie blieb so abrupt stehen, dass Timothy, der hinter ihr war, gegen sie prallte. Verdutzt schaute sie sich um, nur um dann in beinah hysterisches Gelächter auszubrechen. Tim runzelte irritiert die Stirn und versuchte zu erkennen, was den überraschenden Heiterkeitsanfall seiner Frau ausgelöst haben mochte.

Die Kinder drehten sich zu ihren Eltern um und begannen gleichzeitig lautstark zu erzählen. „Mama, guck mal!"

„Papa, hier!"

„Wir haben Kekse gebacken!"

„Und verhübscht!"

„Das hier sind meine!"

„Und das meine!" Nora und Tim waren näher gekommen und betrachteten staunend die Kunstwerke aus Zucker.

„Willst du mal probieren?", fragte Henry eifrig und hielt seinem Papa einen besonders bunten Keks hin. Allerdings wurde er von seiner Schwester sofort ermahnt: „Die sind doch für den Tee!"

Henry guckte kurz geknickt und überlegte gerade, ob er protestieren sollte, da fiel ihm etwas ein: „Können wir welche für den Weihnachtsmann hinlegen?", fragte er und schaute seine Eltern mit großen Augen an.

Tim streichelte ihm übers Haar und antwortete lächelnd: „Selbstverständlich, dass ist eine sehr gute Idee!"

Nora hatte ihren Arm um ihre Tochter gelegt und drückte sie: „Das habt ihr wirklich toll gemacht! Wisst ihr was sich so fleißige Zuckerbäcker wie ihr verdient haben?"

„Nein", antwortete Claire und Henry rief hüpfend: „Was denn? Was denn?"

„Ein besonders schaumiges Schaumbad in der großen Badewanne mitten am Tag!", eröffnete Nora den Kindern freudestrahlend. Unter großem Jubelgeschrei stürmten die Zwei aus der Küche und polterten wie eine ganze Elefantenherde die Treppe hinauf.

„Ich nehme an, dass ich den Bademeister spielen darf?!", fragte Tim und lächelte.

„Das wäre wundervoll!" Lächelnd beugte Nora sich vor und gab ihrem Mann einen zärtlichen Kuss. „Du bist eben der beste Papa und Bademeister der Welt!"

„Wusste ich es doch!" Tim grinste verschmitzt.

„Dankeschön!" Nora grinste zurück. „Ich helfe Mrs. Cuthbert und Liz derweil beim Aufräumen."

Tim drückte Nora noch einen Kuss auf die Stirn, wünschte ihnen viel Spaß und verschwand ebenfalls nach oben.

Nora schaute ihm lächelnd hinterher, dann wandte sie sich an die beiden Frauen, die matt auf ihren Plätzen saßen. „Na? War's schön mit den Kindern?" Sie fing wieder an zu lachen.

Mrs. Cuthbert setzte zu einem energischen Protest an. „Selbstverständlich war es mit den Kindern schön! Ich bin es nur nicht mehr ..."

„...gewohnt", beendete Liz seufzend den Satz und Mrs. Cuthbert nickte.

Nora konnte sich ein Grinsen nicht verkneifen. „Ich weiß, die Zwei können wirklich ... herausfordernd sein."

„Und laut!", ergänzte Liz. Wieder nickte Mrs. Cuthbert.

„Aber es war wirklich sehr schön! Und lustig! Ich habe tolle Bilder gemacht!", beteuerte Liz und wollte nach ihrer Kamera greifen. Leider lag sie in Sicherheit gebracht oben auf einem Regal, und somit vollkommen außer Reichweite. „Ich zeig sie euch später", sagte Liz leise.

Nora schüttelte den Kopf und erklärte munter: „Ihr braucht etwas, was euch wieder auf die Beine bringt! Ich hol den Notfallprosecco."

„Um Gottes Willen, weißt du wie lange ich schon wach bin? Wenn ich jetzt Prosecco trinke, falle ich erst recht vom Stuhl!", begehrte Liz auf.

Nora machte eine abwehrende Handbewegung: „Ach was, der bringt dich wieder auf die Beine!" Sie steckte ihren Kopf in den Kühlschrank. Wenig später standen Oliven, Käse und Reste vom gestrigen Abendbrot auf dem Tisch. Geübt öffnete Nora die Flasche und goss ihnen schwungvoll ein. „Auf Weihnachten!"

Der verführerische Anblick von etwas Herzhaftem und die Aussicht auf eine kleine spontane Party hatten tatsächlich die Lebensgeister der beiden Frauen geweckt.

„Auf Weihnachten!", wiederholten sie und stießen leise klingend die Gläser aneinander. Danach griffen sie beherzt zu, Liz belegte sich ein Kartoffelplätzchen mit Salat, Lachs und klexte noch etwas Dip darauf.

Mrs. Cuthbert beobachtete sie und staunte: „Liebes, bei dir sieht jedes Mahl wie ein Kunstwerk aus!"

„Aber Mrs. Cuthbert, das sagen ausgerechnet Sie! Wo wir doch die ganze Zeit von Ihnen verwöhnt werden!", gab Liz das Kompliment zurück.

Doch Mrs. Cuthbert winkte ab: „Ach was, ich mach doch nur Hausmannskost!"

„Mrs. Cuthbert, Sie sind zu bescheiden!", stimmte auch Nora ein. „Sie dürfen Ihr Licht nicht so unter den Scheffel stellen. Wie sollen die Männer uns dann respektieren?"

„Genau so ist es!", stimmte Liz ihr kämpferisch zu. „Wir dürfen uns selbst nicht klein machen! Immer nur lieb und nett und hilfsbereit zu sein, hat noch keiner Frau etwas genützt! Ganz im Gegenteil."

„Nora-Mädchen, was sind denn das für Töne? Dein Timothy respektiert dich doch und er liebt dich sehr!", wunderte sich Mrs. Cuthbert.

„Jaja, Tim ist ein Schatz. Aber auch zu ihm habe ich nicht immer ja und Amen gesagt! Das könnt ihr mir glauben!" Nora goss sich gleich noch ein Glas ein. „Ich rede vom Berufsleben, da müssen wir Frauen immer noch kämpfen. Irgendwie ist die Emanzipation stehen geblieben. Es geht nicht voran, immer noch kriegen wir nicht die gleichen Chancen und Löhne und wenn erst einmal Kinder da sind, sieht es noch düsterer aus. Ratet mal, wer da das Nachsehen hat?! Bestimmt nicht der Mann!"

„Nora Louise Bedford! Ich muss mich wirklich wundern!", rief Mrs. Cuthbert streng aus. „Hast du vergessen, was deine Mum und ich dir beigebracht haben?

Hör mir gut zu!" Sie setzte sich aufrecht hin. „Es ist niemals verschwendete Lebenszeit und Energie, wenn man Kinder aufzieht. Niemals! Das ist eine höchst verantwortungsvolle Aufgabe. Und alles was du sonst noch im Leben erreichen sollst, wirst du auch erreichen! Und zwar nicht indem du kämpfst und dich mächtig anstrengst!" Mrs. Cuthbert holte tief Luft und sah Nora liebevoll an. „Mein großer Liebling, du gehst einfach voller Lebensfreude und Vertrauen deinen Weg immer weiter und alles wird sich noch schöner und perfekter vor dir ausbreiten, als du es dir jemals erträumt hast. Und solltest du dich doch einmal durchsetzen müssen, dann bitte wie eine Frau und nicht wie ein Mann." Jetzt blickte die Haushälterin auch Liz fest an. „Eine Frau zu sein, ist ein Geschenk! Merkt euch das, Mädels!"

Liz war verblüfft, so eine lange und ausdrucksstarke Rede hätte sie von ihr nicht erwartet. Sie sah verwundert zu Nora herüber. Diese strahlte Mrs. Cuthbert dankbar an und drückte ihr einen dicken Kuss auf die Wange. „Ich heiße jetzt übrigens Parker", fügte Nora hinzu.

„Weiß ich doch!", antwortete Mrs. Cuthbert und tätschelte ihr den Arm.

Nora erhob ihr Glas und rief übermütig: „Auf die Frauen!"

Auf einmal öffnete sich die Küchentür und herein trat eine große Blondine, deren Alter schwer zu schätzen war. Sie hätte alles zwischen 42 und 63 Jahren sein können. „Auf die Frauen? Da komme ich ja genau im richtigen Augenblick!"

Nora drehte sich um und sprang auf. „Mama! Was macht ihr denn hier? Ihr wolltet doch erst morgen kommen!" Nora umarmte ihre Mutter stürmisch und redete immer weiter. „Komm rein, wir feiern schon mal ein bisschen! Mrs. Cuthbert und Liz haben mit den

Kindern Kekse gebacken und jetzt müssen sie wieder zu Kräften kommen."

Mrs. Bedford sah sich in der verwüsteten Küche um und bemerkte trocken: „Scheint ja eine heftige Party gewesen zu sein. Ich nehme an, die Racker stecken in der Badewanne?"

Es war keine Frage, daher antwortete auch niemand. Mrs. Cuthbert war aufgestanden, um Noras Mutter ebenfalls zu umarmen. „Hallo Mildred, wie geht es dir? Ich hoffe, wir machen euch keine Umstände, dass wir einen Tag früher gekommen sind. Wir hatten solche Sehnsucht nach den Kindern, vor allem Richard, dass wir spontan umgebucht haben."

Mrs. Cuthbert schüttelte den Kopf und lächelte schelmisch: „Ich hatte mir so etwas schon gedacht, daher haben Annie und ich gestern alles vorbereitet."

Mrs. Bedford lachte erleichtert auf: „Du kennst uns einfach zu gut!"

Dann wandte sie sich an Liz: „Hallo! Sie müssen die zauberhafte Liz sein. Meine Söhne haben nur in den höchsten Tönen von Ihnen gesprochen! Ich bin Vivien Bedford."

Liz war ebenfalls aufgestanden und streckte Vivien Bedford nun ihre Hand hin: „Es freut mich sehr!"

Vivien ergriff sie und drückte Liz Hand herzlich: „Oh, die Freude ist ganz auf meiner Seite. Ich bin mir sicher, dass wir uns sehr gut verstehen werden. Ich habe in den letzten drei Tagen Ihren ganzen Blog gelesen, daher weiß ich, dass wir wundervolle Freundinnen werden können." Vivien strahlte und Liz wurde blass.

„Sie haben den ganzen Blog gelesen?", fragte sie fassungslos, „auch den holprigen Anfang und das peinliche Mittendrin?" Sie ließ sich zurück auf ihren Stuhl plumpsen. „Eigentlich wollte ich diese Seiten schon längst runter nehmen, ich komme nur nie dazu."

Vivien setzte sich ebenfalls und ergriff wieder Liz' Hand: „Nein, das darfst du nicht! Man merkt von Anfang an, mit welcher Leidenschaft du dabei ist. Außerdem haben all diese Dinge und Erfahrungen, dich zu dem Menschen gemacht, der du heute bist. Sie waren wichtig für dich, sie haben dich wachsen lassen. Das musst du nicht verstecken. Im Gegenteil, sei stolz darauf! Es ist schließlich der Anfang von etwas Wunderbarem! Hat nicht schon euer Hermann Hesse gesagt ‚Jedem Anfang wohnt ein Zauber inne'?"

Nora hatte in der Zwischenzeit ein Glas für ihre Mutter geholt und ihr ebenfalls von dem Prosecco eingegossen. Dieses Glas erhob Vivien nun, warf ihrer Tochter einen liebevollen Blick zu und sagte feierlich: „Darauf sollten wir trinken. Auf die Anfänge!"

Nora und Mrs. Cuthbert erhoben ihre Gläser und auch Liz stimmte mit ein. „Auf die Anfänge!"

Liz fühlte sich ganz leicht, die aufmunternden Worte von Vivien hatten eine Saite in ihr zum Klingen gebracht. Automatisch setzte sie sich aufrechter hin, alle Müdigkeit war wie weggeflogen, ob das am Prosecco, an der schönen Gesellschaft oder den inspirierenden Worten lag, konnte sie nicht sagen. Es war ihr auch egal. Sie war einfach dankbar, dass sie hier sein durfte. Diese Menschen hatten etwas an sich, dass sie beinah vergessen ließ, aus welchem Grund sie hier war. Auch wenn sie ihre Arbeit immer genoss, kam es ihr hier auf Gracewood Hall gar nicht wie Arbeit vor. Ob es daran lag, dass bald Weihnachten war? Sie fühlte sich nicht nur herzlich aufgenommen, sondern irgendwie sogar angekommen. Unmerklich schüttelte sie den Kopf. Jetzt war nun wirklich keine Zeit für Grübeleien. Jetzt wollte sie die Gesellschaft dieser fabelhaften Frauen genießen!

140

Mrs. Cuthbert hatte unterdessen Vivien nach ihrer Anreise aus den USA gefragt, denn Vivien und Richard verbrachten schon seit Jahren die Winter in Viviens Heimat Louisiana. Abgesehen vom nahezu frühlingshaften Wetter waren Viviens Bilder dort sehr begehrt und es war wichtig, dass sie als Künstlerin vor Ort war. Weihnachten feierten sie aber immer auf Gracewood Hall.

Nun erzählte Vivien munter von peniblen Zollbeamten, quengelnden Kindern, müden Eltern und missmutigen, älteren Leuten. Es war deutlich, dass sie in sich selbst ruhte. Nichts davon hatte ihre Vorfreude auf ihre Kinder und ihr Zuhause trüben können. So folgte ein Thema dem Nächsten, die vier Frauen wurden immer lustiger und lauter. Eine zweite Flasche Prosecco wurde geköpft und trug maßgeblich zur Ausgelassenheit bei. Es war einfach zu schön, beisammen zu sitzen und sich auszutauschen, über Männer, Kinder und das Leben allgemein.

***

Maxwell war hinauf in sein Zimmer gegangen, er wollte kontrollieren, ob er endlich alles für Weihnachten fertig hatte. Denn dann konnte er die Geschenke ins Weihnachtszimmer bringen. Früher hatte Vivien Bedford die Weihnachtsgeschenke in diesem Zimmer gebastelt, eingepackt und gesammelt, um sie am Heiligen Abend, wenn alle schon schliefen, unter den Tannenbaum im Salon zu legen. Schon Wochen vorher war dieser Raum immer abgeschlossen gewesen. Ab und zu waren verheißungsvolle Geräusche auf den Flur gedrungen, vor dem sich die Bedfordkinder und deren Freunde immer wieder herumgedrückt hatten. Wie sehr hatten sie gehofft einen Blick in das Weihnachtszimmer werfen zu können.

Nur ein einziges Mal war es Nick gelungen und er hatte den anderen die tollsten Geschichten darüber erzählt, ohne irgendetwas Konkretes zu verraten. Es hatte ihm einen Heidenspaß gemacht, seine Geschwister noch neugieriger zu machen, dabei hatte er nicht wirklich etwas gesehen. An diesem Tag musste die Sonne ins Zimmer geschienen haben, denn alles was er wahrgenommen hatte, hatte gefunkelt und geglänzt.

Nun hatte Nigel diese Aufgabe übernommen. Maxwell wusste, dass Nigel den Schlüssel oben auf dem Türrahmen versteckt hatte.

In seinem Zimmer angekommen, fand er ein Paket, dass jemand auf seinen Schreibtisch gelegt hatte. Das bestellte Geschenk für Lilly war angekommen, perfekt! Nun hatte er tatsächlich alles beisammen. Das Parfum für seine Mutter, den Whiskey für seinen Vater, die Bücher und einen Spielzeug-Reiterhof für Lilly. Den anderen schenkte er nichts und sie ihm ebenfalls, so war es abgemacht und überaschenderweise hielten sie sich auch daran. Sie waren sich alle einig, dass es Weihnachten nicht nur um die Geschenke ging, und das wollten sie auch den Kindern vermitteln.

Während Max das letzte Geschenk für Lilly zu den anderen packte, summte er leise vor sich hin. Er musste lächeln. Wann hatte er das letzte Mal ein Weihnachtslied nur für sich selbst gesummt? Er konnte sich nicht erinnern und es war ihm auch egal. Er war glücklich und fühlte sich leicht und frei, was ihm außerordentlich gut gefiel.

Beschwingten Schrittes nahm er den großen Geschenkesack und lief über den Flur. Vor dem Weihnachtszimmer angekommen, warf er einen kurzen Blick nach links und rechts, ob auch keines der Kinder in der Nähe war, dann griff er nach oben, schloss schnell die Tür auf und schlüpfte hinein.

Innen hatte sich nichts verändert, der Raum mit dem großen Schreibtisch und halbhohen Schränken ließ erahnen, dass hier gern und viel gebastelt wurde. Die rotgoldene Tapete sah genauso weihnachtlich aus wie immer. Max stutzte, es roch sogar nach Weihnachten. Die dicken, roten Kerzen auf dem Kaminsims konnten es nicht sein, denn sie brannten nicht. Dann musste hier irgendwo einer dieser modernen Raumdüfte stehen.

Egal. Maxwell zuckte mit den Schultern und sah sich weiter um. Auf dem Tisch stapelten sich die Geschenke, alle liebevoll in rotes Papier eingepackt und mit goldenen Schleifen oder Sternen verziert. Es sah wunderschön aus. Max legte seine Geschenke zu den anderen und trat einen Schritt zurück. Der Anblick rührte sein Herz, ein wohliges Kribbeln breitete sich in ihm aus und sein Lächeln wurde noch breiter.

Das Weihnachtsgefühl erfasste ihn, eine Mischung aus gespannter Erwartung, Vorfreude und Ungeduld. Gleichzeitig war er dankbar, dass ein friedliches Weihnachten bevorstand, das er mit seinen Lieben feiern durfte. Denn auch wenn Diana nicht bei ihnen sein konnte, so war er doch nicht allein. Seine wundervolle, süße und kluge Tochter würde übermorgen hier eintreffen und vor lauter Aufregung nicht wissen, ob sie ihre Päckchen umarmen sollte und ihn selbst auspacken oder umgekehrt. Ihm wurde klar, dass er Lillys unbeschwerte Art Weihnachten zu feiern nur seinen Eltern zu verdanken hatte. Seit dem Unfall holten sie ihre Enkeltochter immer vor Weihnachten zu sich. Denn er selbst war zu dieser Zeit des Jahres noch schwermütiger und stiller als sonst.

Das sollte nun vorbei sein, entschied er. Lilly hatte einen offenherzigen Vater verdient und dieser wollte er ab sofort sein. Bilder aus der Vergangenheit stiegen in ihm auf und er wurde ganz emotional. Nachdenklich ließ er sich auf dem Bett nieder.

Auch Nigel, Arthur und den Bedfords war er zu Dank verpflichtet. Ohne auch nur ein Wort zu verlieren, hatten sie ihr Haus für ihn und seine Familie geöffnet und sie alle in ihre Weihnachtsrituale einbezogen, voller Wärme und Liebe. Wie sollte er ihnen allen das jemals danken?!

Liz kam ihm in den Sinn und er traf noch eine Entscheidung. Egal, wie es mit ihnen beiden ausging, es würde keine Auswirkungen auf seine andere Entscheidung haben. Dass er sich anstrengen würde Liz Herz zu erobern stand außer Frage. Aber er wollte sich nicht mehr von allen Gefühlen distanzieren. Für Lilly und sich selbst wollte er wieder der Maxwell sein, den er so lange unter Verschluss gehalten hatte. Er schluckte mühsam den Kloß herunter und versuchte tief Luft zu holen. In seinen Augen begann es verdächtig zu brennen.

Plötzlich ging die Tür auf und Nigel trat ins Zimmer. „Max! Was ist passiert?", rief er erschrocken aus und trat eilig auf ihn zu.

Auch Max hatte sich erschrocken, er hatte nicht daran gedacht, das Zimmer von innen zu verriegeln. Zu spät. Wenigstens war es sein ältester und bester Freund, der ihn in diesem Zustand sah und niemand anderes. Er stand auf und lachte nervös: „Es ist alles in Ordnung! Du musst dir keine Sorgen machen!"

Nigel legte den Kopf schief und sah ihn kritisch an: „Willst du mich veräppeln? Ich hab doch Augen im Kopf! Du sitzt hier alleine und heulst! Raus mit der Sprache, was ist los?"

Halb lachend, halb schniefend wischte sich Max über die Augen und beteuerte: „Es ist wirklich alles gut."

Nigel gab ein ungläubiges Schnauben von sich und Max fuhr fort: „Du kannst mir glauben, es geht mir gut. Mir ist heute so einiges klar geworden und da..." Er brach ab und räusperte sich. „Ich...", versuchte er es wieder. Hilfesuchend blickte Max sich um, dann schaute er Nigel fest an und straffte unwillkürlich die Schultern. „Ich habe eine Entscheidung getroffen. Ich habe mich viel zu lange in meiner Trauer um Diana vergraben. Ich will das überwinden. Lilly hat einen Vater verdient, der wirklich am Leben teilnimmt!"

Eine Sekunde schaute Nigel ihn prüfend an, dann rief er: „Endlich!" und umarmte Max stürmisch. „Ich bin so froh! Du ahnst gar nicht wie sehr!" Nigel fasste ihn an die Hand und wollte Max nach draußen ziehen. „Das müssen wir den anderen erzählen!"

„Warte!" Max blieb stehen und schaute Nigel ernst an. „Ich habe es eben erst für mich beschlossen und weil du mein ältester Freund bist, habe ich dir davon erzählt, aber bitte, mir ist nicht nach einer großen Ankündigung. Sie werden es schon selbst merken."

Nigel war die Enttäuschung nur kurz anzusehen, doch dann strahlte er wieder und nickte. „Klar, kein Problem." Er drückte Max noch einmal kurz und fest und ließ ihn dann wieder allein.

Max holte tief Luft. Er fühlte sich immer besser. Dann fiel ihm ein, dass er wahrscheinlich nicht danach aussah und ging ins angrenzende Bad um sich kaltes Wasser ins Gesicht zu spritzen. Bei seinem Anblick im Spiegel erschrak er. In seinem Wollpullover hatten sich Holzspäne und auch ein paar Kekskrümel verfangen. Zusammen mit seinen roten, verquollenen Augen strahlte er nicht gerade Selbstsicherheit aus. Er beschloss noch schnell zu duschen. Ein starker Espresso konnte auch nicht schaden. Wenn er Liz einigermaßen pünktlich abholen wollte, musste er sich beeilen. Max konnte es kaum erwarten, sie zu sehen und mit ihr allein zu sein.

Kapitel 11

Wenig später stand Max erfrischt und sauber vor Liz' Zimmertür. Er hatte sich für Jeans und seinen grauen Lieblingspulli entschieden. Darin fühlte er sich immer wohl. Genau das brauchte er jetzt. Er atmete einmal tief durch und klopfte.

Nichts geschah.

Er klopfte ein zweites Mal. Wieder nichts. Überhaupt war es da drinnen verdächtig ruhig. Vielleicht war sie noch in der Küche oder mit ihrem Blog beschäftigt. Er beschloss, sie suchen zu gehen. Auf dem Weg zur Küche steckte er den Kopf in Nigels Arbeitszimmer, aber auch dort war sie nicht. Also ging er munter die Treppe hinunter. Er hatte ja eh einen Espresso gewollt. Max musste sich bremsen, dass er nicht die letzten Stufen vor lauter Ungeduld und Wiedersehensfreude hinunter sprang und quer durch die Halle rannte.

Schwungvoll öffnete er die Küchentür, aber auf das was ihn dahinter erwartete, war er in keinster Weise vorbereitet.

Vier äußerst alberne Frauen saßen laut lachend um den Küchentisch und leerten soeben die dritte Flasche Prosecco. Vor ihnen standen verschiedene Platten, auf denen sich einmal Häppchen befunden haben mochten, sowie ein großer Pralinenkasten, dessen Bestände ebenfalls stark ausgedünnt waren. Die vier waren so mit sich beschäftigt, dass sie ihn noch gar nicht bemerkt hatten. Das Küchenchaos nahm Max nur am Rande wahr. Aufgebracht rief er: „Was ist denn hier los?"

Erschrocken sah Liz Max in der Tür stehen. Mist! Sie hatte die Verabredung mit ihm vollkommen vergessen: „Äh..."

„Max, mein Lieber! Wie schön dich zu sehen! Wir sind einen Tag eher angereist", rief Vivien ausgelassen.

„Das sehe ich", knurrte er und beugte sich herab, um sie auf die Wange zu küssen. „Und das musstet ihr gleich begießen?" Er zog fragend eine Augenbraue hoch.

„Max!", sagte Liz. Schnell stand sie auf und bereute es augenblicklich. Es drehte sich alles und sie musste sich am Tisch festhalten, um nicht umzufallen. Sofort war er bei ihr und hielt sie fest. Sie legte den Kopf in den Nacken und sah zu im hoch. „Sorry, ich hab unser Date ..." Sie musste kichern. Um sich zu konzentrieren legte sie ihre Hand auf seine Brust und wollte weiterreden. Von seinen Muskeln, die sie durch den Pullover spürte, wurde sie aber derart abgelenkt, dass sie ihn nur noch anstarren und nichts mehr sagen konnte. Benommen schüttelte Liz den Kopf. Mit einem Mal war ihr ganz elend. „Ich bin so müde. Ich will in mein Bett", murmelte sie und lehnte sich an ihn.

Bevor sie umfallen konnte, hatte er sie schon hochgehoben. „Ich bring dich hoch", sagte er sanft und warf den anderen einen strengen Blick zu.

Liz bekam nur am Rande mit, dass Max sie aus der Küche und die Treppe hochtrug. Mit geschlossenen Augen murmelte sie undeutlich: „Du riechst so gut!" und kuschelte sich noch enger an ihn. Sie seufzte leise.

Max hielt sie noch etwas fester und flüsterte: „Es ist alles gut. Ich bring dich ins Bett." Wenn er daran dachte, wie gern er diese Worte einer wachen Liz zugeflüstert hätte... Er bezwang den aufsteigenden Ärger und tröstete sich mit dem Gedanken, dass dies ja nur eine kleine Verzögerung war. Selbst wenn sie jetzt ein Stündchen schlief, blieb noch genug Zeit für ein klärendes Gespräch unter vier Augen.

In ihrem Zimmer angekommen, legte er sie behutsam aufs Bett und deckte sie mit einer leichten Kuscheldecke zu. Seufzend drehte sie sich auf die Seite und zog die

Beine an. Der Anblick rührte ihn, am liebsten hätte er sich dazugelegt und sie in seinen Armen gehalten. Zärtlich strich er ihr übers Haar und ging leise hinaus.

***

„Maxwell und Liz also", stellte Vivien fest und Nora nickte zustimmend. „Ich dachte schon, Nick würde erwachsen werden. Wusstet ihr, dass Liz die erste Frau ist, von der er mir erzählt hat? Abgesehen von dieser schrecklichen... wie hieß sie noch gleich?" Vivien überlegte.

„Betty Andrews!", antworteten Nora und Mrs. Cuthbert gleichzeitig. Alle lachten herzlich. „Oh Gott, die hatte ich ganz vergessen!", prustete Nora.

„Ich nicht!" Mrs. Cuthbert verschränkte die Arme und murrte düster.

„Lebt sie etwa noch hier?", fragte Vivien ungläubig und auch Nora riss die Augen auf.

„Oh ja." Mrs. Cuthbert seufzte tief und trank direkt noch einen Schluck. „Sie ist verheiratet, mit irgendeinem Anwalt, der jetzt wohl in die Politik gehen will. Sie bildet sich weiß Gott was darauf ein! Jedes Mal wenn ich sie und ihre drei furchtbaren Kinder sehe, wechsle ich die Straßenseite."

Nora und Vivien mussten lachen.

„So schlimm kann sie doch gar nicht sein. Immerhin ist das Ganze schon 20 Jahre her!", meinte Vivien.

Mrs. Cuthbert schnaubte nur. „Ihr habt ja keine Ahnung!", konstatierte sie. Dann stand sie energisch auf. „Wenn es heute noch irgendwann Tee oder ein Abendessen geben soll, muss ich mich ranhalten."

Seufzend guckten auch Nora und Vivien sich um. „Ach, zu dritt kriegen wir das doch schnell hin!", versuchte Nora alle zu motivieren und stand ebenfalls auf.

Vivien folgte ihrem Bespiel und sammelte das schmutzige Geschirr ein. „Was ist denn nun zwischen Max und Liz?"

„Soweit ich weiß, ist das Innigste, was bisher vorgefallen ist, das, was wir eben zu sehen bekommen haben", antwortete Nora und Mrs. Cuthbert fügte hinzu: „Die beiden geben ein schönes Paar ab."

In diesem Moment ging die Tür auf und Maxwell trat erneut in die Küche. Es war ihm deutlich anzusehen, dass er sauer war. „Nora, deine Kinder suchen dich. Für dich gilt das gleiche Vivien. Sie sind alle im Salon", bescheinigte er ihnen kurz angebunden.

„Wir wollten Mrs. Cuthbert...", versuchte Nora anzuführen, da unterbrach er sie: „Das mache ich."

Verdutzt sahen die Frauen sich an.

Max rollte mit den Augen. „Stellt euch vor, ich kann das!" Er machte eine ausholende Handbewegung. „Ich habe auch eine Küche bei mir Zuhause."

Vivien nahm ihre Tochter an die Hand. „Komm Schatz, wenn er uns helfen möchte, wollen wir ihn nicht aufhalten." Zu Maxwell gewandt, flötete sie ein „Dankeschön, mein Lieber!" Dann waren sie auch schon weg.

Mrs. Cuthbert hatte unterdessen begonnen die Spülmaschine zu füllen und schwieg. Sie kannte Max. Reden war das Letzte, was er jetzt wollte. Außerdem hatte sie vorhin mitbekommen, dass er sich mit Liz zu einem Spaziergang verabredet hatte. Sie konnte seine Enttäuschung verstehen.

Max widmete sich dem Müll, danach wischte er den Tisch und alle Arbeitsflächen ab, selbst die, die eigentlich sauber waren. Voller Inbrunst ließ er seine ganze Enttäuschung und seinen Ärger an den Flecken aus. Er schrubbte, bis alles wie neu glänzte und auch der Boden seine ursprüngliche Farbe angenommen hatte.

Mrs. Cuthbert arrangierte derweil die Tabletts für den Nachmittagstee und fragte ihn schließlich: „Hast du Lust mit mir das Abendessen zu kochen? Nach dem Tee, meine ich." Unschlüssig sah Max auf die Uhr.

„Euren Spaziergang wirst du wohl auf morgen verschieben müssen", erriet sie seine Gedanken. „Sie wird bestimmt noch eine Weile schlafen und sich dann fürs Abendessen fertig machen wollen. Sie haben ein Essen in Abendgarderobe mit anschließender Filmnacht geplant", informierte sie ihn.

Ergeben zuckte er mit den Schultern, dann grinste er: „Wenn das heute schon mein arbeitsreichster Urlaubstag ist, dann brauche ich aber einen Espresso!"

Mrs. Cuthbert schaute sich in der makellosen Küche um und meinte: „Du hast dir einen Doppelten verdient!" Damit schaltete sie die Maschine ein. Max trat zu ihr, legte ihr den Arm um die Schultern.

„Ach Junge!" Mrs. Cuthbert erlaubte es sich, sich kurz an ihn anzulehnen. Sie erinnerte sich noch gut an die Zeiten, als er zu ihr aufschauen musste. Nun, das war schon eine ganze Weile her, aber von dem frechen Lausebengel, der alle immer wieder mit seiner Intelligenz und seinen Ansichten zum Leben überrascht hatte, war doch noch etwas in ihm.

„Danke!", sagte er plötzlich und drückte sie noch einmal.

Mrs. Cuthbert wandte sich überrascht zu ihm um. Die Traurigkeit, die so lange über ihm gelegen hatte, schien sich gelichtet zu haben. Er lächelte sie offen an. „Ach, mein lieber, lieber Junge! Ich freue mich so, dass es dir besser geht." In ihren Augen glitzerte es verdächtig. Sie drückte ihn von Herzen fest an sich und blinzelte die aufkommenden Freudentränen energisch zurück.

Max erwiderte die Umarmung, es fühlte sich tatsächlich wie Nachhausekommen an.

Dann fiel Mrs. Cuthbert etwas ein: „Hast du heute schon mit Lilly gesprochen?"

Max schüttelte den Kopf.

„Geh und ruf sie an! Ich mache das hier alleine fertig und danach bekommst du deinen Espresso." Resolut scheuchte Mrs. Cuthbert ihn aus der Küche.

Max schüttelte den Kopf. Wie oft sie ihn schon aus der Küche geworfen hatte! Aber sie hatte recht, ein Telefonat mit Lilly war längst überfällig. Er freute sich darauf ihre Stimme zu hören.

***

Wenig später saß die gesamte Familie Bedford im Salon vor dem prasselnden Kaminfeuer und trank Tee. Trotz der kurzen Zeit hatte Mrs. Cuthbert mal wieder gezaubert. So standen auf den Beistelltischen verteilt Platten mit den Plätzchen der Kinder, Mince Pies, kleine Sandwichhappen sowie Liz' Weihnachtsstollen.

Timothy saß am Flügel und klimperte ein paar leise Melodien, während Nora neben ihm saß und diesen seltenen Moment genoss. Zuhause hatte ihr Mann kaum Zeit und Muße für seine Musik.

Auch Arthur war sich dieses besonderen Augenblicks bewusst, wie sie alle friedlich beieinander saßen. Der festlich geschmückte Weihnachtsbaum leuchtete im Hintergrund. Glücklich drückte er Nigels Hand.

Claire hatte von ihren Großeltern ein neues Bastelset bekommen und nun saß sie mit ihrer Oma gemeinsam an einem der kleinen Tische und fertigte Armbänder.

Henry saß auf Opa Richards Schoß in dessen Lieblingsohrensessel und versuchte ihn zu überreden von seinen selbstgemachten Plätzchen zu probieren: „Opa, hier, die habe ich gemacht!", erzählte er stolz und hielt ein sternförmiges Plätzchen mit dicker gelber Zuckerglasur in seiner Hand.

„Henry, das sieht aber toll aus! Das hast du prima gemacht!", staunte Opa Richard.

„Du musst es essen!", forderte Henry und hielt den Keks noch ein Stück näher zu Richard hin.

„Henry, mein Schatz, der ist viel zu hübsch um ihn zu essen!", versuchte Opa sich herauszureden, aber Henry schüttelte vehement den Kopf. Also entschied Richard sich für die Wahrheit: „Henry, ich traue mich nicht deinen Keks zu probieren, weil da so viel harter Zucker drauf ist. Opa bricht sich womöglich daran einen Zahn aus. Weißt du, Opas Zähne sind auch schon alt..."

Henry schaute ihn nachdenklich an, dann zuckte er kurz mit den Achseln und steckte sich den Keks selbst in den Mund. Opa Richard musste lächeln und streichelte seinem Enkel über den Kopf. Henry kletterte vom Sessel und ging selbstbewusst zur Fensternische. Darunter war ein Schrank eingebaut, in dem verschiedene Spielsachen und Bücher für die Kinder bereit lagen.

„Wo sind denn Liz und Max?", fragte Nigel in die Runde und schaute sich um. „Hat ihnen kein Bescheid gegeben?"

„Liz hat sich kurz hingelegt, sie hat wohl nicht gut geschlafen und war müde", antwortete Nora gleichmütig.

Nigel wunderte sich: „Liz macht ein Schläfchen??? Das ist gar nicht ihre Art."

„Wer weiß", gab Nora achselzuckend zurück. „Vielleicht hat sie viele neue Eindrücke zu verarbeiten. Warum soll es Erwachsenen da anders gehen als Kindern?!"

Vivien kuschelte sich spontan an ihre Enkeltochter um ihr Grinsen zu verbergen und wunderte sich mal wieder, wo ihre Große nur so gut lügen gelernt hatte.

„Vielleicht muss sie aber auch den Prosecco verarbeiten", flüsterte Tim seiner Frau ins Ohr.

„Wirst du wohl still sein!", flüsterte Nora zurück und boxte ihn leicht gegen den Arm. Gut gelaunt begann Tim mit ihr zu schunkeln und Nora musste lachen.

„Und Max?", fragte Nigel wieder. „Wo steckt der?"

„Vielleicht muss er auch ein paar neue Eindrücke verarbeiten und hat sich dazu gekuschelt", ließ sich Nick vernehmen, der bis eben auf seinem Tablet im Internet gesurft hatte.

„Nicholas! Ich muss doch sehr bitten!", wies ihn Richard zurecht. „Ich bin mir sicher, das Maxwell gleich zu uns stoßen wird."

Kaum hatte er es ausgesprochen, ging die Tür auf und der Gesuchte trat ein. Richard setzte eine triumphierende Miene auf und erhob sich, um seinen Ziehsohn zu begrüßen. „Maxwell! Wie schön, dich zu sehen!" Richard drückte ihn kurz aber fest. „Wie geht es dir?"

„Das wollte ich dich gerade fragen, Richard! Du siehst blendend aus!" Maxwell musterte ihn wohlwollend.

„Das liegt an seinem neuen Ernährungs- und Sportprogramm", ließ sich Vivien vernehmen.

Nick lachte: „Hat sie dich endlich überzeugt, ja?"

„Werd' nur nicht frech, junger Mann! Ich habe nur das Beste für euren Vater im Sinn!", rief Vivien aus.

„Das wissen wir, Mama!", warf Nigel begütigend ein und Max ergänzte: „Und man sieht es auch!"

Richard strich sich stolz seinen Pullover glatt. „Ich fühle es auch!" Alle lachten.

Während Max sich Tee einschenkte, kam Henry mit einem Buch zurück und fragte: „Opa, liest du mir was vor?"

„Sicher. Komm her." Richard setzte sich und nahm Henry wieder auf den Schoß und begann zu lesen.

Kapitel 12

Benommen öffnete Liz die Augen. Irgendetwas hatte sie geweckt. Da... Es klopfte wieder. Sie setzte sich langsam auf. In ihrem Kopf pochte ein dumpfer Schmerz und ihr Mund war wie ausgedörrt. So ein Schlaf mitten am Tag, ganz zu schweigen von dem Prosecco, das war sie einfach nicht gewohnt. Wieder ein Klopfen, diesmal energischer. Liz schloss kurz die Augen und sammelte Kraft. Vorsichtig stand sie auf und ging zur Tür. Sie hasste es, wenn sie sich so mies fühlte wie jetzt. Daher achtete sie sonst sehr auf ihre Ernährung und ihre Gesundheit. Heute musste sie allerdings feststellen, dass die Kombination aus wenig Schlaf, wenig Essen und Prosecco keine förderlichen Auswirkungen auf ihr Wohlbefinden hatte.

Seufzend öffnete sie die Tür. Draußen stand Nora, beladen mit einem Tablett, auf dem sich eine Teekanne, ein großer Krug Wasser, Tassen, Gläser sowie ein Teller mit Snacks befanden.

„Ich wollte mal sehen, ob du noch lebst. Es tut mir leid, ich wusste ja nicht, dass dich der Prosecco so niederstrecken würde."

Liz gab ein unwilliges Geräusch von sich und öffnete Nora die Tür. Sobald Nora das Tablett auf der Frisierkommode abgestellt hatte, goss sich Liz ein großes Glas Wasser ein und trank es in einem Zug leer. Ein zweites folgte umgehend. Erst dann fragte sie: „Wie lange habe ich eigentlich geschlafen?"

„Zweieinhalb Stunden."

Liz nickte. Langsam ging sie zum Fenster und öffnete es. Konzentriert atmete sie tief ein und aus. Dann drehte sie sich zu Nora um und schenkte ihr ein kleines Lächeln. „Jetzt geht es mir etwas besser. Danke für den Weckservice."

Nora sah sie betreten an: „Liz, hör' mal, es tut mir wirklich leid. Ich habe ein richtig schlechtes Gewissen."

Liz winkte ab: „Dich trifft doch keine Schuld! Ich bin schließlich erwachsen, ich hätte ja nicht mittrinken müssen. Und dafür, dass ich in der Nacht nicht richtig geschlafen habe, kann keiner was!" Sie grinste schief. „Es ist nur ein bisschen peinlich vor meinen Auftraggebern."

„Mach dir darüber mal keine Gedanken! Um deine Auftraggeber habe ich mich schon gekümmert!" Nora wackelte aufgeregt mit den Augenbrauen. „Sie haben einen Wellnessnachmittag für dich springen lassen. Quasi als Bonus für besonders engagierte Bloggerinnen!"

Liz schaute sie fragend an.

„Haben Nigel und Arthur dir nichts von der Sauna und dem Whirlpool erzählt?!"

„Nein", antworte Liz zögernd.

„Auf dem Gelände des alten Tennisplatzes haben die Zwei vor ein paar Jahren eine kleine Wellnessoase errichtet. Es gibt eine finnische Sauna, einen Schwimmteich und sogar einen Jacuzzi! Da gehen wir jetzt hin und bringen dich wieder auf die Beine! Das Tablett nehmen wir mit und danach machen wir uns hübsch."

Liz war verwirrt: „Und was ist mit den Kindern? Außerdem muss ich die Bilder bearbeiten und … Oh nein, Max wollte ja auch noch mit mir rausgehen. Das habe ich total vergessen!"

Nora nahm Liz das Glas aus der Hand und stellte es auf das Tablett. „Die Kinder genießen Zeit mit ihren Großeltern, die haben sie nicht so oft. Deine Bilder können warten und Max auch. Du willst nicht wirklich, dass er dich soo sieht." Nora sah Liz an.

Liz bekam große Augen: „Sehe ich so schlimm aus?"

„Schlimmer!"

Liz stürzte zum Spiegel und Nora musste lachen, „Darling, das war Spaß! Du siehst aus, wie man eben nach einem Nickerchen aussieht. Ganz süß sogar!"

„Vielen Dank auch!" Liz verdrehte die Augen, doch dann musste sie grinsen. „Ich dumme Nuss renne auch noch wie von der Tarantel gestochen zum Spiegel!"

Nora grinste zurück: „Komm, zieh dir eine warme Jacke an. Du wirst den Jacuzzi lieben! Versprochen!"

„Ich habe gar keinen Bikini dabei", warf Liz ein, aber auch diesen Einwand wischte Nora mit einer Handbewegung beiseite. „Ich leih dir einen von mir. Für das bisschen im Sprudelwasser dümpeln wird es schon gehen!"

Liz zögerte immer noch, Noras Angebot klang verlockend, aber sie wollte Max gegenüber nicht unhöflich sein, auch wenn sie immer noch nicht wusste, was das zwischen ihnen war. Nora sah ihr die Unentschlossenheit an und meinte: „Schreib Max doch eine Nachricht, dass ihr euer Treffen auf morgen verschieben müsst. Soweit ich weiß, kann Mrs. Cuthbert die paar Beilagen, die ihr schon vorkochen wolltet auch alleine zubereiten. Du hast morgen den ganzen Tag Zeit für deinen Blog, die Fotos und Max. Außerdem siehst du ihn nachher beim Abendessen sowieso."

„Einverstanden! Ich schreibe einen Zettel."

***

Keine fünfzehn Minuten später lag Liz ausgestreckt im Whirlpool und genoss das warme Wasser. Die Wellnessoase lag versteckt hinter einer großen und dichten Eibenhecke, so dass weder der Schwimmteich noch der Bungalow vom Haupthaus zu sehen waren. Der Bungalow, eine moderne Konstruktion aus Holz und Glas, fügte sich nahtlos in seine Umgebung ein. Obwohl rechteckig geschnitten, schmiegte er sich geradezu an den Teich. Dieser Eindruck wurde von der großen, organisch geschwungenen Holzterrasse verstärkt, die in einem Steg mit Schwimmleiter mündete. Von dort aus konnte man direkt in den Teich springen. Die Vorderfront des Bungalows bestand aus Glaselementen, die sich komplett öffnen ließen. Es gab beinahe keinen Unterschied zwischen drinnen und draußen. Der Bungalow war im Innern in moosgrün, nussbraun und grau gehalten, was diesen Eindruck verstärkte.

Hier hatte jemand moderne Zweckmäßigkeit perfekt mit Liebe zum Detail und zur Natur verbunden. So etwas hatte Liz wirklich nicht erwartet. Sie musste lächeln, als ihr klar wurde, dass sie nur wegen einer schlechten Nacht und zwei Gläsern Prosecco zu viel hier gelandet war. Sie seufzte zufrieden.

„Es ist toll, oder?!", meinte Nora, die neben ihr lag.

„Und wie! Wenn ich könnte, würde ich wie eine Katze schnurren."

„Das trifft es auf den Punkt", stimmte Nora zu, dann schwieg sie wieder und Liz war dankbar dafür. Sie hatte einiges worüber sie nachdenken wollte.

Dieser Auftrag war so ganz anders, als alle bisherigen. Ihr war klar gewesen, dass Nigel und Arthur keine professionelle Pressevorführung im Sinn gehabt hatten, wobei das keine schlechte Idee für die Zukunft wäre…

Aber dass sie so sehr ins Familienleben involviert werden würde, dass sie jetzt sogar neben Nigels Schwester im Jacuzzi lag, damit hatte sie nun wirklich nicht rechnen können.

Oder dass sie einen äußerst attraktiven und unberechenbaren Engländer kennenlernen würde ebenso wenig. Den sie auch schon nackt gesehen hatte, wie ihr wieder einfiel. Bei der Erinnerung an diese Peinlichkeit schoss ihr das Blut in die Wangen. Spontan ließ sie sich tiefer ins Wasser gleiten. War das wirklich erst heute früh gewesen? Hoffentlich wollte er nicht darüber mit ihr reden! Aber er hatte ja gesagt, er wolle ihr die Gärten zeigen. Das war sicherlich nur ein Vorwand.

Es war zum Verrücktwerden, sie bekam Max einfach nicht aus dem Kopf. Vielleicht sollte sie heute doch noch das Gespräch mit ihm suchen, damit sie sich endlich voll und ganz auf ihre Arbeit hier konzentrieren konnte. Sie seufzte innerlich, wem wollte sie eigentlich etwas vormachen? Wenigstens zu sich selbst sollte sie ehrlich sein.

Sie fand ihn sexy, seine grauen Augen faszinierten sie und sein Grinsen hat sie regelrecht umgehauen. Jedes Mal, wenn sie in seine Nähe kam, fing ihr ganzer Körper an zu kribbeln und jede seiner Berührungen löste einen wahren Sturm in ihrem Innern aus. Selbst jetzt bekam sie, trotz des warmen Wassers, eine Gänsehaut. Und dann war da noch dieser unglaubliche Kuss. So etwas hatte sie in ihren ganzen 30 Jahren noch nicht erlebt. Allein beim Gedanken daran, zog sich in ihr alles zusammen. Wenn er jetzt vor ihr stünde, hätte sie ihn sofort wieder geküsst. Ob es wohl jedes Mal so unbeschreiblich war? Das hatte bestimmt nur an der Situation und ihren gereizten Muskeln gelegen. Liz räkelte sich wohlig in dem warmen Wasser. Sie spürte, wie die Anspannung des Tages von ihr abfiel.

Sie musste zugeben, dass sie überhaupt nichts gegen ein paar heiße Küsse, oder auch mehr, hätte. Vielleicht sollte sie sich, als emanzipierte Frau, auf alle Eventualitäten vorbereiten...

Andererseits überlegte sie, wie unprofessionell so ein Verhalten wäre. Auch wenn es sich anders anfühlte, sie kannte die Bedfords doch kaum. Abgesehen davon war sie sich gar nicht so sicher, ob sie Maxwell überhaupt mochte.

Er wirkte manchmal so distanziert, ja fast schon arrogant. Gut, bei ihrem Ausritt war er richtig nett und lustig gewesen. Sie hatte sich in seiner Gegenwart sehr wohl gefühlt. Aber danach hatte er sie völlig ignoriert, nur um ein paar Stunden später den Verführer zu spielen.

Als sie heute vom Einkaufen gekommen waren, hatte seine schlechte Laune wie eine schwarze Gewitterwolke über ihm gehangen. Keine zwei Stunden später war er regelrecht fidel gewesen, vor allem zu den Kindern. Die Zwei mochten ihn sehr, das hatte sie gesehen. Liz schüttelte unmerklich den Kopf. Was war bloß los mit ihm, dass seine Stimmungen so schwankten.

Plötzlich erinnerte sie sich daran, dass er sie die Treppe hochgetragen hat. So geborgen hatte sie sich noch nie bei einem Mann gefühlt! Das war so schön... Abrupt setzte Liz sich auf. Oh Gott, hoffentlich hatte sie nicht irgendetwas Peinliches gemacht! Gesabbert oder so. Mitten am Tag ins Bett gebracht zu werden, war ja wohl schlimm genug.

Neben ihr zuckte Nora erschrocken zusammen: „Ist alles in Ordnung?"

Auch Liz erschrak, sie hatte Nora völlig ausgeblendet. „Ja, ja. Mir ist nur gerade etwas ... eingefallen. Außerdem muss ich langsam mal was essen...", improvisierte Liz und griff nach einem Handtuch.

„Essen ist immer gut!", stellte Nora klar und ließ sich wieder ins Wasser gleiten. „Du kannst die Bodylotion verwenden, die dort auf dem Schränkchen steht. Da sind auch Bademäntel. Bedien dich! Ich bleibe noch etwas im Wasser, ich bin noch nicht schrumpelig genug", gluckste sie.

„Danke! Ihr seid alle echt nett!"

„Ach was! Du doch auch." Nora machte eine abwehrende Handbewegung und sank dabei noch etwas tiefer.

Liz merkte, dass sie sich schon wieder viel zu viele Gedanken machte. Wo war denn ihr Vertrauen in die Welt geblieben? Wahrscheinlich machte sie alles komplizierter als es war. Damit war jetzt Schluss! Vor zwei Tagen hat sie noch große Reden über die Liebe als größte Kraft im Universum gehalten und nun saß sie in einem wunderschönen SPA und haderte mit ihrer Situation? Wie absurd war das bitte?!

Entschlossen hängte Liz ihr Handtuch auf und stellte sich unter die Regendusche. Ab sofort würde sie ihre Zeit hier auf Gracewood Hall genießen, mit allem was dazu gehörte. Breit lächelnd überlegte sie, ob es möglich war Nora ein wenig über Max auszuhorchen, verwarf den Gedanken aber sofort wieder. Erstens wollte sie keine Gerüchte streuen und zweitens hatte sie doch eben beschlossen, nicht mehr zu grübeln. Also seifte sie sich gründlich mit dem bereitstehenden Lemongrass-Duschgel ein und genoss den unerwarteten Wellnessnachmittag und entspannte sich noch ein wenig.

„Ich muss unbedingt noch einmal mit meiner Kamera her kommen! Es ist so wunderschön hier!" Liz saß eingekuschelt in Bademantel und Decke im Schneidersitz auf einer Liege, den leeren Snackteller vor sich.

„Ich versuche auch, mich bei jedem Besuch auf Gracewood Hall mindestens einmal hierher zurückzuziehen", bestätigte Nora. „Nigel und Arthur haben aus dem Gut wirklich was gemacht!" Sie drehte sich zu Liz und wechselte das Thema: „Was wirst du heute Abend anziehen? Du sagtest, du hättest genau das Richtige."

„Ich habe sogar zweimal genau das Richtige!" Liz wackelte mit den Augenbrauen. „Ich war doch in London shoppen, da habe ich mich in ein wunderschönes mitternachtsblaues Seidenkleid verliebt. Es ist Vintage, ein Original aus den 1940ern. Es hat lange fließende

Ärmel und Raffungen an genau den richtigen Stellen. Es zaubert mir mehr Kurven als ich habe. Ach es ist wunderschön!"

„Und das andere?" Noras Augen leuchteten vor gespannter Erwartung.

„Das habe ich in derselben Boutique entdeckt. Es ist ein schwarzer Damensmoking, komplett mit weißem Hemd und Kummerbund in feuerwehrrot. Ich stelle mir vor, ihn mit schwarzen High Heels und leuchtend roten Lippen zu tragen. Eigentlich wollte ich ihn Silvester anziehen, aber er würde auch zu einer Filmparty passen."

„Den Laden musst du mir zeigen!", forderte Nora sie sofort auf und ergänzte dann seufzend, „wobei ich gar nicht weiß, wann ich diese tollen Kleider tragen soll. Ich bin schon ewig nicht mehr ausgegangen und gemeinsam mit Tim noch viel länger nicht."

„Ah, jetzt verstehe ich. Daher diese schicken Abendessen hier auf Gracewood! Du hast Sehnsucht nach Glamour!" Liz schaute Nora liebevoll an. „Wenn du möchtest kann ich dir etwas leihen für heute Abend. Ich habe noch ein wundervolles Kleid dabei, es ist petrolfarben. Es hat einen U-Boot-Ausschnitt und dreiviertel lange Ärmel. Es steht dir bestimmt hervorragend!"

„Bist du sicher? Ich bin doch größer als du!", warf Nora skeptisch ein.

„Das stimmt, aber es ist mir einen kleinen Tick zu weit und zu lang. Es war ein PR-Sample und ich bin noch nicht dazu gekommen, es zum Schneider zu bringen. Es war auch nicht mehr nötig, nach meinem erfolgreichen Bummel in London." Liz grinste.

„Du bekommst Kleider geschenkt???" Nora machte große Augen und Liz musste lachen.

„Ab und zu. Einer meiner Kunden ist ein großer Onlineshop. In dem Kleid steht meine Größe, aber es fällt größer aus. Das passiert. Normalerweise hätte ich es zurückgeschickt, aber dafür blieb vor meiner Abreise keine Zeit mehr und weil es mir so gut gefällt, wollte ich es zum Schneider bringen, wenn ich nichts anderes für die Tage hier gefunden hätte. Jetzt kannst du es anziehen, ich kann dich fotografieren und dadurch immer noch Werbung für den Onlineshop machen. Win-Win!" Liz grinste, aber Nora guckte erschrocken.

„Du willst mich fotografieren und die Bilder ins Netz stellen?"

„Nur wenn du einverstanden bist!" Liz zuckte mit den Achseln, für sie war es das Natürlichste auf der Welt, dann hob sie den Zeigefinger. „Wehe, du sagst jetzt so etwas wie ‚Ich bin nicht hübsch oder schlank genug'. Dann beleidigst du uns beide!"

Nora fühlte sich ertappt und schüttelte vehement den Kopf: „Das wäre mir NIE eingefallen."

Beide lachten herzlich, aber dann sprang Nora schnell auf und rief erschrocken: „Wenn du heute noch Fotos von mir machen möchtest, muss ich langsam anfangen mich herzurichten!"

„Keine Sorge, das schaffen wir mit links!" Liz schmunzelte, erhob sich aber ebenfalls. Gemeinsam gingen sie in die Umkleide, um sich anzuziehen. Nora sammelte sämtliche benutzten Handtücher und ihre Bademäntel ein und ging in einen kleinen Nebenraum, den Liz vorher nicht bemerkt hatte. Es war eine Art Haushaltsraum, Nora füllte den Waschtrockner und schaltete ihn ein. „So, das wäre auch erledigt."

„Ihr räumt viel selbst weg", bemerkte Liz.

„Ja, die Zeiten sind vorbei, in denen die Bedfords eine ganze Schar von Dienstpersonal hatte." Nora lachte. „Es ist viel Arbeit für die Cuthberts, Matt und Annie. Für

Veranstaltungen kommt eine professionelle Firma und auch zum Großreinemachen im Frühjahr und Herbst. Wenn wir das Haus in diesem Zustand erhalten wollen, müssen eben alle mithelfen. Es klappt ganz gut", bemerkte sie mit typisch britischen Understatement. Liz war dennoch beeindruckt.

Ach, sie freute sich richtig darauf, Nora für das Shooting fertig zu machen. Voller Elan hakte sie sich bei ihr ein: „Dann wollen wir mal!"

Kapitel 13

„Darf ich jetzt endlich gucken?", fragte Nora bestimmt schon zum fünften Mal. Liz hatte auf dem Rückweg beschlossen, dass sie Nora schminken und die Haare machen würde. Außerdem sollte es eine Überraschung werden, daher durfte Nora die ganze Zeit nicht in den Spiegel sehen.

„Einen Moment! Ich muss noch ..." Liz beendete den Satz nicht, sondern trat nur ein paar Schritte zurück, um ihr Werk zu begutachten. Die Verwandlung war erstaunlich. Mit ihren kastanienroten Haaren, den grünen Augen und der milchweißen Haut war Nora eine Naturschönheit und brauchte nicht viel Makeup, was ihr in ihrem Alltag als berufstätige Mutter von zwei kleinen Kindern gut passte. Seitdem sie Liz erzählt hatte, dass sie es vermisste sich vor allem wie eine Frau zu fühlen und nicht nur wie eine gestresste Mutti, hatte Liz eine Idee gehabt.

Sie wollte eine moderne keltische Göttin aus Nora machen und das war ihr auch gelungen. Sie hatte Noras Haare in elegante Wellen gelegt, die sich nun verführerisch um ihre freien Schultern schmiegten. Mit nur wenig Makeup, aber geübten Handgriffen, hatte sie Noras klare Haut betont und ihre wundervollen grünen Augen zum Strahlen gebracht. Das Kleid, das sie für Nora ausgesucht hatte, schien wie für sie gemacht. Liz war mehr als zufrieden. Sie nickte: „Ja, jetzt darfst du dich umdrehen."

Aufgeregt wie ein kleines Mädchen sprang Nora auf und wandte sich zum Spiegel. Sie blieb wie angewurzelt stehen. „Oh", flüsterte sie.

„Gefällt es dir?", fragte Liz.

„Ich kann nicht glauben, dass ich so aussehe", antwortete Nora beinahe ehrfürchtig und ging noch näher an den Spiegel heran.

„Also ich finde, du siehst atemberaubend aus!", stellte Liz energisch fest.

„Ich auch!"

Beide fuhren erschrocken um. Nick war ohne anzuklopfen eingetreten, ganz wie es sich für einen kleinen Bruder gehörte. Liz staunte nicht schlecht. Nick trug einen Smoking! So elegant hatte sie ihn noch nie gesehen. Sie grinste ihn an und hob ihren Daumen nach oben! Er machte eine kleine Tanzbewegung und wandte sich dann an Nora: „Schwesterchen, du siehst großartig aus! Ich bin mir nicht mal sicher, ob du zu deiner eigenen Hochzeit so toll ausgesehen hast."

„Na, vielen Dank auch!", erwiderte Nora.

Doch Nick grinste nur und redete einfach weiter: „Ich finde, du wirst immer schöner! Älter werden steht dir!"

Nora guckte irritiert, sie wusste nicht ob er sie aufzog oder nicht. Doch Nick lächelte sie ehrlich an und wandte sich dann zu Liz. „Lizzie-Baby, es ist alles fertig vorbereitet. Willst du es dir sofort ansehen oder soll ich unsere mystische Schönheit entführen und schon anfangen?"

Nora und sie hatten Nick in der Halle getroffen, als sie vom SPA wiederkamen und ihm erzählt, was sie vorhatten. Er war begeistert gewesen und hatte direkt seine Hilfe angeboten. Also hatte er Liz' Equipment und sein eigenes in den großen Saal gebracht und dort alles für die Fotosession aufgebaut.

„Geht ruhig schon vor, ich brauche noch ein paar Minuten. Was ist mit den anderen, wie weit sind die?"

„Unsere Eltern haben beschlossen, dass sie mit den Kindern gemeinsam zu Abend essen und ins Bett gehen, sie sind wohl von der Reise erschöpft. Nigel und Arthur kommen später, sie haben noch etwas zu erledigen und Tim wollte gleich da sein", erklärte Nick. Er bot seiner Schwester den Arm und Nora hakte sich bei ihm ein. Im Hinausgehen erwähnte er beiläufig: „Max kocht, daher wird er es nicht aufs Bild schaffen."

Liz blieb verdutzt allein zurück. Wieso kochte Maxwell? Er konnte kochen? Genervt schüttelte sie den Kopf. Das war jetzt überhaupt nicht wichtig. Sie wollte arbeiten. Entschlossen setzte sie sich vor die Frisierkommode und begann sich zu schminken. Sie hatte sich für das Seidenkleid entschieden. Das dunkle Mitternachtsblau betonte ihre blauen Augen und ließen sie geheimnisvoll schimmern. Das wollte sie mithilfe von etwas Makeup noch ein klein wenig verstärken. Mit ein paar Handgriffen war das schnell erledigt. Nun musste sie nur noch die Lockenwickler aus dem Haar nehmen und es tief im Nacken locker zusammenfassen. Die Frisur sah kunstvoller aus, als sie war und hatte ihr schon einige Komplimente eingebracht. Liz schmunzelte und zupfte einzelne Strähnchen hervor, die ihr Gesicht umrahmen sollten. Sie war fertig. Bevor sie hinausging drehte sie sich noch ein paar Mal zufrieden vor dem Spiegel. Dann zückte sie ihr Smartphone, um ihre Follower eine kurze Videobotschaft zu senden und den bald folgenden Blogpost anzukündigen. Anschließend eilte sie hinaus.

Als Liz im großen Saal ankam, sah sie dass Nicholas wahrhaft ein Wunder vollbracht hatte. Da in den nächsten Tagen noch mehr Gäste erwartet wurden, stand auch hier ein geschmückter Tannenbaum, der nun einen Teil der Kulisse bildete. Nick hatte nicht nur die Fotoausrüstung inklusive zweier Scheinwerfer aufgebaut, sondern auch Requisiten besorgt, wie fertig eingepackte Päckchen, ein antikes Schaukelpferd und nicht minder antike

Lederschlittschuhe. Einer der großen Ohrensessel aus dem Salon stand ebenso bereit, wie diverse Kerzenleuchter. Das ganze Bild war so weihnachtlich, dass es Liz nicht gewundert hätte, wenn auf einmal ein Rentierschlitten auf der Terrasse gelandet wäre oder wenn Timothy seiner Frau einen zweiten Heiratsantrag gemacht hätte, so verliebt wie er sie ansah.

Die beiden standen eng beieinander und schienen alles um sich herum vergessen zu haben. Sie bemerkten nicht einmal, dass Nick zu ihnen trat und Lichtproben nahm. Liz stellte sich hinter das Stativ und warf einen Blick durch die Kamera. Es war durch und durch perfekt! Spontan drückte sie auf den Auslöser und hielt so ein paar wundervolle Momente zwischen Tim und Nora fest.

Nick hatte natürlich das Klicken der Kamera gehört. Er signalisierte Liz einfach weiter zu machen und sie nickte. Er stellte sich hinter Liz und rief laut: „Vorsicht! Checkers kommt!" Das war offensichtlich ein Insider, denn das verliebte Paar schaute auf und begann herzlich zu lachen. Liz schoss ein Foto nach dem anderen.

„Du machst das toll, Liz!", sagte Nick neben ihr und sie grinste.

„Ich? DU hast hier ein Wunder bewirkt! Ich weiß gar nicht, wie du in der kurzen Zeit dieses traumhafte Setting aufbauen konntest. Es ist einfach der Wahnsinn!" Sie ließ den Blick schweifen. „Ich habe es ja schon auf Bali gesagt – wir sollten öfter zusammen arbeiten!"

„Sehr gern, aber meine Reisen gebe ich dafür nicht auf. Das würde ich nicht einmal für die Liebe meines Lebens machen!", stellte er klar.

Liz zog nur die Augenbraue hoch und dachte sich ihren Teil. In diesem Moment kamen Nigel und Arthur herein.

„Welche Liebe deines Lebens?", fragte Nigel neugierig, während Arthur nur Augen für die schöne Kulisse hatte.

„Schatz, sieh doch! Unser Zuhause sieht aus wie ein Weihnachtskatalog voller Liebe und Glückseligkeit!", staunte er.

Nicholas verneigte sich übertrieben: „Habt vielen Dank, Mylord! Es ist mir immer eine große Ehre, Euch zu Diensten zu sein."

Liz lachte herzlich und sagte leise in ihrer Muttersprache: „*Quatschkopf!*"

Nick guckte fragend, aber sie drückte ihm nur einen Kuss auf die Wange und wandte sich dann den anderen zu und begann sie zu dirigieren. „Nora, setz dich in den Sessel, Tim auf die Armlehne. Nigel und Arthur auf die andere Seite."

Dank Nicks professioneller Hilfe hatten sie eine halbe Stunde später Fotos in diversen Einstellungen und Kombinationen aufgenommen. Liz war überglücklich, jetzt hatte sie nicht nur das beste Bildmaterial für den wichtigsten Weihnachtsblogpost und um die Homepage von Gracewood Hall zu aktualisieren, sondern auch noch Geschenke für die Familie. Sie würde die schönsten Fotos ausdrucken und rahmen lassen. Vielleicht konnte sie das sogar morgen noch erledigen. Mitten in ihre Gedanken hinein rief Nick: „Lizzie, jetzt bist du an der Reihe." Er schob sie zum Sessel. „Deine Leser wollen schließlich dich sehen!"

***

Unterdessen hatten Mrs. Cuthbert und Maxwell in der Küche gestanden und das Abendessen zubereitet. Walter Cuthbert hatte sich nach getaner Arbeit zu ihnen gesellt und geholfen Kartoffeln zu schälen. Heute würden sie Kartoffelgratin, grüne Bohnen im Speckmantel, glasierte Möhren und Rumpsteak servieren. Mrs. Cuthbert fand, dass das gut zu einem Filmabend passte. Auf eine

Vorspeise hatte sie bewusst verzichtet, dafür aber ein üppiges Dessert aus Sahne, Baiserstückchen und Erdbeeren zubereitet. Die tiefgekühlten Erdbeeren ließ sie in frisch gepresstem Granatapfelsaft auftauen. Alle Bedfordkinder liebten ihre Version des Eton Mess, denn sie gab noch Schokoladensplitter dazu. Sie hatte sogar eine Erwachsenenversion kreiert, in der zusätzlich noch Sahnelikör darüber geträufelt wurde.

In der Küche war es genauso lebhaft zugegangen, wie im großen Saal, aus dem man ab und zu Gelächter hörte, denn die Kinder hatten gemeinsam mit ihren Großeltern ein leichtes Abendessen aus Suppe und belegten Broten gegessen. Anschließend waren alle vier hundemüde ins Bett gefallen. Claire hatte sich, wie immer, bei Oma eingekuschelt und Opa war zu Henry ins Kinderzimmer gezogen. Vivien und Richard nutzten die Weihnachtszeit mit ihren Enkelkindern immer sehr intensiv.

Bald, nachdem die vier nach oben verschwunden waren, hatte sich auch Mr. Cuthbert verabschiedet. Mrs. Cuthbert hatte den Tisch gedeckt, während Maxwell letzte Hand an die Bohnen legte. Gerade als er das letzte Päckchen umwickelt hatte, kam die Haushälterin wieder in die Küche.

„So, das wäre erledigt. Max, du kannst gern nach oben gehen und dich umziehen. Ich habe hier alles im Griff", bemerkte sie nach einem prüfenden Blick auf den Herd.

„Als wenn das jemals anders wäre!", konstatierte Max grinsend.

Bevor Mrs. Cuthbert etwas erwidern konnte, hob er schon ergeben die Hände, ging rückwärts zur Tür und deklamierte: „Aber ich beuge mich der Weisheit der großen Meisterin."

Mrs. Cuthbert schüttelte schmunzelnd den Kopf und sagte: „Jaja, möge die Macht mit mir sein", und schob noch ein „Schlingel!" hinterher. Jungs! Ach, es tat ihrem Herzen wohl, ihn so unbeschwert zu sehen. Und das alles nur wegen Liz. Mrs. Cuthbert seufzte und musste sich eingestehen, dass ihre Bedenken bezüglich der jungen Frau aus Deutschland, die dieses Weihnachten mit ihnen feiern sollte, völlig fehlgeleitet waren. Liz hatte alles durcheinandergewirbelt. Aber anders als sie vermutet hatte, auf eine sehr gute Art und Weise. Mrs. Cuthbert überlegte, ob Liz sich dessen überhaupt bewusst war.

***

Gut gelaunt war Max nach oben geeilt, um sich umzuziehen. Er freute sich sehr auf den Abend und darauf ihn mit Liz zu verbringen. Vielleicht suchten sie ja einen spannenden Film aus, bei dem Liz eine starke Schulter bräuchte. Max grinste in sich hinein und schüttelte gleichzeitig den Kopf, er benahm sich schon wie ein Teenager. Aber er musste zugeben, dass es ihm gefallen würde, wenn sie sich noch einmal an ihn anlehnen würde. Viel lieber allerdings würde er noch ganz andere Sachen mit ihr machen. Die Aussicht darauf ließ ihn sich beeilen. Achtlos fielen Jeans und Pulli auf den Sessel. Zielsicher holte er Anzug und Hemd aus dem Schrank und begann sich anzuziehen. Max schnaubte genervt, er brauchte auch noch andere Socken. Wie machten Frauen das bloß, dass sie dieses Prozedere genossen. Ungeduldig kämpfte er mit den Manschettenknöpfen. Dass ausgerechnet heute Abend alle einen Smoking tragen mussten! Spontan beschloss er den Hemdkragen offen zu lassen. Schließlich würde er nicht auf den Bildern sein. Schwungvoll lief er aus dem Raum.

Auf dem Weg in den großen Saal, steckte er kurz den Kopf in die Küche, um zu verkünden, dass er den anderen jetzt Bescheid gäbe.

Vor der Flügeltür bremste er ab und zwang sich dreimal tief durchzuatmen. Er wollte nicht allzu eifrig in den Saal stürmen, er war schließlich kein Teenie mehr, sondern ein erwachsener Mann, ein erfolgreicher obendrein und Vater einer wundervollen Tochter. Schließlich öffnete er die Tür.

Er hatte mitbekommen, dass Nick eine Kulisse für eine Fotosession aufgebaut hatte, denn dieser war mehrmals in die Küche gestürmt und hatte um Requisiten gebeten. Das Ergebnis gefiel Max außerordentlich gut. Auch wenn er es eigentlich wusste, gerade jetzt wurde ihm wieder klar, dass Nick großes Talent hatte. Da niemand sein Eintreten bemerkt hatte, konnte er die Szenerie ungestört beobachten. Liz stand allein vor dem Hintergrund und posierte, während Nick hinter der Kamera stand. Es herrschte eine konzentrierte, aber lockere Atmosphäre. Es war offensichtlich, was für ein gutes Team Liz und Nick waren.

Diese Erkenntnis versetzte Max einen kleinen Stich der Eifersucht, die noch dadurch angeheizt wurde, dass Liz heute Abend unglaublich verführerisch aussah. Ihr langes Seidenkleid schimmerte ununterbrochen im Licht und schmiegte sich bei jeder Bewegung an sie. Ihre blonden Haare leuchteten auf der dunklen Seide ihres Kleides wie die Sterne am Nachthimmel. Obwohl sie mit dem Kleid kaum Haut zeigte, verhüllte es ihren wundervollen Körper nur unzureichend. Max hätte sie am liebsten über die Schulter geworfen und in seine Höhle geschleppt, um dort seiner Fantasie freien Lauf zu lassen.

Nun ja, der Abend war ja noch jung. Wenn es nach ihm ginge, würde später noch genug Zeit sein, herauszufinden, ob sie sich genauso anfühlte, wie er es sich jetzt vorstellte.

Er unterdrückte seine niederen Instinkte und trat, nach außen gelassen, zu ihnen. „Das Essen ist fertig", sagte er und weil er sich an seine Entscheidung von heute

Nachmittag erinnerte, fügte er hinzu: „Tolle Arbeit!"
Zielstrebig ging er auf Liz zu.

Liz konnte ihren Blick nicht von ihm abwenden. Sein schwarzer Smoking betonte seine breiten Schultern und die schmalen Hüften. Als er näher kam, stellte sie sich unwillkürlich vor, wie ihre Hände wohl auf seinem Körper aussahen.

„Warte ab, bis du die Bilder siehst. Die werden dich umhauen!", versprach Nick.

„Ich kann es kaum erwarten", antwortete Max und sah dabei Liz tief in die Augen.

Liz spürte, wie sie errötete. Sie versuchte es durch ein strahlendes Lächeln zu kaschieren und nahm seinen angebotenen Arm an. Lächelnd sahen sie sich an. Sie bemerkten nicht, wie Nick zu seiner eigenen Kamera griff und sie fotografierte. Ihre äußerliche Gegensätzlichkeit brachte sie als Paar zum Leuchten.

„Das Essen ist fertig? Prima, ich bin schon halb verhungert!", ließ sich Nigel vernehmen. Bevor sein Freund losstürmen konnte, fragte Arthur schnell: „Sind wir denn fertig?"

Liz drehte sich zu ihm um und antwortete nickend: „Ja, sind wir. Das werden tolle Bilder. Ich bearbeite sie gleich morgen früh."

Max führte sie derweil sanft, aber bestimmt zur Tür. Liz ließ es geschehen, denn es fühlte sich ganz natürlich an.

Nick hatte schon angefangen einzupacken und sagte: „Liz, ich bringe dir deine Kamera und den Rest in Nigels Arbeitszimmer."

„Dankeschön! Ich kann dir auch schnell helfen!" bot sie an, aber Nick schüttelte nur mit dem Kopf. „Das brauchst du nicht. Ich räume jetzt nur die kleinen Dinge weg. Den Rest machen wir morgen."

Während Nigel Richtung Küche gestürmt war, um Mrs. Cuthbert zu helfen, hatten die anderen die Kerzen gelöscht und auch die Tannenbaumbeleuchtung ausgeschaltet.

Maxwell fand, dass er für heute genug in der Küche geholfen hatte. Daher ging er mit Liz im Arm entschlossen in den Blauen Salon.

„Hast du meine Nachricht gefunden?", fragte Liz, als sie allein waren.

„Du hast mir eine Nachricht geschrieben?", gab er verwundert zurück.

„Ja, ich wollte dir nur... ach vergiss es, es hat sich erledigt", wollte Liz abwinken, aber Max blieb hartnäckig. „Was wolltest du?" Er blieb stehen und schaute sie aufmerksam an.

Liz wand sich etwas. Warum hatte sie auch damit angefangen?! „Es ist nicht mehr wichtig", wiegelte sie ab. „Ich hatte nur geschrieben, dass ich heute keine Zeit mehr für einen Gartenspaziergang habe."

Max nickte und ging weiter: „Das hatte ich mir schon gedacht, daher habe ich auch mit Mrs. Cuthbert gekocht."

„Es war also kein Gerücht", stellte sie schmunzelnd fest.

„Stell dir vor, ich kann kochen. Ich tue es nur nicht so oft. Im Alltag ist leider nicht immer genug Zeit dafür."

„Hast du das von deiner Mom gelernt?"

„Nein, meine Eltern waren beruflich immer viel unterwegs." Er zuckte mit den Achseln. „Tatsächlich hat Mrs. Cuthbert mir das Kochen beigebracht."

Sie waren im Frühstückszimmer angekommen und er rückte ihr den Stuhl zurecht. Dabei erkundigte er sich bei ihr: „Und von wem hast Du es gelernt? Deine Kekse waren sehr lecker."

„Danke, in meiner Familie sind es die Frauen, die über die Küche herrschen", meinte Liz.

„Also ganz traditionell."

„Genau! Deswegen finde ich kochende Männer ja auch so sexy!"

Diesmal war es Max, der rote Ohren bekam. „Wie war denn dein Nachmittag?", wechselte er das Thema und reichte ihr ein Glas Rotwein.

„Toll. Nora und ich waren im SPA!", schwärmte Liz. „Ich muss morgen unbedingt noch einmal hin und Bilder machen."

„Wenn du magst, können wir das mit unserem Gartenspaziergang verbinden", schlug Max vor. Dann könnte er ihr endlich von Lilly erzählen.

„Klingt gut!", antwortete Liz und lächelte ihn an.

Bevor er etwas erwidern konnte, betraten die anderen beladen mit diversen Schüsseln den Raum. Augenblicklich breiteten sich die leckersten Düfte im Salon aus und Liz merkte, dass sie großen Hunger hatte. „Das duftet aber köstlich!", rief sie aus und Nigel antwortete gut gelaunt: „Es schmeckt auch köstlich!" Unwillkürlich leckte er sich über die Lippen. Offensichtlich hatte er schon genascht.

Maxwell ging herum und schenkte allen ein, während die anderen die Schüsseln und Platten herumreichten. Mittlerweile war auch Nick zu ihnen gestoßen und wusste zu berichten, dass noch ein wunderbarer Nachtisch auf sie wartete. Es herrschte eine heitere Atmosphäre. Das Fotoshooting hatte allen großen Spaß gemacht und sie in Weihnachtsstimmung versetzt. Daher wurde eifrig darüber debattiert, ob sie nicht einen Weihnachtsfilm anschauen sollten.

Timothy hatte heute Abend nur Augen für seine Frau, er konnte sich kaum auf sein Essen konzentrieren, wie Liz schmunzelnd feststellte.

„Warum lächelst du?", fragte Max sie leise.

„Nora und Tim sind ein wundervolles Paar. Es ist schön, sie anzusehen", antwortete Liz ebenso leise.

„Sie sieht heute so anders aus", stellte Max nach einem kurzen Blick fest.

„Wir haben aus dem SPA spontan eine Art Mädelsnachmittag gemacht. Ich habe ihr ein Kleid geliehen und sie zurecht gemacht."

„Sie sieht toll aus!"

„Dankeschön!" Liz lächelte ihn an. „Das Kompliment gebe ich gern zurück. Das Essen schmeckt hervorragend!"

„Danke!" Max nickte zu Timothy hinüber. „Tim scheint jedenfalls sehr erfreut über deine Arbeit zu sein."

„Ja, denke ich auch", antwortete Liz und Max hörte ein wenig Wehmut in ihrer Stimme.

„Vermisst du es?", fragte er.

„Was?" Liz schaute ihn verwirrt an.

„Vermisst du es Teil eines Paares zu sein? Oder habe ich das falsch verstanden, dass du Single bist."

„Ja, das ist richtig. Ich..", sie suchte nach Worten. Es war eine seltsame Unterhaltung, die sie beide hier führten, mitten unter den anderen. Dennoch entschied sie sich für die Wahrheit: „Ich habe die Erfahrung gemacht, dass viele Männer nicht damit umgehen können, wenn Frauen erfolgreich sind. Das macht Beziehungen kompliziert und unecht. Das möchte ich nicht und vermisse es daher auch nicht." Sie trank einen Schluck Wein und drehte sich zu ihm um. „Eine Beziehung, in der sich die Partner gegenseitig unterstützen und das Beste im jeweils anderen herausholen. Die auf Ehrlichkeit, Vertrauen und Treue basiert, das würde mir sehr gefallen. Aber langsam bezweifle ich, dass es so etwas überhaupt gibt." Sie zuckte betont gelassen mit den Schultern, aber Max ahnte, dass da noch mehr dahinter steckte, als sie in diesem Moment zugeben wollte. Auch beim Lesen ihres Blogs hatte er den Eindruck gehabt, dass irgendetwas in den letzten Monaten vorgefallen war. Der Unterschied in den einzelnen Posts war minimal, aber dennoch spürbar.

Er wusste nicht, was er sagen sollte. Er hatte keine Übung darin, also sagte er lediglich: „Wenn man die beiden anschaut, scheint es das doch zu geben."

„Aber nicht für jeden", gab sie zurück, nur um sich dann selbst zur Ordnung zu rufen. „Entschuldige, ich weiß gar nicht, wo diese negativen Gedanken auf einmal herkommen," meinte sie.

„Max, du willst doch auch keine Weihnachtsschnulze sehen, oder?", fragte Nick mit einem verzweifelten Unterton dazwischen.

Max war der Unterhaltung nicht gefolgt, daher fragte er: „Wie bitte?"

Offenbar war die Filmauswahl ein schwieriges Thema. Dabei fielen vor allem die drei Geschwister in alte Verhaltensmuster aus längst vergangenen Kindertagen zurück und versuchten sich durch Lautstärke zu übertrumpfen. Sie lachten und stritten mit großer Begeisterung. Timothy heizte die Diskussion noch dadurch an, dass er heute seiner Frau jeden Wunsch von den Lippen ablas. Während Maxwell versuchte sich zu entscheiden, stand Arthur ruhig und gelassen auf und begann den Tisch abzuräumen. Liz beschloss ihm dabei zu helfen und dann unauffällig das Weite zu suchen. Denn sie brauchte einen Moment Ruhe, nur für sich.

Sie zog sich still und heimlich zurück und ging in die Bibliothek. Im Halbdunkel des niederbrennenden Kaminfeuers sank sie in einen der beiden Sessel. Nora und Tim miteinander zu beobachten, ihr offensichtliches Glück direkt vor Augen zu haben, schmerzte sie. Sie hatte gedacht, dass sie die qualvolle Trennung von Sven längst überwunden hätte. Und so war es ja auch! Dennoch vermisste sie die traute Zweisamkeit und die Möglichkeiten, die eine feste Partnerschaft mit sich brachte. Nicht, dass sie die mit ihrem Ex je gehabt hätte. Dafür war Sven viel zu egozentrisch.

Während sie noch grübelte, ging plötzlich die Tür auf. Im Gegenlicht waren nur Umrisse zu erkennen. Es war Maxwell. War er ihr gefolgt? Reflexartig stand sie auf.

„Ist alles in Ordnung?", fragte Max während er auf sie zu ging.

„Ja, ich brauchte nur mal einen Moment." Aus irgendeinem Grund war es ihr unmöglich stehen zu bleiben, also begann sie nervös umherzugehen. So als versuchte sie den Abstand zwischen ihnen zu vergrößern.

„Ich verstehe", antwortete er und kam langsam auf sie zu. Er konnte den Blick nicht von ihr lassen. Ihr Kleid, das sich an genau den richtigen Stellen an sie schmiegte, ließ ihn schon den ganzen Abend nicht los. Er wollte endlich wissen, ob es sich genauso anfühlte, wie es aussah.

„Es ist aber auch trubelig mit den anderen. Unter Geschwistern ist das wohl so. Hast du Geschwister?", fragte Liz. Oh Gott, wenn er sie weiter so anstarrte mit seinen geheimnisvollen grauen Augen, die sich gerade verdunkelten, dann würde sie anfangen sinnlos drauflos zu plappern.

Wieder sagte er nur „Ja." Er stand jetzt genau vor ihr. Trotz ihrer hohen Absätze musste sie ihren Kopf in den Nacken legen, um ihn anzusehen. Seine Nähe und sein Aftershave machten sie ganz schwindlig und für einen kurzen Moment schloss sie die Augen. Aber anstatt Abstand zu gewinnen, drängte sich seine Präsenz noch mehr in ihr Bewusstsein.

Max konnte nur auf ihren Mund starren, der auf einmal tatsächlich ruhig war. Als sie ihre Augen schloss und sich ihre Lippen zu einem kleinen Seufzer öffneten, konnte er nicht mehr an sich halten. Er nahm ihren Kopf in die Hände und küsste sie. Küsste diesen Mund mit den geschwungenen Lippen, der ihn bis in seine Träume verfolgte und an den er den ganzen Tag gedacht hatte. Liz seufzte wieder und schmiegte sich unwillkürlich an ihn an. Dieses kleine Eingeständnis nahm er als Zeichen, seinen Kuss zu vertiefen. Jetzt konnte er unmöglich aufhören. Seine Hände trauten sich endlich die Formen ihres Körpers nachzuzeichnen. Durch die Kühle des Seidenstoffs spürte er die Wärme ihrer Haut. Ihr Mund schmeckte nach dem Rotwein, den sie vorhin getrunken hatte, nach süßen roten Beeren und strahlte eine Hitze aus, von der er nicht genug bekam.

Sie hatte sich geirrt. Dieser zweite Kuss war sogar noch unglaublicher als der erste. Sie schlang ihre Arme um seinen Hals und zog ihn näher zu sich. Seine Hände setzten ihre Haut in Flammen, der kühlen Seide zum Trotz. Sie strichen über ihre Taille, ihre Hüften und zogen sie eng an sich. Auch sein Mund ging auf Wanderschaft, erkundete ihren Hals und die sanfte Rundung ihrer Schulter. Seine leichten Küsse entzündeten kleine Feuerstellen auf ihrer Haut und Liz seufzte. Augenblicklich verschloss er mit seinen Lippen ihren Mund.

Während er sie mit der einen Hand noch näher an sich presste, wanderte seine Rechte wieder nach oben. Die Erkenntnis, dass sie keinen BH trug, entlockte ihm ein tiefes Grollen. Er strich mit dem Daumen über ihre Knospe, die sich sofort noch ein bisschen weiter aufrichtete. Liz stöhnte lustvoll auf und bog den Rücken durch. Sie wollte seinen Körper, seine Haut spüren. Es war definitiv zu spät, um jetzt noch aufzuhören. Max griff in ihr Haar und bog ihren Kopf nach hinten. Aufreizend langsam knabberte er von ihrem Schlüsselbein, an ihrem Hals und ihrer Kinnlinie entlang, bis er endlich an ihrem Mund angekommen war.

Je öfter er sie küsste, desto mehr wollte sie ihn. Sie ließ ihre Hände unter sein Jackett gleiten und begann an seinem Hemd zu nesteln. Ihre Leidenschaft entfachte die seine. Er raffte ihr Kleid nach oben. Endlich konnte er ihre samtige Haut spüren. An der Spitze ihrer Strümpfe verharrte er einen Moment und ließ seine Finger am Saum entlang streichen. Schließlich wanderten seine Hände über die zarte Haut ihrer Schenkel, was sie aufstöhnen ließ. Er ergriff ihren Po und hob sie hoch. Automatisch schlang Liz ihre Beine um ihn und küsste ihn leidenschaftlich.

„Ich will dich!", flüsterte Max heiser an Liz Ohr. „Aber nicht hier. Ich will dich in meinem Bett!"

Fragend sah er sie an und Liz nickte. Mehr brachte sie nicht raus. Er trat einen Schritt zur Seite und plötzlich schwang eine Tür im Bücherregal auf.

„Was? Woher?"

„Das Dienstbotentreppenhaus. Es hat einen direkten Zugang zu meinem Zimmer." Max zwinkerte ihr zu und küsste sie dann mit einer Intensität, dass ihr Kopf wie leergefegt war. Sie bemerkte kaum, dass er sie mühelos nach oben trug.

Dort angekommen stellte er sie behutsam vor dem Bett ab und gab ihr einen leichten Kuss. Er warf sein Jackett zu den anderen Klamotten auf den Sessel und einen prüfenden Blick in den Kamin. Sanft löste er sich von ihr, um ein neues Scheit aufs Feuer zu legen. Die Flammen fuhren hoch auf und warfen ein goldenes Licht auf Liz und den Raum.

Ihr Anblick verschlug ihm den Atem. Jetzt mit geöffneten Haaren und rotgeküssten Lippen sah sie bezaubernd aus. Lächelnd ging er auf sie zu. Seine anfängliche Nervosität war von ihm abgefallen. Jetzt war er ganz ruhig, denn sie war hier, bei ihm.

Da war es wieder dieses Lächeln, verschmitzt und doch siegesgewiss. Von dem distanzierten, englischen Gentlemen war nichts mehr zu spüren. Liz durchfuhr die Lust wie ein Schauer. Max trat auf sie zu und strich ihr ganz sanft mit dem Finger über die Lippen, ihren Hals entlang, bis zu ihrem Schlüsselbein. Seine Hände umfassten die sanfte Rundung ihrer Brüste und Liz stöhnte leise auf. Seine Daumen umkreisten ihre harten Knospen und in ihr zog sich alles zusammen. Ihre Knie wurden ganz weich und sie hatte Mühe ruhig stehen zu bleiben.

„Nachdem du ja schon alles von mir gesehen hast, habe nun ich das Vergnügen." Max grinste Liz frech an, die tatsächlich ein wenig errötete, während er ihren Reißverschluss öffnete und die fließenden Ärmel des Kleides genüsslich von ihren Schultern strich. Die mitternachtsblaue Seide floss über ihre hoch aufgerichteten Knospen, bis sie sich zu ihren Füßen bauschte. Beinahe nackt stand sie vor ihm. Nur die schwarzen Seidenstrümpfe und ein Spitzenslip waren jetzt noch im Weg. Sie hatte nicht gewusst, dass seine Augen noch dunkler werden konnten. Sie wollte ihn so sehr, aber sie genoss es auch, vor ihm zu stehen und sich in seiner Bewunderung zu sonnen. Die Gier in seinen Augen konnte er nicht verbergen.

Langsam knöpfte er sein Hemd auf. Am liebsten hätte er sie einfach aufs Bett geworfen und genommen, sie regelrecht verschlungen. Aber er zwang sich zur Ruhe. Er wollte alles an ihr genau erkunden. Während auch die Hose fiel, beobachtete er den Feuerschein auf ihrer Haut, wie sich ihre Brust hob und senkte, wie sie über ihre leicht geöffneten Lippen leckte. Oh, dieser Mund!

Gespannt stand Liz da und wartete, beobachtete ihrerseits genau. Dass er sich nicht verstecken musste, wusste sie schon seit dem Vorfall in der Dusche. Aber jetzt hatte sie Muße ihn genauer zu betrachten, die starken Schultern, den flachen Bauch, die muskulösen Beine... Während sie sich noch vorstellte, was er alles mit ihr anstellen würde, war er schon zu ihr getreten.

„Ich sagte doch, ich will dich in meinem Bett", erklärte er rau und warf sie in die weichen Kissen. Ihr entfuhr ein kleiner Schrei. Doch da war er schon über ihr. „Keine Sorge, das Haus ist solide gebaut. Hier hört keiner was", bemerkte er süffisant. „Du kannst schreien so laut du willst." Wieder grinste er und begann sich knabbernd seinen Weg von ihrem Hals zu ihren Brüsten und weiter hinunter zu ihrem Bauch zu bahnen. Liz keuchte auf, als er begann, sie mit seinen Fingern und seiner Zunge zu liebkosen.

Als Liz die ersten Wellen des herannahenden Orgasmus spürte, zog sie Max zu sich hoch und nutzte den Überraschungsmoment um ihn auf den Rücken zu drehen. Sie wollte ihn spüren. Jetzt. Also befreite sie ihn von seinen Shorts und zauberte das vorsorglich eingesteckte Kondom hervor.

Erst langsam und dann immer schneller werdend bewegte sie sich auf ihm. Sie gab sich ganz dem uralten Rhythmus hin.

Der Anblick der zuckenden Flammen des Feuers, die auf ihrem Körper tanzten und ihre kraftvollen Bewegungen verzauberten Max die Sinne. Die Wogen, die Liz immer höher trieben, ließen sie lauter und lauter stöhnen. Auch um seine Beherrschung war es längst geschehen und in einem wundervollen und völlig unerwarteten Gleichklang erklommen sie gemeinsam den

Höhepunkt. Mit einem letzten Schrei sank Liz kraftlos auf ihm nieder.

Einige Zeit war nur ihr Atem zu hören, während ihrer beider Herzschlag wieder sein normales Tempo annahm.

Gedankenverloren streichelte er ihren wundervollen Rücken. „Wahnsinn!", flüsterte er ihr ins Ohr. „Du bist der Wahnsinn!" Liz gab nur ein unbestimmtes „Hmmm" von sich, zu mehr war sie noch nicht in der Lage.

„Wo hattest du eigentlich das Kondom versteckt?"

Liz winkte ab. „Alter Taschenspielertrick."

Fragend hob Max eine Augenbraue.

„In der Strumpfspitze."

„Du bist so raffiniert!" Grinsend küsste er ihre Schulter. Er ließ seine Hände weiter nach unten wandern und streichelte ihren sexy Po. Er stellte fest, dass er genau die richtige Größe für seine Hände hatte. Er hob den Kopf ein wenig, um die neue Erkenntnis zu überprüfen und musste noch breiter grinsen. „Babe?"

„Hm?"

„Du hast noch deine Schuhe an."

Lizzie kicherte an seiner Brust: „Dann kann ich wenigstens einigermaßen würdevoll in mein Zimmer gehen."

„Du gehst nirgendwohin", bestimmte er. Liebevoll zog er ihre Beine an und die Schuhe aus. „Ich bin noch nicht fertig!", flüsterte er heiser und seine tiefe Stimme ließ sie innerlich vibrieren.

„Nicht?", fragte sie süffisant, dennoch hörte er ihren sehnsuchtsvollen Unterton. Vorsichtig ließ er sie von sich herunter gleiten und bettete sie an seine Seite.

„Nein." Sanft küsste er ihre Schulter „Jetzt ist es an der Zeit, deinen Körper ausgiebig zu erkunden und ihm zu huldigen", versprach er ihr und verbrachte anschließend die halbe Nacht damit sein Versprechen zu halten.

24. Dezember
Kapitel 14

Als Liz erwachte, war es draußen noch dunkel. Max hatte sein Versprechen gehalten, er hatte nicht nur ihren ganzen Körper liebkost, sondern ihr noch drei weitere unglaubliche Orgasmen geschenkt. Irgendwann waren sie beide erschöpft und aneinander gekuschelt eingeschlafen. Auch jetzt noch lag er dicht neben ihr und hatte seinen Arm um sie gelegt. Genießerisch schloss sie noch einmal die Augen. Sie hatte nicht gewusst, dass Sex so sein konnte. Wild, leidenschaftlich, alles verzehrend und gleichzeitig voller Zärtlichkeit. In der Hoffnung wieder einzuschlafen, kuschelte sie sich tiefer unter die Decke, nur um Sekunden später wieder aufzutauchen. Na toll, sie war wach und er schlief tief und fest. Hätten sie nicht ganz romantisch gemeinsam aufwachen können?!

Sie drehte sich ein wenig, um ihn ansehen zu können. Dunkle Schatten lagen unter seinen Augen. Sacht strich sie ihm übers Haar und seufzte. Sie wollte ihn nicht wecken. Er sollte sich ausschlafen. Sie seufzte wieder und beschloss ergeben aufzustehen und die Fotos von gestern zu bearbeiten. Wer weiß, was dieser Tag noch so bringen würde. Liz rutschte vorsichtig von Max weg. Sie betrachtete ihn und lächelte. Vielleicht schaffte sie es fertig zu werden, bevor er erwachte, dann konnten sie dort weitermachen, wo sie gestern aufgehört hatten. Der Sex mit ihm war zu gut, um es bei diesem einen, naja eigentlich dreimal, zu belassen.

Leise schlich sie ins Badezimmer und schloss die Tür, um ihn nicht zu wecken. In ihrem Zimmer angekommen, zog sie sich ihre warmen Kuschelsachen an und stiefelte ins Arbeitszimmer. Sie hätte zwar gern einen Tee gehabt, aber ein Blick auf ihre Uhr sagte ihr, dass Mrs. Cuthbert schon in der Küche werkeln musste. Sie wollte jetzt niemanden sehen oder sprechen, daher verzichtete sie auf den Tee und machte sich sofort an die Arbeit.

***

Zwei Stunden später schlug Max die Augen auf und stellte enttäuscht fest, dass Liz nicht mehr neben ihm lag. Trotz der kurzen Nacht fühlte er sich erholt. Gestern Abend in der Bibliothek hatte er für einen kurzen Moment überlegt, ob man Sex verlernen konnte. Schließlich hatte er drei Jahre beinahe wie ein Mönch gelebt. Aber sie hatte es ihm mit ihrer grenzenlosen Hingabe leicht gemacht. Dass Liz eine leidenschaftliche Frau war, hatte er bereits bei ihrem ersten Gespräch bemerkt. Vergangene Nacht hatte sie ihm das ganze Ausmaß ihrer Leidenschaftlichkeit gezeigt. Was war er doch für ein Glückspilz!

Er würde sie suchen gehen. Vielleicht machte sie gerade Yoga. Auf ihrem Blog hatte sie ein paarmal darüber berichtet, dass dies zu ihrer Morgenroutine gehörte. Die Vorstellung, sie in einer dieser Posen vorzufinden hatte etwas Verlockendes. In der Realität sah sie in diesen knappen Sportoutfits bestimmt noch heißer aus. Sie könnten auch zusammen Sport machen und anschließend gemeinsam duschen. Voller Vorfreude stand er auf. Dieser Tag würde ganz großartig werden, da war er sich sicher.

Schnell sprang er in seine Sweathose und streifte sich seinen Kapuzenpulli über. Mit ein paar schnellen Handgriffen räumte er die Klamotten von gestern auf. Er seufzte, so schön Weihnachten auf Gracewood Hall war, morgens war es doch eiskalt. Also feuerte er als erstes den Kamin an, bevor er sich auf die Suche nach ihr machte. Schließlich hatte er vor, dort weiter zumachen, wo er gestern Nacht aufgehört hatte und dazu gehörte ein warmes Zimmer.

Leider fand er sie weder im Bad noch beim Yoga in ihrem Zimmer. Vermutlich saß sie am Rechner und arbeitete. Vorsichtig steckte er den Kopf aus ihrer Tür und vergewisserte sich, dass ihn niemand sah. Dann schlich er leise in Nigels Arbeitszimmer. Er hatte recht gehabt, sie saß am Schreibtisch und starrte auf den Bildschirm, während ihre rechte Hand die Maus bewegte. Genau wie er, hatte sie warme, gemütliche Kleidung an. Der Pullover war ihr viel zu groß, was auf ihn nur noch anziehender wirkte. Sie war so vertieft in ihre Arbeit, dass sie ihn noch nicht bemerkt hatte.

„Hey", sagte er leise. Sie zuckte zusammen. „Sorry, ich wollte dich nicht erschrecken!" Er ging auf sie zu und Liz drehte sich zu ihm um.

Ebenso leise antwortete sie: „Ich war total versunken und habe dich nicht gehört." Max hockte sich neben sie und lächelte.

Strahlend lächelte Liz zurück: „Hey."

Trotz ihrer unterschiedlichen Positionen waren sie auf Augenhöhe. Max beugte sich vor und küsste sie zärtlich. Liz seufzte leise und legte ihre Arme um seinen Hals. Er konnte so gut küssen!

Max stand, ohne den Kuss zu unterbrechen, auf und hob sie hoch. Anschließend setzte er sich mit ihr auf das kleine Sofa. Sie schmiegte sich noch enger an ihn und er vertiefte den Kuss. Es erstaunte ihn immer wieder, zu wie viel Hingabe sie fähig war. Das hatte er noch nie erlebt, selbst Diana ... Er musste mit Liz reden, fiel ihm ein. Dringend. Sanft nahm er ihre Hände von seinem Hals und zog sich zurück. Er schaute Liz an, wie sie verträumt die Augen aufschlug. Sie strahlte noch ein bisschen mehr. Er war wie geblendet. „Es ist eiskalt in diesem Zimmer! Warum hast du nicht den Ofen angemacht?", fragte er und lenkte sich damit selbst ab.

„Ich habe den Kaminanzünder nicht gefunden." Sie zuckte mit den Achseln. Dann sprang sie auf einmal auf und zog ihn mit sich zum Schreibtisch. „Du musst dir die Fotos von gestern ansehen!"

Sie stand vor ihm und klickte wild mit der Maus. Max konnte jedoch nicht die Augen von ihr lassen. Aus ihrem wilden Haarknoten hatten sich einzelne Strähnen gelöst und umspielten ihren Nacken. Er beugte sich vor, um ihre zarte Haut zu berühren. „Max! Das kitzelt!" Liz versuchte ihn mit der Hand wegzuscheuchen. „Sieh doch, wie toll die Bilder geworden sind."

Max kam immer näher und begann kleine Küsse auf ihren Nacken zu hauchen. „Ich würde mir lieber etwas ganz anderes ansehen."

„Maxwell!", tadelte Liz, ein Lachen unterdrückend. Dieser lächelte sie allerdings so spitzbübisch an, dass sie beinahe dahin schmolz und nicht anders konnte, als ihn wieder zu küssen. Es war ein zärtlicher Kuss, voller stummer Versprechungen. Langsam löste sie sich von ihm und seufzte: „Ich würde dir wirklich gern diese Bilder zeigen."

Max strich ihr eine Haarsträhne hinter ihr Ohr und antwortete: „Und ich würde sie wirklich gern ansehen." Damit setzte er sich hin und zog sie auf seinen Schoß. Sie klickte sich durch ihre Lieblingsfotos und Max kam aus dem Staunen nicht mehr heraus.

„Liebling, die sind wirklich fantastisch! Du hast es geschafft, sie so zu zeigen, wie sie wirklich sind. Wenn ich nicht schon irgendwie zu ihrer Familie gehören würde, würde ich alles daran setzen von ihnen aufgenommen zu werden!" Er war sehr beeindruckt. Die Menschen auf den Bildern strahlten wahre Liebe und vollkommenes Glück aus.

Liz kuschelte sich äußerst zufrieden an Max. „Ja, nicht wahr? Ich möchte sie ihnen gern zu Weihnachten schenken, also gerahmt. Können wir das heute noch irgendwo organisieren? Geht das?" Sie drehte sich zu ihm um und klimperte übertrieben mit ihren Wimpern. Erwartungsgemäß musste Max lachen und küsste sie stürmisch.

„Heißt das ja?", fragte Liz begeistert und Max nickte lächelnd.

„Ja, heißt es. Dafür müssen wir allerdings ins Einkaufscenter fahren, ich weiß nicht, wie lange die Geschäfte im Dorf heute aufhaben."

Liz umarmte ihn stürmisch und gab ihm einen dicken Schmatz. „Dankeschön! Ich freu mich! Dann gehe ich schnell duschen." Sie sprang auf und hüpfte beinahe zur Tür. Schnell stand er ebenfalls auf. Im letzten Moment hielt Max sie fest. „Ich weiß etwas viel besseres!", flüsterte er verheißungsvoll und zog sie mit einem Ruck zu sich heran. Ein wenig atemlos schaute sie zu ihm auf. Er beugte sich zu ihr hinunter, er konnte nicht anders, und küsste sie, fest, fordernd, leidenschaftlich. Es war ein Kuss, der keine Fragen offen ließ.

„Ich komme mit", bestimmte er leise. In seinen dunklen Augen konnte sie seine Begierde erkennen. Genau wie gestern Abend schenkte er ihr ein geradezu teuflisches Lächeln, bei dessen Anblick sich alles in ihr zusammenzog.

Dass allein ein Lächeln solch eine Wirkung auf sie haben konnte, hatte sie bisher nicht einmal geahnt. Wie hypnotisiert nickte sie. Max ergriff ihre Hand und zog sie aus dem Zimmer.

***

Eine dreiviertel Stunde und gefühlte 100 Liter warmes Wasser später, saß Liz frisch und rosig vor ihrem

Frisiertisch. Während sie sich die Haare kämmte, ließ sie die letzte Stunde Revue passieren. Sie versuchte zu verstehen, warum sich das Zusammensein mit Maxwell so anders anfühlte.

Klar, hatte sie schon Sex gehabt, auch unter der Dusche. Aber so war es noch nie gewesen. In ihren bisherigen Beziehungen war es den Männern oft nur um ihre eigene Befriedigung gegangen. Selbst wenn sie in der Lage gewesen waren auf Liz' Bedürfnisse einzugehen, war es bei den meisten, wie sie nun begriff, eine rein mechanische Pflichterfüllung gewesen.

Der Sex mit Max spielte in einer ganz anderen Liga. Er war einerseits viel leidenschaftlicher und wilder, als sie es je erlebt hatte. Andererseits spürte sie in all seinen Berührungen seine Fürsorglichkeit. Bei allem was er mit ihr tat, fühlte sie sich immer beschützt und geborgen. Zum ersten Mal in ihrem Leben konnte sie sich total fallen lassen, weil sie sich sicher war, dass er sie auffangen würde.

Unter der Dusche hatte er zuerst ihr Innerstes beben lassen, um sie anschließend am ganzen Körper einzuseifen und ihr überaus zärtlich die Haare zu waschen. Es kam ihr vor, als leuchtete sie von innen und außen. Aufmerksam betrachtete sie sich im Spiegel und grinste sich an. Sie hatte nicht erwartet ausgerechnet hier eine leidenschaftliche Affäre zu beginnen. Außerdem war sie überrascht, wie sehr sie es vermisst hatte Sex zu haben. Dass Max und sie sich dabei so gut ergänzten, war das I-Tüpfelchen.

Jetzt war Schluss mit den Grübeleien. Wenn sie sowieso die ganze Zeit an ihn dachte, konnte sie sich auch beeilen, um schnell wieder bei ihm zu sein. Spontan entschied sie sich für ihr Lieblingskleid und Stiefel. Heute fühlte sie sich besonders weiblich und wollte es auch zeigen. Es war ein leuchtend rotes Kaschmirkleid mit passendem Cardigan. Sie hatte es sich geleistet, als sie ihren ersten großen Kunden gewonnen hatte. Es passte mit seinem klassischen Schnitt und der Farbe sehr gut zu Weihnachten, daher hatte sie es überhaupt eingepackt. In diesem Kleid fühlte sie sich immer selbstbewusst und stark, es war wie eine Rüstung, die sie so zeigte, wie sie war.

Bevor sie zu Max eilte, nahm sie sich einen Moment Zeit um ihren Followern eine kleine Videobotschaft zu senden. Schließlich war heute Heiligabend. Liz wünschte ihnen ein wundervolles und besinnliches Weihnachtsfest. Sie bedankte sich für ihre Unterstützung im letzten Jahr und erinnerte sie liebevoll daran, dass nichts und niemand sie daran hindern konnte, das schönste Weihnachtsfest aller Zeiten zu haben. Egal, wie viele oder wenige Geschenke unter dem Tannenbaum lagen oder wie die Umstände sonst aussähen. Sie ließ all ihre Liebe, ihre Energie und ihr Strahlen in die Botschaft hineinfließen. Ihre Familie würde sie heute Abend anrufen, vormittags waren immer alle im Stress. Zum Platzen glücklich schnappte sie sich schließlich ihre Tasche und ihren Mantel und eilte nach unten, um Max vor dem Haus zu treffen.

***

Auf dem Weg zu seinem Wagen war Max siedend heiß eingefallen, dass der wie eine typische Familienkutsche aussah. Wenigstens war der Kindersitz bei Lilly und ihren Großeltern. Also hatte er sich den Handstaubsauger von Mrs. Cuthbert ausgeliehen und noch schnell den gröbsten Dreck beseitigt, in der Hoffnung, dass Liz sich Zeit lassen würde. Er wollte sie ungern warten lassen. Dabei hatte er die ganze Zeit darüber nachgedacht, wie er Liz am besten von Lilly und auch Diana erzählen sollte. Leider fiel ihm keine schonende Methode ein. Am besten wäre es wohl, wenn sie zusammen essen gingen, irgendwo, wo es ruhig wäre. Da würden ihm schon die passenden Worte einfallen. Er wollte es auf keinen Fall vermasseln!

Als alle verräterischen Kekskrümel und Reste von Gummibärchenpackungen beseitigt waren, ging er in die Küche. Dort gab er Bescheid, dass sie unterwegs sein würden und noch nicht wüssten, wann sie wieder da wären. Mrs. Cuthbert gab ihm freudestrahlend ein paar frische Scones und Tee in Thermobechern mit, die er dankbar nahm. Zugegebenermaßen hatte er genau darauf gehofft, schließlich hatten sie das Frühstück verpasst und sein Magen erinnerte ihn gerade nachdrücklich daran. Den ersten Scone stopfte er sich noch auf dem Weg zum Auto in den Mund. Ungeduldig startete er den Motor und fuhr vor.

Als er gerade ausgestieg, trat Liz aus dem Haus. Bei ihrem Anblick tat sein Herz einen kleinen Hüpfer. Er spürte, dass er sie schon wieder begehrte, obwohl er sie eben erst unter der Dusche ausgiebig geliebt hatte. Sie schenkte ihm ihr umwerfendstes Lächeln und kam beschwingt auf ihn zu.

„Hallo schöne Frau! Ihr Wagen steht bereit!" Schwungvoll zog er sie in seine Arme und küsste sie ausgiebig.

***

Keiner der beiden bemerkte, dass sie beobachtet wurden. Im Frühstückszimmer stand Nigel hinter der Gardine und rief halblaut Richtung Salon: „Nora! Das musst du sehen!" Er seufzte tief beim Anblick des engumschlungenen Paares. Nora, die ebenso neugierig war wie ihr Bruder, sprang sofort auf: „Was ist denn?"

„Sshht!" Nigel drehte sich zu ihr um. „Max und Liz..."

„Was ist mit Max und Liz?", fragte Vivien, die eilig zu ihnen trat.

Gebannt beobachteten die drei die Szene vorm Haus. Maxwell hob Liz auf einmal hoch und drehte sich übermütig mit ihr im Kreis. Woraufhin Liz den Kopf in den Nacken legte und laut auflachte.

Aus dem Frühstückszimmer war ein kollektives Seufzen zu vernehmen. „Also sind sie gestern Abend doch gemeinsam verschwunden!", stellte Nora fest.

„Ihr Lieben, gönnen wir den beiden doch ein bisschen Privatsphäre." Arthur war unbemerkt zu ihnen getreten.

Nigel drehte sich um: „Wir tun doch gar nichts!"

„Nein. Ihr habt ja auch schon genug getan", beschwichtigte Arthur und legte seinen Arm um Nigel.

Doch anstatt weiterzugehen, blieb Nigel empört stehen. „Was soll das denn heißen?"

Bevor Arthur antworten konnte, schaltete Vivien sich ein. „Was habt ihr getan?"

Nora grinste angesichts des Befehlstons ihrer Mutter.

Nigel stieg sofort darauf ein: „Gar nichts!", verteidigte er sich.

Nora hakte sich stattdessen bei ihrer Mutter ein und bugsierte sie in Richtung Salon. „Wir haben nichts gemacht. Nur vorletzten Abend ‚Sardinen in der Büchse' gespielt." Nora guckte ihre Mutter so unschuldig an, dass Vivien lachen musste. „Was seid ihr nur für Schlawiner! Kommt, erzählt mir alles!"

***

Frech grinsend stellte Max sie wieder auf die Füße. „Hast du alles, was du brauchst?"

„Ja." Liz nickte und begann um den Wagen herum zu laufen. „Ich habe vor allem Hunger!"

„Dann trifft es sich ja gut, dass Mrs. Cuthbert uns frische Scones und Tee eingepackt hat!" Galant hielt Max ihr die Beifahrertür auf.

„Gott segne sie!", rief Liz aus, während sie einstieg. Max schloss die Tür und ging um den Wagen. Nachdem er eingestiegen war, stellte er fest, dass Liz bereits die Papiertüte auf dem Schoß hatte und den ersten Bissen im Mund. „Köstlich! Ganz ehrlich, was kann diese Frau eigentlich nicht?" Genießerisch schloss Liz kurz die Augen.

„Holz hacken", erwiderte Max und startete den Wagen. „Eine Website programmieren, ein Flugzeug steuern, vermute ich."

„Hahaha." Liz boxte ihm spielerisch gegen den Arm.

„Im Ernst, es gibt nicht viel, was Mrs. Cuthbert nicht kann. Sie ist eine dieser Menschen, die alles in Angriff nehmen, was getan werden muss. Das ist bewundernswert."

„Stimmt. Möchtest du auch?" Liz brach ein Stück ab und hielt es ihm hin.

„Gern. Danke!"

„Wohin fahren wir eigentlich?"

„Ich kenne in Canterbury ein großes Einkaufscenter, dort bekommst du bestimmt alles, was du haben möchtest. Danach können wir in einem tollen Pub, ein paar Kilometer weiter, etwas essen. Natürlich nur, wenn du darauf Lust hast." Max warf ihr einen kurzen Blick zu.

Liz lächelte. „Das klingt alles wunderbar. Ich freue mich darauf."

Während der Fahrt betrachtete Liz verzückt die englische Landschaft.

„Du siehst so begeistert aus", stellte er nach einem Seitenblick auf sie fest.

Liz lachte. „Ich bin begeistert!"

„Das Wetter kann ja wohl kaum der Grund sein", meinte Max.

„Wieso? Immerhin regnet es nicht", gab sie zurück. „Da hinten kommt schon die Sonne raus!" Liz deutete auf den durch und durch grauen Himmel und Max verdrehte die Augen. „Ja, ist klar!"

„Wirklich! Siehst du es nicht?" Liz grinste breit.

Max schmunzelte, so viel gute Laune war ungewohnt für ihn. „Jetzt mal ehrlich, worüber freust du dich so?", fragte er nach.

Liz lächelte ihn an. „Ganz einfach, ich wollte schon immer mehr von England sehen, nicht nur London, und nun bin ich hier! Du glaubst gar nicht, wie sehr ich mich darüber freue!"

„Auch wenn das Wetter mies ist?" Max runzelte die Stirn.

„Auf das Wetter habe ich keinen Einfluss, also wäre es doch bescheuert, meine Stimmung davon abhängig zu machen", erklärte Liz.

„Und das gelingt dir immer?"

„Natürlich nicht, aber sobald mir bewusst wird, dass ich die Wahl habe, dann freue ich mich lieber, anstatt schlechte Laune zu haben."

Max zweifelte immer noch, das spürte sie. „Das ist reine Trainingssache. Glaub mir!", versicherte sie ihm daher und drückte seine Hand. Sie hatten inzwischen die Stadt erreicht und Liz ergänzte: „Irgendwann wird sogar eine Kleinigkeit wie Linksverkehr zum Highlight!"

Max schüttelte grinsend den Kopf. „Wenn du es sagst!"
Eine rote Ampel zwang ihn zu bremsen. Max nutzte die Gelegenheit und schaute sie verliebt an.

„Wir sind gleich da", sagte er und küsste ihre Hand. Die Ampel schaltete auf grün, Max gab Gas und in Liz' Bauch tanzten die Schmetterlinge.

Im Einkaufscenter war es laut, voll und alle waren furchtbar gestresst. Max spürte, wie sich sein Puls ebenfalls in die Höhe schrauben wollte. Da ergriff Liz seine Hand und lächelte ihn warm an. Augenblicklich beruhigte er sich und blendete den Weihnachtstrubel einfach aus. Es war, als wären sie in ihrer eigenen Welt unterwegs. Zielstrebig, aber entspannt ließen sie erst die Bilder entwickeln, besorgten dann Bilderrahmen und nahmen sich schließlich noch die Zeit, sie hübsch einzupacken. Alle anderen Geschäfte mit ihren Verlockungen schien Liz nicht wahrzunehmen, was Max erstaunte. Dennoch war er erleichtert, als sie am Auto standen und die Geschenke einluden. Liz war dies nicht entgangen, daher umarmte sie ihn fest und drückte ihm einen leichten Kuss auf. „Dankeschön!"

Max zog sie näher zu sich heran und grinste etwas schief. „Gern geschehen." Er konnte nicht anders, er musste sie küssen, wieder und immer wieder. Auch auf die Gefahr hin, sich lächerlich zu machen, wenn er wild knutschend wie ein Teenager in der Gegend rumstand. Langsam löste er sich von ihr und schaute sie an. Das war für ihn beinahe ein genauso großes Vergnügen, wie sie zu küssen und zu berühren.

„Hast du Hunger?" Er hatte überlegt, ob sie ihren Ausflug noch etwas verlängern und an die Küste fahren wollten. Sie könnten dort einen Spaziergang machen und später in ein Café einkehren.

„Ich habe vor allem Durst. Ist noch etwas von dem Tee da?" Liz löste sich aus der Umarmung und ging zur Beifahrertür.

„Ich habe sogar noch eine Flasche Wasser im Auto." Max schloss den Kofferraum und ging ebenfalls nach vorn, wo er besagte Flasche unter dem Beifahrersitz hervorzauberte. Dankbar nahm Liz sie entgegen und nahm einen tiefen Schluck. „So, jetzt habe ich einen Bärenhunger."

„Dann also auf zum Pub!" Während Max den Wagen startete, checkte Liz kurz auf ihrem Handy die eingegangenen Nachrichten.

„Sorry, aber ich muss kurz... Nachher sind es wieder so viele, dass ich es nicht mehr hinterherkomme", entschuldigte sie sich.

„Kein Problem. Lass dir Zeit. Ich kenne das."

„Oh, stimmt ja. Wie machst du das eigentlich, dass du dich so aus deiner Firma herausnehmen kannst? Ich habe dich noch kein bisschen arbeiten sehen." Liz schaute ihn fragend an.

„Ich habe ein ganz fantastisches Team und eine überaus kompetente Assistentin. Ich vertraue ihnen voll und ganz. Außerdem ist es beinahe mein einziger richtiger Urlaub im Jahr und es sind ja auch nur ein paar Tage." Vor der Ausfahrt des Parkhauses hatte sich eine große Schlange gebildet, daher nutzte er die Gelegenheit und küsste sie.

Liz lächelte. „Das heißt, du ziehst dich bewusst diese Tage aus dem Geschäft und bist überhaupt nicht erreichbar?"

„Genau. Es sei denn, es würde irgendeine totale Katastrophe eintreten, dann würden sie mich natürlich kontaktieren."

Liz war erstaunt: „Wie hältst du das aus?"

Maxwell lachte. „Ich habe ein Privathandy. Die Nummer hat nur meine Assistentin. Aber im Notfall kann ich damit auf alles zugreifen, genauso wie mit dem

Arbeitshandy. Welches übrigens in London auf meinem Schreibtisch liegt."

„Das ist eine einfache, aber wirklich geniale Idee." Liz dachte nach. „Aber da in meinem Fall das Team nur aus mir besteht, erkenne ich gewisse Herausforderungen."

Wieder lachte Max auf. „Sicher, aber auch von mir erfordert es Disziplin und eine gute Portion Vertrauen. Das musste ich auch erst üben. Außerdem kann ich in zweieinhalb Stunden im Büro sein, wenn es notwendig sein sollte. Das hat mich vor allem am Anfang beruhigt."

Inzwischen hatten sie die Ausfahrt passiert und Max lenkte den Wagen durch den vorweihnachtlichen Stadtverkehr. Es schien, als sei halb England unterwegs um noch irgendwelche Besorgungen zu erledigen. Als sie auf der Landstraße angekommen waren, ergriff Liz das Wort.

„Weißt du, ich habe das Gefühl, als müsste ich entscheiden, wie es mit dem Blog weitergeht. Momentan komme ich mit dem Arbeitsaufwand gut zurecht, aber was mache ich wenn er weiter so wächst." Sie machte eine Pause. Max merkte, dass sie noch nicht fertig war und wartete. Auch das war etwas, was er in den Jahren als Unternehmer gelernt hatte. Richtig zuzuhören. „Will ich daraus ein großes Unternehmen machen oder möchte ich für die Zukunft etwas anderes. Auch auf der Konferenz in London habe ich so viele Inspirationen bekommen, die ich erst einmal verarbeiten muss."

„Musst du dich denn gleich entscheiden?", fragte Max nach.

„Nein. Es ist eher so, dass ich einen neuen 5-Jahresplan brauche."

„Was willst du denn noch erreichen? Beruflich und privat?", fragte Max ehrlich interessiert und fügte mutig hinzu, „Willst du Kinder haben?" Es konnte nicht schaden, vorzufühlen wie sie allgemein zu dem Thema Familie stand.

„Du stellst ja Fragen!" Liz lachte. „Ja, klar möchte ich mal Kinder haben. Meine große Schwester hat einen kleinen Sohn. Ich bin ganz verliebt in ihn!"

„Wie alt ist er denn?"

„Paul ist neun Monate alt. Oh, sieh mal! Kannst du kurz anhalten, bitte?" Liz hatte mitten auf einem Feld eine alte Windmühle entdeckt. „Die muss ich unbedingt fotografieren!", rief sie und war schon ausgestiegen.

Max staunte, er hatte gar nicht gemerkt, dass sie ihre Kamera die ganze Zeit mitgeschleppt hatte. Er beobachtete, wie sie um die Mühle herum ging und nach dem besten Blickwinkel und Lichteinfall suchte. Er würde wohl einen neuen Anlauf starten müssen, um Liz von seiner Tochter zu erzählen.

Kapitel 15

Bald darauf saßen sie wieder im Auto und fuhren zum Pub. Max' Magen knurrte. Er hatte nicht gewusst, dass man eine einzige Windmühle aus so vielen unterschiedlichen Perspektiven fotografieren konnte. Als Liz gerade fertig geworden war, war der Besitzer der Mühle aufgetaucht und hatte Liz in ein Gespräch verwickelt. Mittlerweile war er, trotz dickem Daunenparka und festen Schuhen, regelrecht erfroren. Er wollte sich gar nicht vorstellen, wie kalt Liz in ihrem dünnen Kleid sein mochte. Daher hatte er das Gespräch sanft, aber bestimmt unterbrochen und einfach eine Verabredung erfunden, die sie einzuhalten gezwungen waren. Sie schien ihm nicht böse darüber zu sein, denn sie saß munter schwatzend neben ihm und schwärmte von der Mühle und ihrer Leidenschaft für alles Historische. Wenn sie einmal in ihrem Element war, schien sie alles andere zu vergessen. Das war sicherlich auch ein Grund für ihren Erfolg mit dem Blog.

Schon kam ihr Ziel in Sichtweite und Max drosselte das Tempo. Es war ein typischer Landgasthof, zweistöckig, weißgetüncht und mit dem wohlklingenden Namen „The Royal Oak". Tatsächlich stand eine mächtige Eiche an der linken Seite des Gebäudes. In deren winterkahlen Zweigen jemand kunstvoll Lichterketten drapiert hatte. Auch in den Fenstern war mit Tannenzweigen und roten Schleifen weihnachtlich geschmückt worden. Auf den Stufen vor der Eingangstür standen große Laternen Spalier, in denen dicke, rote Altarkerzen brannten. So sahen Landgasthöfe in Hochglanzmagazinen aus. Max wunderte es kein bisschen, dass Liz ganze fünfzehn Minuten brauchte, bis sie alles fotografiert hatte. Er war in der Zwischenzeit hineingegangen, hatte den letzten freien Tisch belegt und heiße Getränke geordert. Dann hatte er draußen auf sie gewartet. Mit geröteten Wangen und strahlenden Augen kam sie schließlich auf ihn zu. „Ist das schön hier!", rief sie ihm schon von weitem zu. „Vielen Dank für diesen wundervollen Ausflug!"

Max musste lachen: „Er ist doch noch gar nicht vorbei!"

„Das ist ja gerade das Tolle daran!", antwortete sie unbeirrt.

Rasch streckte er die Arme aus und zog sie ganz nah zu sich heran. „Danke, dass du so bist, wie du bist!"

Liz sah ihn mit großen Augen an. Sie spürte wie ihr Herz vor lauter Glück und Freude überzulaufen drohte. Sie musste sich verhört haben, das konnte er doch nicht wirklich gesagt haben. Oder doch?

Da redete er weiter: „Danke, dass du hier auf Gracewood bist. Danke, dass du diesen Tag mit mir verbringst. Danke, für deine Lebensfreude und deine Begeisterung! Ich hatte schon lange nicht mehr so viel Spaß!"

Oh Gott! So etwas hatte noch nie ein Mann zu ihr gesagt. Seine Worte berührten sie tief in ihrem Inneren. Sie war unfähig sich zu rühren oder irgendwie zu reagieren. Ihre sonst so stürmische Art war mit einem Mal zur Ruhe gekommen. In ihr breitete sich ein warmes, helles Licht voller Liebe aus. So etwas hatte sie noch nie erlebt.

Mit ihren großen, blauen Augen schaute sie ihn an und sagte nichts. Das brauchte sie auch nicht, denn er konnte sämtliche Emotionen an ihrem Gesicht ablesen. Ungläubiges Staunen wechselte sich ab mit grenzenloser Freude und einem überirdischem Strahlen. Es war, als wären seine Worte ganz tief in ihr angekommen und hätten sich dort in etwas Magisches verwandelt. Wie in einem dieser Märchenfilme, die Lilly immer so gern guckte. Verdammt, er musste endlich mit ihr reden! Sein

Gesichtsausdruck änderte sich und damit zerbrach der Zauber. „Elizabeth, ich muss mit dir reden."

Liz erschrak, das klang ernst. Sie reagierte instinktiv. „Können wir das drinnen machen? Ich bin schon fast erfroren." Schnell wandte sie sich ab und ging schnurstracks hinein.

Fassungslos sah er hinter ihr her. *Bloody hell* - jetzt hatte er sie in die Flucht geschlagen. Unsensibler ging es ja nun wirklich nicht! Das musste er unbedingt wieder zurechtrücken. Schnellen Schrittes ging er ihr hinterher.

***

Hektisch schaute sie sich in dem Pub um. Die Wirtin hatte sie draußen beobachtet und zeigte auf den kleinen Tisch in der Ecke, nahe am Kamin. Dankbar nickte Liz ihr zu und versuchte gelassen auszusehen. Seine liebevollen Worte, waren direkt in ihr Herz gedrungen. Dagegen war seine Ankündigung wie eine kalte Dusche. Fröstelnd schlug sie die Arme um ihren Körper. Sie brauchte nicht zu wissen, was er ihr sagen wollte. Sie konnte es sich schon denken. Seit dem katastrophalen Ende ihrer letzten Beziehung war sie auf der Hut. Sie wollte sich nicht noch einmal emotional auf jemanden einlassen, der die Bedingungen diktierte. Sie war durchaus in der Lage eigene Entscheidungen zu treffen. Das hatte Sven sie nur vergessen lassen. So etwas würde ihr nie wieder geschehen! Ganz leise meldete sich eine innere Stimme, ob sie nicht ein wenig paranoid war, aber sie brachte sie zum Schweigen. Es war ohnehin nicht wichtig. In ein paar Tagen würde sie schließlich abreisen und auch er würde in sein Leben zurückkehren. Es gab keinen Grund, die paar Stunden, die ihnen blieben mit sinnlosen Debatten über eine Zukunft zu vergeuden, die ohnehin nicht eintreten würde. Nicht eintreten konnte. Sie wollte sich diesen schönen Tag nicht verderben lassen. Das würde sie ihm auch sagen.

Als er zu ihr an den Tisch trat, hatte sie sich gefasst. Zeitgleich traf die Wirtin ein und brachte den bestellten Tee und die Speisekarten. Wie um Max' Geduld auf die Probe zu stellen, begann sie außerdem die Empfehlungen des Tages aufzuzählen. Als sie gegangen war, atmete Max erleichtert auf.

„Elizabeth, entschuldige, ich wollte dich nicht erschrecken", erklärte er, „es ist nur so, dass ich..."

„Ich weiß schon, was du sagen willst", unterbrach ihn Liz und fuhr eiligst fort. „Ich sehe das ganz genau so. Schließlich sind wir beide erwachsen. Wir genießen die Zeit, die wir miteinander haben und fertig." Liz ergriff seine Hand und schaute ihn offen an: „Wir sind zu nichts verpflichtet. Lass uns das, was wir haben, nicht durch irgendwelche Versprechen zerreden, die wir sowieso nicht halten werden. Nicht halten werden können." Liz wurde immer schneller. „Du hast dein Leben. Ich habe meins. Eine Beziehung würde sowieso nicht funktionieren. Uns trennen ganze Länder! Und ein Meer!" Ein wenig gequält lachte sie auf. „Es ist besser so. Ich weiß es!" Sie drückte seine Hand und versuchte aufmunternd und entschlossen zu lächeln.

Max schaute sie entgeistert an. Das konnte doch nicht dieselbe Frau sein, die er kennen und lieben gelernt hatte. Hielt sie ihre gemeinsame Zeit etwa nur für eine Affäre? Wem wollte sie da etwas vormachen? Er war gerade eben dabei gewesen. Er hatte diesen besonderen Augenblick mit ihr geteilt! Verdammt! Am liebsten hätte er sie geschüttelt, damit sie Vernunft annahm und ihm zuhörte.

In einem hatte sie ja recht. Der volle Pub war nicht der richtige Ort, um über ihre Zukunft zu sprechen. Doch er würde nicht einfach aufgeben, was sie hatten. Dazu bedeutete sie ihm zu viel. Er nahm ihre Hand und hauchte einen Kuss darauf. „Okay, verschieben wir das auf später." Leichthin fragte er: „Weißt du schon, was du essen möchtest? Wir können uns auch eine Vorspeise teilen."

„Teilen klingt gut, allerdings kommt es darauf an, was wir heute noch so vorhaben!" Keck lächelte sie ihn an.

Maxwell schmunzelte. „Lass dich überraschen!" Erleichtert begann sie sich zu entspannen und trank von ihrem Tee, während sie die Speisekarte studierte. Ihr war klar, dass diese Zeit mit Max Konsequenzen für ihr Herz haben würde. Aber jetzt wollte sie nur den Augenblick genießen, ganz ohne Erwartungen.

Nachdem sie bestellt hatten, entspann sich eine leichte Unterhaltung über die Dinge, die sie in ihrer knappen Freizeit genossen. Bald entdeckten sie, dass sie die Liebe zur Literatur verband. Lebhaft tauschten sie sich über ihre Lieblingsbücher aus, welche Klassiker man gelesen haben sollte, englischsprachige, sowie deutsche. Liz war ein großer Fan von Herrmann Hesse und Jane Austen. Maxwell gab zu, dass er an James Joyce gescheitert war, aber Dickens kurz vor Schulende lieben gelernt hatte. Ähnlich war es Liz mit Michael Ende ergangen. In ihrem Eifer geriet das Essen zur Nebensache und die Zeit flog nur so dahin.

Schließlich fragte Max: „Möchtest du noch ein Dessert oder musst du zurück?" Angenehm satt hatte sich Liz zurückgelehnt und schüttelte den Kopf. „Weder noch. Ich bin pappsatt." Sie grinste. „Vielleicht sieht das in ein paar Stunden anders aus."

„Na dann, können wir ja noch einen Spaziergang an der Steilküste machen, bevor es dunkel wird. Oder ist es dir dafür zu kalt? Ich hätte im Auto noch einen dicken Pulli, den du dir überziehen könntest."

Erfreut setzte sich Liz gerade hin: „Au ja! Das wäre die Krönung des Tages! Tatsächlich hatte ich gehofft, dass ich es irgendwie einrichten könnte, die Steilküste zu sehen."

Ihre Begeisterung steckte Maxwell an. Er stand sofort auf, um die Rechnung zu begleichen.

***

Kurz darauf saßen beide im Wagen und fuhren Richtung Norden. Der Weg war nicht weit, es ging vorbei an kleineren und größeren Ortschaften und unzähligen Feldern. Das Land wurde stetig flacher und der Horizont weiter. Hinter jeder Biegung erwartete Liz nun endlich das Meer zu sehen. Immer wieder musste sie sich gedulden, bis sie sich dann sicher war. Dort hinten hörte das Land auf. Dort war das Meer.

Vor lauter Aufregung begann Liz auf dem Sitz hin und her zu rutschen. „Oh, ich freu mich so! Ich war noch nie an Englands Küste."

Max lächelte. „Wir sind gleich da." Er genoss es, ihr eine Freude zu machen. Schließlich bog er in einen kleinen Waldweg ein und parkte den Wagen nach einigen Metern auf einem provisorischen Parkplatz. Liz sprang sofort aus dem Auto und atmete die würzige Luft tief ein. „Nun mach schon, beeil dich!", rief sie ungeduldig.

Max schüttelte nur den Kopf und holte in Ruhe den versprochenen dicken Pullover aus dem Wagen. Er war tatsächlich so groß, dass sie ihn bequem über ihrem Wollmantel ziehen konnte. Es sah zwar etwas merkwürdig aus, aber das war ihr egal. Max fand sie bezaubernd, wie sie dick eingemummelt, die blonden Haare unter einer Mütze versteckt, die Kamera umgehängt und in seinem Pulli neben ihm den Waldweg entlang lief. Es hätte nicht viel gefehlt und sie wäre gehüpft.

„Wann, sagtest du, warst du das letzte Mal am Meer?",
fragte er sie schmunzelnd.

Liz lachte auf. „Da muss ich übergelegen, wenn du es
ganz genau wissen willst. Meinem Gefühl nach ist es
jedenfalls viel zu lange her! Wann war dein letztes Mal?"

„Ich war im Sommer eine Woche in Cornwall."

„Da möchte ich auch mal hin! Surfst du?"

„Nein. Das habe ich nie gelernt." Max hoffte, dass sie
jetzt nicht nach weiteren Details fragte. Dann müsste er
gestehen, dass sein Urlaub aus Planschen, Sandburgen
bauen und Eis essen bestanden hatte. Andererseits wäre
es vielleicht eine gute Gelegenheit doch noch seinen
Familienstand zu erwähnen... Bevor er sich entschieden
hatte, erreichten sie das Ende des Waldes. Liz lief ein
Stück vor, um den Anblick voll auszukosten.

Den ganzen Tag war es bedeckt gewesen. Doch als sie
nun aus dem Halbdunkel des Waldes traten, brach ein
Sonnenstrahl durch die Wolkendecke. Wie eine magische
Treppe aus Licht stand er auf dem Meer. Als würde Gott
selbst die Meeresbewohner zu sich in den Himmel
einladen. Max hörte Liz seufzen und gleich darauf das
rhythmische Klicken ihrer Kamera. Er wusste nicht,
welcher Anblick schöner war. Die Frau neben oder das
Naturschauspiel vor ihm. Flüchtig fragte er sich, wie viele
tolle Momente dieser Tag noch bereithalten konnte.

„Lass uns ein Selfie machen!", unterbrach Liz seine
Gedanken. Schon stand sie neben ihm, die Kamera im
ausgestreckten Arm. Wieder nahm er ihr die Kamera ab,
um selbst auf den Auslöser zu drücken. Einer spontanen
Eingebung folgend drehte er seinen Kopf und gab ihr
einen Kuss auf die Wange. Das war das Zeichen, auf das
Liz irgendwie gewartet hatte. Sie drehte sich zu ihm um
und schlag die Arme um seinen Hals. Nach dem
merkwürdigen Gespräch hatte ihr Wunsch ihn endlich
wieder zu spüren, ihm nah zu sein, zwischen ihnen

gestanden. Auch wenn es ihr nicht bewusst war, legte sie ihre ganzen Gefühle in diesen Kuss. Wie aus weiter Ferne hörte sie noch einmal das Klicken der Kamera, ehe er seine Arme fest um sie legte und sie noch näher zu sich heranzog. Liz fühlte sich bei ihm so sicher und geborgen, als wäre Max ihr Zuhause. Dieses Gefühl war so übermächtig, dass sie dachte, es konnte doch kein Zufall sein, dass sie so gut zusammen passten. Aber jetzt würde sie auf keinen Fall darüber nachdenken! Jetzt wollte sie nur spüren.

Als sie sich von ihm löste, konnte sie nicht sagen, wie lange der Kuss gedauert hatte. Es hätten genauso fünf Jahre, wie fünf Minuten sein können. Seufzend legte sie ihren Kopf an seine Brust und schaute aufs Meer, das unbeeindruckt da lag und Welle um Welle gegen die Felsen rollen ließ. Max hielt sie weiter in seinen Armen. Beide sagten kein Wort. Eng beieinander standen sie oben auf der Klippe, mitten im Wind und gaben sich ganz dem Augenblick hin.

Die Sonne verschwand wieder hinter den Wolken und Max fragte leise: „Wollen wir noch eine Runde laufen?"

Liz nickte nur. Er hängte sich die Kamera quer um und nahm ihre Hand. Versunken liefen sie los, lauschten dem Rauschen des Meeres und atmeten die klare Luft. Mehr brauchten sie nicht. Max gab ihr in Gedanken recht, egal was kommen würde, sie hätten immer diesen einen Tag.

„Also bist du ein Meermädchen?", fragte Max und nahm damit das Gespräch von eben wieder auf. Er wollte bewusst die Melancholie, die sich eingeschlichen hatte, vertreiben.

Liz ließ sich gern darauf ein und antwortete: „Ja, sehr. Am Meer kann ich immer meine Akkus aufladen. Eigentlich überall in der Natur, aber das Meer berührt mein Herz."

„Mir geht es genauso. Aber ich träume auch von einem langen Urlaub in Kanadas Wäldern."

„Weißt du, manchmal möchte ich am liebsten ganz in den Wald ziehen. Weit weg von allem!"

„Dann komm einfach mit! Nur wir und der Wald und sonst nichts. Keine Erwartungen, keine Verpflichtungen, keine Termine." Unwillkürlich beschleunigte Max seine Schritte, als wolle er sofort loslaufen.

Sie strahlte ihn an. „Das klingt wirklich himmlisch! Wie wäre es mit nächstem Jahr im Oktober?"

„Perfekt! Wie viel Komfort brauchst du? Dann setze ich meine Assistentin sofort darauf an."

„Keine Ahnung! Eine richtige Toilette wäre nett." Liz musste lachen und Max grinste sie übermütig an. Dabei zog er sein Smartphone aus der Jackentasche und begann zu tippen. „Bist du verrückt? Das war doch nur Spaß!", rief Liz aus.

Aber Maxwell ließ sich nicht beirren. Das Leben war viel zu kurz, das hatte er selbst schmerzlich erfahren müssen. Er träumte wirklich schon lange von so einem Urlaub. Lilly würde das bestimmt auch gefallen. Warum sollte er also noch länger warten? Nach dem dritten Klingeln nahm seine Assistentin ab.

„Hey Laura, kannst du bitte etwas für mich recherchieren? Ich möchte nächstes Jahr im Herbst zwei oder drei Wochen nach Kanada. Ich brauche eine Hütte im Wald, gern abgelegen."

Liz stellte sich vor, wie besagte Laura direkt Papier und Stift zur Hand nahm und alles notierte. Sie kam sich vor wie in einem Film. Während Max seiner Assistentin weitere Anweisungen gab und sich auch nach seinem Unternehmen erkundigte, hing Liz ihren eigenen Gedanken nach. Sie musste sich eingestehen, dass sie sich einen gemeinsamen Urlaub tatsächlich vorstellen könnte, auch wenn es verrückt war. Es war nicht nur die Aussicht darauf, nach Kanada zu reisen, sondern vielmehr die Tatsache, dass es bedeutete mehr Zeit mit Max zu verbringen. Sie durfte gar nicht daran denken, dass ihre Abreise unausweichlich war. Wenn sie ihn so im Profil betrachtete, wurde ihr klar, dass sie ihn besser kennen lernen wollte. Die letzten Stunden mit ihm waren so besonders gewesen. Sie wusste nicht, ob sie sich jemals wieder mit weniger zufrieden geben können würde.

Max hatte aufgelegt und verstaute sein Smartphone, da boxte sie ihm leicht in die Seite. „Kriegst du eigentlich immer was du willst?"

„Nein, selbstverständlich nicht," gab er rundheraus zu und lachte. „Manchmal würde ich mir das aber wünschen!"

„Haha, wer nicht?!" Sie wollte weiterreden, aber Max unterbrach sie: „Darf ich kurz etwas dazu sagen, bevor du mir vorhältst, dass ich übereilt gehandelt habe?"

Liz nickte und er griff wieder nach ihrer Hand.

„Ich weiß, dass du nicht über unsere Zukunft, reden möchtest. Das akzeptiere ich auch, zumindest für den Moment. Aber es gibt Gründe für meinen Anruf eben bei Laura. Erstens wollte ich schon immer mal nach Kanada und das Leben ist viel zu kurz, um Träume immer wieder aufzuschieben. Und zweitens möchte ich wirklich gern mehr Zeit mit dir verbringen. Ich möchte nicht, dass unsere Geschichte morgen oder übermorgen schon zu Ende ist, bevor sie überhaupt angefangen hat."

Liz hielt den Kopf gesenkt und lief stumm neben ihm her. Er hatte genau das ausgesprochen, was sie sich insgeheim erträumt hatte. Aber es ging nicht. Entgegen ihrer sonst so positiven Art konnte sie hier nicht darauf vertrauen, dass alles so werden würde, wie es sollte. In ihr stritten die widersprüchlichsten Gefühle und sie war nicht in der Lage sie zur Ruhe zu bringen, geschweige denn eine Entscheidung zu treffen. Also schüttelte sie nur den Kopf.

„Es tut mir leid, Max, aber ich kann nicht. Ich kann mich ... ich bin nicht bereit für eine Beziehung. Ich ...“ Sie suchte nach Worten. „Weißt du, ich habe eine komplizierte Beziehung mit einer wirklich unschönen Trennung hinter mir. Ich war dabei mich selbst, meine Träume und Ziele nach und nach aufzugeben, ja regelrecht zu verleugnen. Dass zu erkennen, war sehr schmerzhaft für mich und ich brauche Zeit für mich. Ich kann jetzt einfach nicht.“ Starr blickte sie aufs Meer hinaus, Tränen brannten in ihren Augen. Sie schluckte sie mühevoll herunter. „Max, ich muss einfach sicher sein, dass ich das Richtige tue. Ich will und darf mich nicht noch einmal selbst so verlieren. Wir kennen uns doch gar nicht“, fügte sie hilflos zu.

In Max stieg bittere Enttäuschung auf, die beinahe augenblicklich in heiße Wut umschlug. Er wusste nicht einmal, wem seine Wut galt, der ganzen verfahrenen Situation, ihr, weil sie ihm nicht vertraute, ihrem Mistkerl von Exfreund oder gar ihm selbst, weil er sich jetzt noch weniger traute ihr von Lilly zu erzählen und gleichzeitig wusste, dass er es nicht aufschieben durfte. In diesem ganzen Gefühlswust fand er keine Worte, die sie hätten trösten können. Also zog er sie in seine Arme und hielt sie fest. Sie sollte spüren, dass er sie beschützen würde. Er wollte unbedingt ihr Vertrauen gewinnen und wusste einfach nicht wie er das anstellen sollte.

Liz schmiegte sich an ihn und gab sich ganz seiner Umarmung hin. Aber das reichte nicht. Sie hob den Kopf. Sie wollte ihn küssen. Sie musste ihn küssen. Schon fanden ihre Lippen seine. Sie brauchte ihn mit einer Intensität, die sie selbst überraschte. Sie wollte ihn und alles was sie von ihm bekommen konnte. Auch wenn es nie Bestand haben würde, brauchte sie jetzt die Illusion.

Sie schob all ihre Überzeugungen von Unabhängigkeit und Selbstliebe weit von sich. Es war ihr alles egal, sie wollte nicht mehr nachdenken. Sie wollte nur fühlen. Sie wollte noch einmal schwach sein, bevor sie sich wieder allein durchs Leben kämpfte.

Max spürte ihre Verzweiflung als wäre es seine eigene. Er zog sie fest an sich, grub seine Hand in ihr Haar und nahm ihren Mund ganz und gar in seinen Besitz. Bereitwillig gab er ihr, was sie verlangte und noch viel mehr. Endlich hatte er einen Kanal für sein Gefühlschaos gefunden und ließ es aus sich herausströmen. Er ließ zu, dass seine Wut sie beide einhüllte wie Feuer und sie von allen äußeren Widrigkeiten beschützte. Immer wieder murmelte er ihren Namen: „Elizabeth."

Jetzt wo er mit seiner Vergangenheit Frieden geschlossen hatte, konnte er endlich er selbst sein.

Er konnte ihr zeigen, dass sie bei ihm schwach sein durfte, ohne dass er es als Schwäche ausgelegen würde. Max spürte ihren Seufzer mehr, als dass er ihn hörte. Sanft zog er sich ein wenig zurück, um ihr mehr Raum zu geben. „Bring mich heim", flüsterte sie so leise, dass er sie beinahe nicht verstanden hatte. „Bring mich in dein Bett und liebe mich."

Er sah ihr in die Augen und nickte.

Kapitel 16

Die Heimfahrt verlief schweigend. Beide hingen ihren eigenen, grüblerischen Gedanken nach. Max verfluchte sich dafür, dass er ihr immer noch nichts erzählt hatte. Er fragte sich, wie und wann die Situation nur so kompliziert geworden war und warum er sich ausgerechnet in sie hatte verlieben müssen. Hätte es nicht gereicht über die Feiertage eine nette, kleine und belanglose Affäre zu haben? Natürlich nicht, denn er wollte nichts Belangloses. Er wollte ausschließlich sie und er fürchtete, dass er es verbockt hatte.

Liz saß mit untergeschlagenen Beinen neben ihm und bemerkte kaum, dass sie nicht miteinander sprachen. Dafür waren die Stimmen in ihrem Kopf viel zu laut und drehten sich in ihrer immer gleichen Diskussion auch noch im Kreis. Sie war wie gefangen in einem Wust aus Ängsten. Sie hatte Angst, sich selbst wieder zu verlieren, sie hatte Angst einen Fehler zu machen, wenn sie sich auf ihn einließ und sie hatte Angst davor einen Fehler zu machen, wenn sie sich nicht auf ihn einließ. Sie spürte, dass er noch irgendetwas zurückhielt, aber sie hatte zu viel Angst davor, als dass sie sich ihm stellen konnte. Ein Teil von ihr merkte sehr wohl, dass sie sich von den deprimierendsten Gedanken leiten ließ. Es war, als wäre sie in einer dunklen Kammer gefangen und sähe das Licht nicht. Schrecklich.

Kurz überlegte sie, Lena anzurufen oder mit Nick zu sprechen, verwarf den Gedanken aber wieder sofort. Die eine war zu weit weg und kannte Max nicht und der andere war womöglich nicht objektiv genug.

Ha, als ob sie im Augenblick objektiv wäre. Plötzlich hatte sie das Gefühl ganz allein zu sein.

Da tauchte auch schon Gracewood Hall im Dunkeln auf. Sie hatte gar nicht bemerkt, dass es inzwischen dunkel geworden war. Erst jetzt wurde ihr bewusst, dass sie beide die ganze Zeit geschwiegen hatten. Sie sah ihn von der Seite an, seine dunklen welligen Haare, die Augen konzentriert auf die Auffahrt gerichtet. Schließlich brachte er den Wagen zum Stehen. Sie hatten nicht die Hauptauffahrt genommen, sondern sich von der Seite dem Haus genähert.

,Will er nicht mit mir gesehen werden?', grübelte Liz weiter. „Bereut er es, sich mit mir eingelassen zu haben? Oder ist er einfach rücksichtsvoll?' Erschöpft schloss sie die Augen und lehnte ihren Kopf zurück. ,Oh Gott, ich weiß schon gar nichts mehr!'

Max drehte sich zu ihr um und berührte sie sanft am Knie. „Wir sind da", sagte er leise. „Ich dachte, du möchtest vielleicht keinen sehen, daher..." Er ließ den Satz offen. Sie seufzte und fragte sich, wie er das machte. Konnte er Gedanken lesen? Langsam öffnete sie die Augen und schaute ihn an. „Und wie kommen wir rein?"

„Über den ehemaligen Lieferanteneingang im Souterrain."

„Der ist offen?", wunderte sie sich.

„Natürlich nicht, aber ein Schlüssel liegt versteckt im Küchengarten. Für Notfälle. Ich hol' ihn eben."

Liz schenkte ihm ein kleines Lächeln, das ihn rührte. Max nickte, drückte ihre Hand und stieg aus.

In der Stille des Wagens lichtete sich das Gefühlschaos in ihr und sie sah klar. Sie hatte sich geirrt. Zu lieben, bedeutete nicht schwach zu sein. Das Gegenteil traf zu. Sein Herz zu öffnen und das Risiko einzugehen, verletzt zu werden, dass war wahre Stärke. Endlich konnte sie zugegeben, was schon lange in ihr rumorte. Sie hatte sich selbst und allen anderen die letzten Monate etwas vorgemacht.

Sie wollte nicht allein durchs Leben gehen, sie träumte von einer verlässlichen, liebevollen und auch leidenschaftlichen Partnerschaft. Sie wünschte sich einen Mann in ihrem Leben, mit dem sie nicht nur alle Erfolge, sondern auch alle Niederlagen teilen konnte. Jemanden, der an sie glaubte, wenn sie es mal nicht tat und an den sie glauben konnte. Das Verrückte war, dass sie sich und Max genau so sehen konnte und diese Vorstellung fühlte sich so real an, dass es schon fast unheimlich war. Nur wusste sie nicht, wie sie diese Vorstellung in der Realität umsetzen sollten. Die Umstände waren ja nicht gerade einfach. Abgesehen davon, dass sie nicht wusste, ob Max genauso empfand. Vielleicht fand sie morgen den Mut, ihm ihre Liebe zu gestehen. Denn das war es, was diesen ganzen Aufruhr in ihr ausgelöst hatte. Sie hatte sich in ihn verliebt.

***

Nigel stand am Fenster des Frühstückszimmers und schaute besorgt in die Dunkelheit hinaus. Leise trat Arthur neben ihn. „Mach dir keine Sorgen. Die beiden sind schon groß und Max kennt sich in dieser Gegend sehr gut aus", versuchte Arthur ihn zu beruhigen.

„Aber es ist schon dunkel! Was wenn etwas passiert ist?" Nigel drehte sich um und schaute ihn.

„Es ist erst fünf", stellte Arthur klar und legte seinen Arm um Nigel. „Komm rüber und trink Tee mit uns. Es wird schon alles in Ordnung sein."

Nigel seufzte und lehnte sich an ihn. „Du hast wahrscheinlich recht." Arm in Arm gingen sie zu den anderen in den Salon. Nigel wollte Arthur gern glauben, dennoch rutschte er unruhig auf seinem Platz hin und her. Er hatte ein komisches Gefühl im Bauch. Er konnte es gar nicht genau benennen, aber es ließ ihm keine Ruhe, so dass er schon nach kurzer Zeit aufstand und ruhelos umher ging. Er fand immer noch, dass Max und Liz ein tolles Paar abgeben würden. Er hoffte inständig, dass sie es nicht vermasseln würden. Schließlich hatten beide in der Vergangenheit einiges zu bewältigen gehabt. Bevor er weitergrübeln konnte, stand seine Nichte neben ihm und zupfte an seine Jacke. „Onkel Nigel?", flüsterte sie.

„Ja?" Er beugte sich zu ihr herunter.

„Können wir einen Film schauen?" Claire grinste ihn verschwörerisch an.

Nigel grinste zurück und flüsterte: „Was sagt denn eure Mutter dazu?"

„Sie ist einverstanden, weil Weihnachten ist."

Nigel warf einen prüfenden Blick zu Nora, die ihm ihr Einverständnis signalisierte. Also rief er in die Runde: „Wer möchte alles einen Weihnachtsfilm sehen?"

Mit einem lauten „Juchu! Ich! Ich! Ich möchte einen Film sehen!" stürzte Henry herbei und warf sich in Nigels Arme. Mit beiden Kindern im Schlepptau lief er also hinüber in den Herrensalon, um ihnen eine DVD einzulegen. Während die Zwei sich einen Film aussuchten, sah Nigel draußen Licht. Er trat näher ans Fenster und guckte hinaus. Es waren Max und Liz, die anscheinend eben aus dem Auto stiegen und verschiedene Tüten aus dem Kofferraum holten. Im Schein der Wagenbeleuchtung sah er Liz lächeln. Sehr erleichtert, dass sein Gefühl ihn offenbar getrogen hatte, drehte er sich zu den Kindern um.

***

Irgendetwas war in den wenigen Minuten mit Liz passiert, denn als Max mit dem Schlüssel in der Hand zum Wagen zurückkam und an die Scheibe klopfte, stieg eine strahlende Liz aus. „Wir dürfen die Geschenke nicht vergessen, sonst müssen wir morgen früh raus", teilte sie ihm mit und ging munter zum Kofferraum. Einigermaßen verwirrt trat er zu ihr und nahm die Tüten. Dann liefen sie auf den spärlich beleuchteten Kellereingang zu. Vor der Tür drehte er sich zu ihr um: „Ist alles in Ordnung mit dir?"

Liz lächelte. „Ja, ich bin okay. Mir ist nur gerade etwas klar geworden und das fühlt sich richtig gut an." Sie lächelte zufrieden und zog ihn zu sich heran. Da sie noch auf der Treppe stand, befanden sie sich auf Augenhöhe. Bevor er etwas erwidern konnte, küsste sie ihn auch schon. Dieser Kuss hatte nichts Verzweifeltes an sich, ganz im Gegenteil. Zärtlich strich sie mit ihren Lippen über seinen Mund. Sie neckte ihn mit ihrer Zunge und blieb immer ein Stück aus seiner Reichweite. Es war Verführung pur. Die Geschenktüten schnitten ihm in die Hände, der eiserne Schlüssel wurde immer schwerer. Wie gern hätte er sie genommen und an die Mauer gepresst. Aber erst mussten sie ins Haus, entschied er und zog sich beherrscht zurück.

„Hast du schon genug?", fragte sie und ihre Augen blitzten vor Übermut.

„Spotte nur", knurrte er. Schnell schloss er die Tür auf.

„Ich?", fragte sie keck und ging mit aufreizend schwingenden Hüften an ihm vorbei. Mit einem Grollen schloss er die Tür, legte die Geschenke zur Seite und entledigte sich seiner Jacke. Diese Frau brachte ihn noch um den Verstand. Abwartend war sie in dem nur spärlich beleuchteten Raum stehen geblieben. Mit einem großen Schritt war er bei ihr und drehte sie energisch zu sich um. Überrascht keuchte sie laut auf. Er legte ihr den Zeigefinger auf den Mund. „Leise meine Liebe, die Küche ist direkt über uns und du willst doch nicht, dass Mrs. Cuthbert nachschauen kommt, oder?"

Liz schüttelte stumm den Kopf. Max beugte sich zu ihr hinunter und sah sie voller Verlangen an. Mit einer Wildheit, die seine Kraft nur unzulänglich verbarg, küsste er sie. Er durchwühlte ihr Haar und bog ihren Kopf nach hinten, so dass sie sich kaum noch rühren konnte. Dann hob er sie hoch und trug sie mühelos durch den dunklen und vollgestellten Kellerraum. Auf einem alten Tisch setzte er sie ab.

Weder ihre vielen Kleidungsschichten noch sein Verlangen gaben ihm Muße für verführerische Raffinesse. Er wollte sie jetzt sofort. Er wollte ihr zeigen, dass er ihr Mann war. Seine Erregung spiegelte sich in ihren Blicken. Ungestüm griff er wieder in ihr Haar und küsste sie, presste seine Lippen hart auf ihre. Sie antwortete ihm ebenso begierig und biss in seine Unterlippe. Der Geschmack seines eigenen Blutes, steigerte sein Verlangen nur noch. Max ließ seine Hände unter ihr Kleid gleiten und begann über ihre Mitte zu streichen.

Liz stöhnte lustvoll auf. Haltsuchend krallte sie ihre Hand in seinen Pullover. Wie Feuerzungen schlängelte sich die Lust durch ihren Körper.

Ungeduldig zerriss er ihre Strumpfhose, während sie mit fahrigen Händen versuchte seinen Gürtel zu öffnen. Max holte ein Kondom aus seiner Hosentasche, bevor auch das letzte Kleidungstück zu Boden rutschte.

Sekunden später drang er kraftvoll in sie ein. Liz biss sich auf die Lippen, um nicht laut zu schreien. Wieder und wieder stieß er in sie und trieb sie beide damit unerbittlich auf den Gipfel zu.

Das Verlangen verengte Liz' Blickfeld. Um sie herum begann sich alles zu drehen. Sie wollte die Augen schließen, aber dadurch spürte sie die Wellen der Erregung, die durch sie hindurch rollten, nur noch stärker. Der Orgasmus fegte wie ein Orkan kraftvoll durch sie hindurch. Er wirbelte alle Moleküle in ihr auf und ordnete sie neu. Sie bebte am ganzen Körper, Tränen liefen ihr unkontrolliert über die Wangen, ihr Atem ging stoßweise und abgehackt.

Nach einem letzten kraftvollen Stoß sank Max erschöpft nieder und lehnte seinen Kopf an ihre Brust. „Du machst mich völlig fertig", murmelte er. Liz lachte matt und brachte ein irgendwie unfertiges Geräusch heraus.

„Wenn ich mich wieder rühren kann, zeige ich dir, wie positiv das gemeint war", versprach er ihr.

Sie konnte es nicht glauben, aber ihre Lust meldete sich erneut. Amüsiert stellte sie fest, dass ihr Gipfel wohl eher ein Hochplateau gewesen war. „Hoffentlich!", gab sie zur Antwort.

Max Kopf schoss hoch und sah sie prüfend an. Liz lächelte verheißungsvoll und küsste ihn. Schwungvoll stand er auf und zog sich die Hose hoch. Auch Liz setzte sich auf und griff ihre Sachen.

Sie hielt kurz inne. „Sollten wir nicht irgendwie den anderen...?"

Max musste grinsen. „Willst du ihnen Bescheid geben, wo wir sind und was wir machen?"

Liz musste sich ein Lachen verkneifen und winkte ab. „Hast ja recht. Vergiss es."

Max gab ihr einen Kuss und griff nach ihrer Hand. So leise wie möglich gingen sie nach oben, um das zu beenden, was sie im Keller begonnen hatten.

***

In seinem Zimmer liebten sie sich vor dem hell lodernden Kaminfeuer. Das brennende Verlangen war einer wärmenden Glut gewichen, die ihnen Ruhe schenkte. Jede sanfte Berührung legte dar, was sie nicht in der Lage waren auszusprechen. Klarer als Worte es gekonnt hätten. Ohne dass sie sich dessen bewusst waren, schmiedeten ihre Körper ein unzertrennliches Bündnis. Max' Zärtlichkeit ließ Liz strahlen und schmolz ihre Mauern einfach weg.

Völlig erfüllt voneinander bemerkten sie das Verstreichen der Zeit nicht. Die Nachtruhe hatte sich bereits über das Haus gesenkt, während sie aneinander geschmiegt dalagen und leise miteinander flüsterten.

„Jetzt verstehe ich auch, warum du dich immer in der Bibliothek versteckst! Buchhändlerin und Bloggerin, wer hätte das gedacht."

Liz schmunzelte: „Wieso denken so viele Leute, dass sich das gegenseitig ausschließt?!" Ihr Magen knurrte und gab so der Unterhaltung eine neue Wendung.

„Du musst etwas essen", entschied Max und war schon aufgestanden. „Lauf nicht weg, ich besorge uns etwas." Er gab ihr einen zärtlichen Kuss. „Hast du irgendwelche Wünsche?"

Liz lächelte. „Nein, bring einfach alles mit, was du auftreiben kannst! Vielleicht gibt es ja noch Reste vom Dessert." Kurz überlegte sie, ob sie ihm ihre Hilfe anbieten sollte, verwarf den Gedanken aber schnell. Sie genoss es, sich verwöhnen zu lassen. Außerdem war es im restlichen Haus sicherlich nicht sonderlich warm. Zufrieden kuschelte sie sich unter die Decke und widerstand der Versuchung nach ihrem Handy zu sehen. Lieber wollte sie den Tag Revue passieren lassen.

Das Zusammensein mit ihm fühlte sich so natürlich an, als würden sie sich schon immer kennen. Sofort kam ihr das geflügelte Wort von der verwandten Seele in den Sinn und ihr Lächeln wurde noch ein wenig breiter. Seit sie sich eingestanden hatte, dass sie ihn liebte, waren alle Bedenken in den Hintergrund getreten. Sie hatte insgeheim schon geplant ein wenig länger zu bleiben.

Jetzt angelte sie sich doch ihr Handy, um nach anderen Flugverbindungen zu schauen. Eigentlich wollte sie am 26. wieder abreisen, aber vielleicht gab es noch andere Möglichkeiten. Wie hatte er vorhin an der Steilküste gesagt, Entscheidungen ließen sich einfacher treffen, wenn man besser informiert war, überlegte sie und rief die Homepage der Fluggesellschaft auf.

***

Max steckte unterdessen seinen Kopf in den riesigen Kühlschrank und holte nacheinander alles hervor, was er finden konnte. Nach dem Essen würde er ihr endlich von Lilly erzählen. Er würde sich nicht mehr ablenken lassen. In Gedanken probte er schon seine Worte, während er verschiedene Köstlichkeiten auf ein Tablett stellte. Schwer beladen machte er sich auf den Rückweg.

Als er in sein Zimmer trat, saß sie im Schneidersitz inmitten vieler Kissen und Decken vor dem Kamin und wartete auf ihn. Sie hatte sich eines seiner Hemden übergeworfen und sah einfach atemberaubend aus. Wenn sie ihn so ansah wie jetzt, würde er sich sehr konzentrieren müssen, um sein Vorhaben umzusetzen, stellte er fest. Verdammt, er war ein erwachsener Mann und außerdem Chef von 30 Leuten. Er würde es ja wohl fertig bringen ein ernstes Gespräch mit ihr zu führen.

Liz bekam von Max innerem Aufruhr nichts mit, zu groß war ihr Hunger. Ein Leckerbissen nach dem anderen verschwand in ihrem Mund. Sie hatte das Gefühl als würde sie gegen ein Loch in ihrem Bauch anessen und fragte sich amüsiert, wann es denn endlich gestopft wäre. „Es ist wirklich köstlich!", brachte sie zwischen zwei Bissen hervor. „Vielen Dank!"

„Gern geschehen", antwortete er fast automatisch und beinahe teilnahmslos.

Verdutzt sah Liz auf. „Ist alles in Ordnung?", fragte sie ihn und schaute prüfend. Erst jetzt fiel ihr auf, dass er ruhiger als vorhin war. „Hast du was?"

„Nein. Es ist nichts."

Er war ein elender Feigling. Er schaffte es nicht ihr zu sagen, was er zu sagen hatte. Er redete sich ein, dass es einfacher wäre, wenn er sie dabei im Arm hätte. Also setzte er sich näher zu ihr und betrachte sie aufmerksam.

„Du bist so schön. Ich kann mich nicht satt sehen an dir!" Das war die reine Wahrheit. Ein strahlendes Lächeln breitete sich auf Liz Gesicht aus. Sie beugte sich vor und küsste ihn. Augenblicklich zog er sie auf seinen Schoß und hielt sie fest. Er wollte sie nur noch ein einmal oder zweimal küssen, dann würde er all seinen Mut zusammen nehmen. Doch er hatte vergessen, welche Wirkung sie auf ihn hatte. Wie von selbst wanderten seine Hände unter ihr Hemd und begannen über ihre zarten Haut zu streichen. Liz seufzte an seinen Lippen und schmiegte sich an ihn. Ohne nachzudenken, legte er sie behutsam auf die Decke und begann zarte Küsse auf ihre samtige Haut zu hauchen. Ihre Sinnlichkeit brachte ihn um seinen Verstand. Nur noch einmal in ihr sein und dann würde er mit ihr reden, sagte er sich immer wieder und wieder. Bis er nichts mehr dachte und sie mit einer nie gekannten Intensität liebte.

Aneinander gekuschelt lagen sie vor dem verglühenden Feuer. Max fuhr mit den Fingerspitzen die Schatten der Flammen auf ihrer Haut nach.

Liz fühlte sich herrlich matt. Genießerisch hielt sie die Augen geschlossen. Max war innerlich angespannt wie kurz vor einem Hundertmeterlauf. Die zurechtgelegten Worte passten nun nicht mehr, aber er wusste, dass es kein Zurück mehr gab. Endlich gab er sich einen Ruck. „Schläfst du?", fragte er leise.

„Nein. Ich genieße." Sie lächelte.

„Ist dir kalt? Wollen wir ins Bett umziehen?" Er versuchte Zeit zu schinden.

„Nein, mir geht es gut hier," sagte sie und kuschelte sich noch ein wenig enger an ihn.

Obwohl seine Gedanken ihn anfeuerten wie Cheerleader, hatte er das Bedürfnis sich erst aufzuwärmen. „Du bist so schön!", bewundernd strich er immer wieder über ihre Haut. „So etwas habe ich noch nie erlebt. Wirklich nicht. Ich bin sonst nicht so... Tut mir leid, das mit der Strumpfhose. Ich kauf dir eine Neue."

Liz winkte ab. „Das muss dir nicht leid tun. Es hat mir gefallen." Sie lächelte träge.

Max atmete tief ein und aus. „Liz, da gibt es noch etwas, was ich dir sagen möchte", begann er. „Also, ich habe schon lange nicht mehr. Ähm, du bist seit Ewigkeiten die erste Frau, mit der ich..."

Liz lächelte in sich hinein. ‚Deswegen war er anfangs so zurückhaltend gewesen! Er war nur unsicher gewesen!' Liebevoll drückte sie seine Hand. Sie bemerkte nicht, dass er noch etwas sagen wollte.

Max begann sich zu ärgern. ‚Warum war das nur so schwierig?! Er musste anders anfangen', entschied er. ‚Nur wie?'

Liz gähnte leise. ‚Das war irgendwie richtig süß! Nur warum war ein attraktiver Mann wie Max so lange Single gewesen?' Ihre Müdigkeit verlangsamte ihre Gedanken.

„Also, es war so." Er holte tief Luft. „Wir waren sehr jung, weißt du, wir haben uns an der Uni kennengelernt. Der Klassiker, ich weiß. Jedenfalls, naja, nach meinem Abschluss war klar, dass wir ..." Er stockte.

‚Seine erste große Liebe hat tragisch geendet! Oh Max', Liz gähnte wieder. ‚Dafür liebe ich dich umso mehr.' Sie kuschelte sich noch ein wenig enger an ihm und schlief ein.

Max bekam davon nichts mit. So sehr war er bemüht Liz endlich alles zu erzählen. Er holte noch einmal tief Luft und stellte sich vor, er würde kopfüber in einen kalten See springen. „Es war klar, dass wir heiraten werden. Als Diana mitten in ihrem Medizinexamen steckte, wurde sie schwanger. Auch wenn es so nicht geplant war, haben wir uns riesig gefreut! In der ersten Zeit bin ich beruflich etwas kürzer getreten. Dann haben wir uns Lillys Betreuung geteilt. Die freiere Zeiteinteilung war auch einer der Gründe, warum ich mich selbständig gemacht habe." Er holte noch einmal tief Luft. „Jedenfalls, ist Diana verunglückt, als Lilly zwei war. Es war ein Autounfall. An Weihnachten. Sie war sofort tot, haben sie mir gesagt." Er machte eine kleine Pause. „Das ist jetzt drei Jahre her."

Endlich war es raus! Puh. Liz schwieg. Hatte sie ihn nicht verstanden? Oder war sie sauer? „Liz? Bitte sag doch was." Liz schwieg immer noch und Max beugte sich ein wenig vor, um ihr ins Gesicht zu sehen. Konnte es sein? *Shit...*

Sie war eingeschlafen. Frustriert ließ er sich auf den Rücken fallen. Das war ja wie im Film! Jetzt hatte er sich endlich getraut und sie schlief einfach ein. Wenn es nicht so immens wichtig wäre, könnte er ja darüber lachen. Aber so.

Seufzend setzte er sich auf, nahm sie in die Arme und legte sie vorsichtig ins Bett. Auf dem Boden würden sie in der Nacht erfrieren. Sorgfältig deckte er sie zu und betrachte sie. Im Schlaf sah sie jünger aus und er fühlte sich noch elender. Was würde der morgige Tag bringen, fragte er sich, während er sich an sie kuschelte und auf Schlaf und eine Lösung hoffte.

25. Dezember
Kapitel 17

Morgens um fünf gab Max auf. Schlaf würde es in dieser Nacht nicht für ihn geben. Während sein Körper regelrecht nach Schlaf schrie, hatte sein Geist ihn nicht zur Ruhe kommen lassen. Seine Gedanken hatten unaufhörlich Kettenkarussell gespielt, während Liz entspannt neben ihm schlief.

Völlig gerädert und von sich selbst genervt stand er schließlich auf. Er beschloss joggen zu gehen, vielleicht fiel ihm dabei etwas ein. Seine Eltern würden mit Lilly nicht vor neun Uhr hier sein, ihm blieben also noch mindestens vier Stunden Zeit.

Nachdem er seine Sportklamotten angezogen hatte, betrachtete er Liz liebevoll im Schlaf. Sanft strich er ihr eine Haarsträhne aus dem Gesicht und flüsterte: „Ich liebe dich." Mit einem leisen Seufzen schlich er auf Zehenspitzen aus dem Zimmer.

Draußen war es noch dunkel und er war froh, dass er diese alberne Stirnlampe mitgenommen hatte. Er war gemeinsam mit Lilly unterwegs gewesen. Während er sich neue Joggingschuhe ausgesucht hatte, hatte Lilly sich die Zeit stöbernd im Laden vertrieben. Was hatten sie gelacht, als sie sich die Lampe auf den Kopf gesetzt hatte. Also hatte er sie gekauft.

Langsam lief er los.

***

Liz erwachte, weil irgendetwas anders war. Draußen war es noch dunkel. Ohne es genau zu sehen, wusste sie, dass Max nicht mehr neben ihr lag. Von einer plötzlichen Unruhe erfasst, machte sie Licht und schaute auf die Uhr. Es war kurz nach fünf. Als ihr einfiel, dass er vermutlich joggen gegangen war, ließ sie sich erleichtert zurück in die Kissen sinken. Er hatte erwähnt, dass auch er gern gleich morgens Sport machte.

Beim Gedanken an ihn, wurde sie immer munterer. Wenn sie sowieso wach war, konnte sie eigentlich auch eine Runde Yoga üben. Ein bisschen Bewegung vor dem Gänsebraten würde ihr auch gut tun.

Lächelnd stand sie auf und ging in ihr Zimmer.

***

Max musste sich zusammenreißen, um nicht zu schnell zu laufen. Heute dauerte es länger als sonst, bis er zu seinem Rhythmus fand. Der fehlende Schlaf ließ jede Bewegung ungewohnt und anstrengend erscheinen. Bewusst konzentrierte er sich auf seine Atmung. Kraftvoll zog er den Sauerstoff ein. Schritt für Schritt verbannte er alle Gedanken aus seinem Kopf.

***

Liz hatte sich für ihren liebsten Yogaflow entschieden. Diese Abfolge stärkte jedes Mal ihr Selbstbewusstsein und schenkte ihr neue Energie und Kraft. Auch heute verfehlten die Asanas ihre Wirkung nicht. Glücklich lächelnd rollte sie anschließend die Matte zusammen und ging ins Bad. Ob Max sich wohl gleich zu ihr gesellen würde? Bei der Vorstellung noch einmal mit ihm zu duschen, begann Liz innerlich zu glühen.

***

Nach einer extra großen Runde kam Max wieder beim Haus an. Er hatte immer noch keinen konkreten Plan, fühlte sich aber zuversichtlicher als in der Nacht. Er betrat das Haus durch die Küche, um erst einmal seinen Durst zu stillen. Mrs. Cuthbert war gerade dabei die Frühstückstabletts in den Blauen Salon zu tragen.

„Frohe Weihnachten!", begrüßte er sie.

„Maxwell, du bist ja früh auf! Ich wünsche dir auch frohe Weihnachten!" Mrs. Cuthbert schenkte ihm ein warmes Lächeln: „Hilfst du mir?"

„Selbstverständlich. Moment, ich trinke erst etwas." Max nahm sich ein großes Glas aus dem Schrank.

„Natürlich! Bringst du bitte das große Tablett rüber. Ich gehe schon vor."

Als er sein Glas das dritte Mal geleert hatte, nahm Max das Tablett und folgte der Haushälterin. Direkt im Anschluss wollte er nach Liz schauen und duschen. Er würde ihr jetzt endlich alles erzählen und zwar ganz klar und ohne umständliche Formulierungen. Im Frühstückszimmer stellte er das Tablett ab. „Brauchen Sie mich noch?", fragte er höflich.

Mrs. Cuthbert schüttelte nur den Kopf. „Nein, mein Lieber. Geh ruhig hoch duschen. Nicht dass du dich noch erkältest!"

Im Gehen bemerkte Max, wie draußen ein Auto vorfuhr. Mrs. Cuthbert ging zum Fenster und schaute hinaus.

„Nanu, wer kann das denn so früh sein?", rief Mrs. Cuthbert. „Es sind deine Eltern und Lilly! Hoffentlich ist nichts passiert!", bestätigte sie da auch schon seine Befürchtungen. Eilig lief sie hinaus, um dem Besuch die Tür zu öffnen.

Max erstarrte. Zu spät. Er hatte es vermasselt. Jetzt würde das eintreten, was er um jeden Preis hatte verhindern wollen. Wie ferngesteuert setzte er sich in Bewegung, um seine Tochter begrüßen zu gehen. Sie kamen gleichzeitig in der Halle an. Mit einem lauten

„Daddy!" lief Lilly auf ihn zu und stürzte sich in seine Arme. Max war wie zweigeteilt. Lilly im Arm zu halten war wundervoll. Er hatte sie mehr vermisst, als er es sich eingestanden hatte. Andererseits wollte er nichts sehnlicher als nach oben zu Liz rennen, um ihr alles zu erzählen. Resigniert drückte er seine Tochter an sich und vergrub sein Gesicht in ihrem Haar.

***

Fassungslos beobachtete Liz die Szene, die sich vor ihren Augen in der Halle abspielte. Niemand bemerkte sie, alle waren so mit sich beschäftigt, dass sie nicht einmal nach oben blickten. Liz' Augen begannen zu brennen und ihr Herz wurde eng. Es war als bekäme sie keine Luft mehr. Sie drehte sich auf dem Absatz um und rannte die Treppe nach oben. Sie musste hier weg. Sie würde augenblicklich abreisen. Zum Teufel mit ihnen allen. Sie hatten sie zum Narren gehalten. Sie alle hatten es gewusst und keiner hat es ihr gesagt. Und er? Er war der Schlimmste von allen! Er hatte sie hinters Licht geführt und sie dumme Gans hatte nur in seine tollen grauen Augen geschaut und ihm geglaubt. Sie hatte ihm vertraut!

Sie wusste nicht, was mehr schmerzte, sein Verrat oder ihre eigene Naivität. Die letzten Stufen sah sie vor lauter Tränen kaum noch und stolperte. Mühsam rappelte sie sich auf, um gleich wieder zu straucheln. Sie war gegen Nick gerempelt. „Lizzie! Was ist passiert! Hast du dich verletzt?", fragte er besorgt und hielt sie fest. Zur Antwort bekam er nur ein Schluchzen. Liz wollte sich losreißen, aber es gelang ihr nicht. „Liz, um Himmels Willen, nun sag' doch was passiert ist?", rief Nick aus, aber Liz schüttelte nur den Kopf und setzte sich noch mehr zur Wehr.

In diesem Augenblick ging die Salontür auf. Nick hörte die Stimme von Maxwells Mutter. „Ach Mrs. Cuthbert, Sie glauben es nicht! Gestern Abend ist sie ewig nicht eingeschlafen, nur um heute um fünf wieder wach zu sein. Daher sind wir früher hergekommen."

Augenblicklich wusste Nick Bescheid. Entschlossen führte er Liz in ihr Zimmer, die dies nun mit sich geschehen ließ. Er setzte sie auf ihr Bett, verschloss sorgfältig die Tür und zog sich einen Stuhl heran. Liz schluchzte vor sich hin. Sie war verletzt und enttäuscht. Die letzten Stunden waren so wunderbar gewesen, alles hatte sich so einfach und natürlich angefühlt. Sie konnte nicht glauben, dass das alles nur eine Lüge gewesen sein sollte! Sie konnte nicht glauben, dass sie dabei gewesen war, schon wieder denselben Fehler zu machen. Wieso fiel sie immer und immer wieder auf dieselben Männer herein? War sie einfach zu naiv? Sie fühlte sich so dumm!

Liz spürte wie Nick ihre Schulter streichelte und einfach da war. Seine Anwesenheit tröstete sie und machte sie gleichzeitig furchtbar wütend.

Entschlossen setzte sie sich auf. Sie brauchte ein Taschentuch. Sie wollte wieder frei durchatmen. Sie stand auf und ging ins Bad.

Nick blieb sitzen. Er kannte Liz, sie hatte eine große Stärke in sich, die ihr selbst nicht immer bewusst war.

Geräuschvoll schnäuzte Liz sich, danach spritzte sie sich kaltes Wasser ins Gesicht und trank etwas. Die Kälte ließ sie auch innerlich ruhiger werden. Sie ging zurück ins Zimmer.

„Ich reise ab! Sofort!", ließ sie ihn aufgebracht wissen.

„Ok." Nick stand auf. „Und warum?"

„Weil er mich belogen hat. Weil ich mir zu schade bin, als kleines Weihnachtsabenteuer herzuhalten." Liz holte ihren Koffer hervor und begann wahllos Dinge hinein zu packen. Es sprudelte nur so aus ihr heraus. „Wir haben uns so gut verstanden. So etwas habe ich noch nie erlebt! Ich dachte wirklich, dass ich nicht noch einmal auf einen Mann hereinfallen würde! Dass ich jetzt schlauer wäre! Ha!" Liz lachte freudlos auf und lief weiter wie ein Tiger durchs Zimmer.

„Er war so liebevoll und einfühlsam. Das kann doch nicht gespielt gewesen sein." Sie seufzte und hing kurz ihren Erinnerungen nach, bevor sie weiterpackte. „Wir haben über so vieles geredet!" Sie stutzte kurz. Ihr fiel wieder ein, wie sie sich geweigert hatte mit ihm über ihre Beziehung zu sprechen. Konnte es sein, dass er versucht hatte, es ihr zu sagen? Selbst wenn! Er hätte sich eben mehr anstrengen müssen! Wütend warf sie ein paar Schuhe in den Koffer. „Er hätte mir sagen müssen, dass er eine Tochter hat! So etwas vergisst man doch nicht! Wer weiß, was er noch für Geheimnisse hat!" Sie blieb stehen und schaute Nick vorwurfsvoll an.

„Du hättest es mir auch sagen müssen!", sagte sie mit verschränkten Armen.

„Vielleicht", gab Nick zu. „Aber ich fand, dass er das selbst tun müsste."

„Hat er aber nicht."

„Ich weiß. Er hat sich wie ein Volltrottel benommen und sich in eine unmögliche Lage hineinmanövriert", warf Nick ein. „So sind wir Männer manchmal."

Liz unterbrach ihn wütend: „Jetzt verteidigst du ihn auch noch!"

Nick hob ergeben die Hände. „Lizzie, ich verteidige ihn nicht. Du hast jedes Recht der Welt, wütend und verletzt zu sein! Ich möchte dir nur eines sagen." Er trat auf sie zu und sah sie fest an. „Ich weiß, dass Max ein guter Mann ist. Hör dir an, was er zu sagen hat. Wenn du dann immer noch weg willst, fahre ich dich höchstpersönlich nach London zum Flughafen und zwar sofort!" Liz guckte prüfend zu ihm auf und Nick ergänzte: „Vielleicht haue ich ihm vorher noch eine rein!"

Sie musste wider Willen losprusten. „Ja klar!", meinte sie nur.

„Doch, doch! Ich habe einen tollen rechten Haken!" Er legte den Arm um sie. „Ach Lizzie-Baby, ich wollte wirklich nicht, dass du in so einen Gefühlsschlamassel gerätst!"

Sie lehnte sich an ihn. „Ich auch nicht", seufzte sie. Dann richtete sie sich auf und schaute ihn prüfend an. „Eines musste du mir verraten! Ist er verheiratet?"

„Nein, er war es", antwortete Nick ernst und holte tief Luft. „Lillys Mutter ist vor drei Jahren bei einem Autounfall gestorben. Am Heiligabend."

„Oh Gott." Mitleid übermannte Liz. Sie musste über die ganze Situation nachdenken.

„Liebst du ihn?"

„Ja." Liz seufzte erneut und ließ sich auf's Bett plumpsen.

„Macht es für dich einen Unterschied, dass er Vater ist?", bohrte Nick weiter und setzte sich neben sie.

„Mach dich nicht lächerlich. Ich liebe Kinder!", entgegnete Liz entrüstet. „Dass er eine Tochter hat, ändert nichts an meinen Gefühlen für ihn. Es macht nur alles so viel größer." Nach einer Weile fügte sie hinzu: „Es verletzt mich, dass er es mir nicht gesagt hat... Dass er mir anscheinend nicht genug vertraut. Oder ich ihm nicht wichtig genug bin." Bei den letzten Worten hatte ihre Stimme gezittert.

„Sprich mit ihm." Aufmunternd drückte er ihre Hand. „Am besten nimmst du dir jetzt etwas Zeit. Geh' in die Küche und iss etwas zum Frühstück. Ich sage Mrs. Cuthbert Bescheid."

Liz wollte protestieren, aber Nick schüttelte entschieden den Kopf. „Lizzie-Baby, ein Blick auf dich und alle wissen Bescheid. Glaubst du wirklich, wir hätten nicht mitbekommen, was zwischen euch beiden los ist?" Mit hochgezogener Augenbraue sah er sie an.

Liz spürte wie sie errötete und senkte den Blick. Bei aller Emanzipation war es ihr doch etwas peinlich.

„Mach dir keine Gedanken! Wir freuen uns alle für euch! Aber lass ihn ruhig zu Kreuze kriechen. Du wirst nicht lange darauf warten müssen, darauf wette ich!" Nick blickte sie aufmunternd an. „Wolltest du heute nicht für uns kochen?", überlegte er laut.

Liz seufzte ergeben. Nick hatte recht. Sie wollte heute Mittag mit Mrs. Cuthbert kochen, so war es abgemacht. Es konnte auch nicht schaden, sich anzuhören, was Max zu sagen hatte. Dann konnte sie immer noch am Abend zurück nach Deutschland fliegen.

„Einverstanden." Sie nickte. „Ich werde mich etwas frisch machen und dann in die Küche gehen, um wie vereinbart mit Mrs. Cuthbert den Gänsebraten zuzubereiten. Wenn er mit mir reden will, findet er mich dort." Entschlossen stand sie auf und reckte ihr Kinn. „Aber ich werde es ihm nicht leicht machen."

„Das habe ich auch nicht erwartet." Nick grinste. „Zeig ihm deine Krallen, Tiger!"

Etwas schief grinste sie zurück. „Worauf du dich verlassen kannst! Geh jetzt", sagte sie und schob ihn aus dem Zimmer.

Liz war sich nicht sicher, ob Nick Recht hatte. Aber sie würde sich nicht feige davon schleichen. Sie würde Maxwell zeigen, dass er so nicht mit ihr umgehen konnte. Er würde sich sehr anstrengen müssen, um ihr Vertrauen zurückzugewinnen.

***

Als Nick herunterkam, hörte er wie im Salon die Bescherung schon in vollem Gange war. Inzwischen waren wohl alle aufgestanden und hatten sich eingefunden, um zu sehen, was für Geschenke der Weihnachtsmann dieses Jahr gebracht hatte. Mrs. Cuthbert war sicherlich auch dort, um sich an der Begeisterung der Kinder zu erfreuen. Leise öffnete er die Tür und warf einen prüfenden Blick hinein. Tatsächlich, dort stand sie. Er ging geradewegs auf sie zu und berichtete ihr kurz und knapp, was geschehen war. Mrs. Cuthbert lauschte ihm bestürzt und nickte immer wieder.

Maxwell hatte sich in sein Schicksal ergeben und schaute den Kindern beim Auspacken der Geschenke zu. Das war immer wieder eine wilde Angelegenheit. Alle Kinder packten gleichzeitig die Geschenke aus. Sie rupften regelrecht das Geschenkpapier ab. Spontan beschloss er, dass die Bescherung nächstes Jahr ruhiger und geordneter ablaufen würde. In diesem Durcheinander bekam keiner mit, wer was bekommen hatte. Die liebevoll ausgesuchten Geschenke konnten kaum gewürdigt werden.

„Cool! Ein Raumschiff!", rief Henry in diesem Augenblick. „Mama, guck mal, ein Raumschiff!" Max musste grinsen. Einzelne Präsente nahmen dann wohl doch alle wahr.

Er ließ den Blick schweifen und sah wie Nick herein kam und ernst mit Mrs. Cuthbert sprach. Beide sahen kaum zur Bescherung hin. Max runzelte die Stirn und überlegte, ob es das bedeutete, was er befürchtete. Als Mrs. Cuthbert zügig den Salon verließ und Nick ihn ernst anschaute, fühlte er sich bestätigt. Ihm war ganz elend zumute. Am liebsten wäre er sofort aufgesprungen und zu

Liz gelaufen, aber das musste warten. Es reichte, wenn Liz auf ihn stinksauer war, er musste nicht auch noch seine Tochter enttäuschen.

Schließlich war Lilly fertig und kletterte mit einem Buch in der Hand auf seinen Schoß. „Na, mein Schatz? Hat der Weihnachtsmann dir schöne Geschenke gebracht?" Lilly kuschelte sich an ihn und nickte zufrieden. Max spürte förmlich, wie seine Tochter sich Gedanken machte und wartete gespannt. „Papa, hat der Weihnachtsmann dir auch etwas gebracht?"

„Ich weiß nicht, ich habe noch nicht nachgeschaut", antwortete Max und dachte dabei an Liz.

„Papa, glaubst du, dass der Weihnachtsmann auch so richtig große Wünsche erfüllen kann?"

„Was meinst du mit richtig großen Wünschen?", fragte Max nach.

„Naja, wir haben gestern einen Film gesehen und da hat das Mädchen sich einen Papa gewünscht und ein Haus und ein Brüderchen", erzählte Lilly und schaute ihn ernst an.

„Das sind wirklich große Wünsche", stellte er fest.

„Glaubst du, der kann das?"

„Wieso willst du das denn wissen, meine Süße?", fragte er und küsste ihren Nacken, während sich in ihm ein nervöses Kribbeln ausbreitete. „Weil..." Lilly suchte nach den richtigen Worten. Sie kuschelte sich noch etwas enger an ihn und flüsterte: „Also, weil, ich wünsche mir eine Mom." Max fühlte einen Stich im Herzen. Augenblicklich umarmte er seine wunderbare Tochter noch ein wenig fester.

„Ach, mein Schatz!", flüsterte er erstickt. „Wenn der Weihnachtsmann Rentiere fliegen lassen und allen Kindern auf der Erde in einer Nacht Geschenke bringen kann, dann kann er selbst die größten Wünsche erfüllen."

„Das haben sie in dem Film auch gesagt", erklärte Lilly zufrieden. Sie hielt ihr neues Buch hoch. „Liest du mir vor?"

Max holte tief Luft und versuchte seine Fassung wieder zu erlangen. „Natürlich lese ich dir vor, meine Süße." Er hatte Mühe sich auf das Buch zu konzentrieren, aber seine erschöpfte Tochter merkte es kaum. Nach drei Seiten war Lilly zufrieden eingeschlafen. Vorsichtig bettete er sie auf das Sofa und deckte sie zu.

Nick musste ihn beobachtet haben, denn er passte ihn an der Salontür ab. „Kann ich dich kurz sprechen?" Ohne eine Antwort abzuwartend steuerte Nick ihn ins Vestibül. „Verdammt Max, was hast du dir dabei gedacht?", polterte Nick los, sobald sie außer Hörweite waren. „Ich kann ja verstehen, dass es nicht einfach für dich ist, über Diana und Lilly zu sprechen Aber verheimlichen ist doch keine Lösung!"

„Glaubst du wirklich, dass ich es ihr verheimlichen wollte?" Max musste sich sehr zusammenreißen, um nicht loszubrüllen. „Ich wollte es ihr erzählen, mehrmals sogar. Sie hat mich nie ausreden lassen!"

„Wie bitte?" Nick war verwirrt und Max fing an zu erzählen.

„Wir waren gestern den ganzen Tag zusammen und ich habe immer wieder versucht mit ihr zu reden, aber sie hat mich unterbrochen! Sie meinte, wir hätten sowieso keine Zukunft also sollten wir die gemeinsame Zeit genießen. Außerdem hätte sie kein Interesse an einer festen Beziehung, weil ihr Ex … Was hat dieser Wichser eigentlich mit ihr gemacht?" Max hatte sich immer mehr in Rage geredet.

Nachdenklich setzte Nick sich auf die Bank. „Der Typ hat sich benommen, wie der totale Arsch, aber das soll sie dir selber erzählen. Nur so viel, er hat sie manipuliert. Sie hat sich selbst immer mehr in Frage gestellt, nur um ihm zu gefallen." Nick bemerkte, wie Max immer wütender wurde. Er lief aufgebracht hin und her. Sofort sprang Nick auf und berührte Max am Arm. „Hey Mann, beruhig dich. Du bist der, der Mist gebaut hat." Max gab ein ärgerliches Schnauben von sich.

Nick hob beschwichtigend die Hände: „Ok, gut, sie war daran nicht ganz unbeteiligt. Aber sie macht sich sowieso schon Vorwürfe und stellt ihre Menschenkenntnis in Frage. Wenn du sie wirklich für dich gewinnen willst ..." Nick schaute Max prüfend an. „Willst du sie für dich gewinnen?"

„Natürlich will ich!", polterte Max und riss sich los. Erregt nahm er seine Wanderung wieder auf. „Glaubst du wirklich, ich würde euch und Lilly das alles zumuten nur für einen guten Fick?" Das letzte Wort hatte er beinahe geschrien. Erschrocken blieb er stehen. Er seufzte und ließ sich mit hängendem Kopf erschöpft auf die Bank fallen. Aus den Augenwinkeln sah er, dass Nick sich ebenfalls setzte.

„Ich liebe sie", gestand Max leise. „Sie ist so anders, so besonders... Wenn sie lächelt, dann ist es, als würde ein Licht angehen." Max seufzte und fuhr fort: „Ich habe noch nie so empfunden, nicht einmal bei Diana. Ich will nicht mehr ohne sie sein."

„Dann sag ihr das!"

„Und wie? Sie will ja nichts hören!"

Nick hörte die Verzweiflung in Maxwells Stimme. „Ich habe nicht gesagt, dass es einfach sein wird. Entschuldige dich! Sag ihr, dass du sie liebst. Genau so, wie sie ist." Er zog die Nase kraus. „Aber geh vorher duschen! Du stinkst!"

Widerwillig musste Max lachen und boxte Nick gegen den Arm. „Danke für den Tipp! Mann, da wäre ich gar nicht drauf gekommen!"

Nick lachte mit. „Ach, ich war mir nicht sicher, ob du es alleine hinkriegst."

„Haha."

Ein wenig erleichtert stand Max auf und guckte Nick ernst an. „Ehrlich jetzt, danke."

Nick lächelte. „Gern geschehen. Und nun geh endlich!"

***

Nachdem Nick gegangen war, hatte Liz sich aufmerksam im Spiegel betrachtet. Man sah ihr die Aufregung an, sie war etwas blass und ihre Augen gerötet. Auch wenn Nick behauptet hatte, Max sei ein guter Mann und alle würden sich für sie freuen, so verletzlich wollte sie sich trotzdem niemanden zeigen.

Schicht für Schicht schminkte sie sich eine Maske aus Selbstbewusstsein. Sie war verletzt und enttäuscht. Von ihm und von sich selbst. Sie hatte sich eingebildet, dass ihr so etwas nie wieder passieren würde und doch war es eingetreten. Liz seufzte bitter. Hochmut kommt vor dem Fall, so sagte man doch.

Als sie fertig war, musterte sie sich zufrieden. Ja, so würde sie den Tag überstehen. Kurze Zeit später lief sie die Treppe hinunter in Richtung Küche. Gekleidet in einer schwarzer Seidenhose und ihrer Lieblingsbluse fühlte sie sich allen Herausforderungen gewappnet.

Mrs. Cuthbert genügte ein Blick und sie schluckte sämtliche Sätze, die ihr im Kopf umherschwirrten, herunter. „Guten Morgen Liz", begrüßte sie sie stattdessen ruhig und fragte: „Möchtest du etwas frühstücken, bevor wir uns ans Kochen machen? Annie wird auch gleich hier sein und uns helfen."

„Guten Morgen, Mrs. Cuthbert. Machen Sie sich keine Umstände. Ich nehme mir Toast und Tee." Liz war froh, dass die Haushälterin so sachlich blieb.

„Gut, du weißt ja, wo alles ist", sagte Mrs. Cuthbert dann auch und räumte weiter.

Schweigend nahm sich Liz einen Becher aus dem Regal und goss sich Tee ein. Gedankenverloren starrte sie aus dem Fenster, während sie lustlos an ihrem Toast knabberte.

Ihr Schweigen wurde fünf Minuten später unterbrochen, als Annie zur Hintertür hereinkam. „Frohe Weihnachten!", begrüßte sie die beiden Frauen und zog sich schon den Mantel aus. „Das Wetter ist wirklich toll! So eine klare Luft. Ob es heute noch schneit? Es riecht nach Schnee." Munter plapperte die junge Mutter vor sich her, während sie ihre Sachen in eine kleine, angrenzende Garderobe verstaute. Schließlich drehte sie sich zu den beiden Frauen um. „Oh Liz! Du siehst toll aus!" Mit leuchtenden Augen bewunderte Annie Liz' Eleganz. „Hast du keine Sorgen, dass du schmutzig wirst?"

Mühsam lächelte Liz. „Ach, ich binde mir einfach eine Schürze um. Dazu sind sie doch da. Dein Kleid gefällt mir aber auch. Das steht dir sehr gut."

Bevor Annie sich bedanken konnte, kam Matthew mit einem großen Sack Kartoffeln herein und stimmte Liz zu. „Ja, Ann. Du siehst sehr hübsch aus!" Er lächelte Annie an und legte die Kartoffeln auf den Tisch. Zu Liz Überraschung zeigte sich eine zarte Röte auf Annies Wangen. Rasch blickte sie zu Mrs. Cuthbert. Die nickte ihr zu und fragte dann: „Matthew, kannst du bitte noch die Mohrrüben und den Rosenkohl holen? Und die Gänse!"

„Klar!" antwortete dieser und verschwand eilig, während Annie ihm verdutzt hinterher sah.

Kurze Zeit später waren die Gänse im Ofen, die vorbereiteten Töpfe mit Rot- und Grünkohl standen auf dem Herd und die drei Frauen saßen beieinander und schälten das restliche Gemüse. Annie erzählte fröhlich von dem ersten Weihnachtsfest ihrer Tochter.

„Wo ist Poppy heute eigentlich?", erkundigte sich Liz. „Du hättest sie doch mitbringen können."

„Ach, nee. Jetzt ist sowieso ihre Mittagszeit und danach schläft sie. Vor 15h ist sie nicht wach, da kann sie mich auch nicht vermissen und außerdem kümmern sich meine Eltern gern um sie." Annie grinste schief. „Also kann ich die Zeit auch zum Arbeiten gehen nutzen. Als Mutter hast du ohnehin nie Feierabend oder frei!"

Liz wollte widersprechen, sie hörte doch ständig von irgendwelchen Müttern die sogar Urlaub ohne ihre Kinder machten. Aber als Mrs. Cuthbert zustimmend nickte, schwieg sie lieber. Außer ihrer Schwester kannte sie persönlich keine einzige junge Mutter, also hatte sie vielleicht doch nicht soviel Ahnung wie gedacht.

Nach und nach kamen, angelockt von dem köstlichen Geruch, Nigel, Arthur, Richard und auch Vivien in die Küche. Niemand fiel auf, dass Liz ungewöhnlich ruhig war und Liz war froh darum. Sie musste sich eingestehen, dass sie kläglich scheiterte bei dem Versuch, nicht an ihn zu denken. Jedes Mal, wenn die Tür aufging, blickte sie hoffnungsvoll auf, um gleich darauf enttäuscht zu werden.

Nach dem vierten oder fünften Besuch gab sie auf nach Max Ausschau zu halten. Es herrschte ein munteres Kommen und Gehen. Nick bereitete dem Ganzen ein Ende und überredete alle zu einem gemeinsamen Spiel. Schließlich scheuchte auch Mrs. Cuthbert Annie und Matthew in den großen Saal, um den Tisch zu decken.

Liz blieb allein in der Küche zurück. Sie war sehr froh, ein paar Minuten für sich zu haben. Vielleicht sollte sie kurz nach draußen gehen, um ein wenig frische Luft zu schnappen. Vorher überprüfte sie noch einmal alle Töpfe.

***

„Wer hat denn die tollen Blumenarrangements gemacht?", fragte Annie, während sie das funkelnde Silberbesteck verteilte. Wie in einer einstudierten Choreographie liefen die drei um den Tisch herum. So glich das Tischdecken beinahe einem Tanz.

„Rosemary Davis", berichtete Mrs. Cuthbert. „Liz hat einen Vertrag mit ihr ausgehandelt."

„Liz hat was getan?", staunte Matthew. „Sie muss eine sehr gute Geschäftsfrau sein. Rosemary Davis ist echt eine Nummer für sich."

„Ja, ich glaube, Liz steckt voller Überraschungen", bestätigte Annie und lächelte.

„Da kenne ich noch jemanden", erwiderte Matt bedeutungsvoll.

Kapitel 18

Max hatte das Geschehen von Weitem unruhig beobachtet. Endlich war sie allein. Ungeduldig betrat er die Küche: „Elizabeth, wir müssen reden!"

„Ich wüsste nicht, worüber ...", entgegnete Liz kühl und hantierte scheinbar gleichgültig weiter.

„Du weißt genau, worüber!" Max tigerte aufgebracht umher.

„Ich habe jetzt keine Zeit. Nach dem Essen können wir gern reden." Liz drehte Max weiter den Rücken zu und rührte ruhig in den Töpfen.

„Wäre es zuviel verlangt, wenn du mich ansehen würdest?", fragte er mit zusammengebissenen Zähnen.

Liz atmete tief ein und aus. Wenn er dachte, dass er nur mit den Fingern schnippen musste und sie käme angelaufen, dann hatte er sich geschnitten. Er hatte sie belogen. Nicht umgekehrt.

„Ich muss hier weitermachen. Schließlich haben wir Gäste. Ich will nicht, dass die Gänse anbrennen."

„Die sind mir SCHEIßEGAL!", brüllte Max hilflos, „und die Scheißgans auch!" Diesmal würde er sich nicht unterbrechen lassen.

In ihr brodelte es. Nun drehte sie sich doch um, nicht minder wütend. „Schrei mich nicht so an!", schrie sie zurück. Ihre mühsam aufrechterhaltene Beherrschung brach zusammen. „Ich bin nicht diejenige, die gelogen hat! Ich habe kein Kind verschwiegen! Ich war nicht diejenige, die irgendwelche Spielchen gespielt hat!"

Aufgebracht rief er: „Ich habe keine Spielchen mit dir gespielt!"

„Ach ja? Und was war in der Bibliothek? Beide Male? Waren das keine Spielchen?"

„Du hast doch mitgemacht!", verteidigte Max sich lautstark.

„Was soll das denn heißen?" Ihre Stimme kippte und Max wollte auf sie zu eilen. Liz wehrte ihn mit einer Handbewegung ab.

„So war das nicht!", rief Max und raufte sich die Haare.

Liz platzte der Kragen: „Selbst wenn es nicht so war. Wie kann man denn vergessen, dass man ein Kind hat? Kannst du mir das erklären? Ich verstehe es nämlich NICHT!"

Auf einmal war es still in der Küche. Sie standen sich stumm gegenüber, den Küchentisch zwischen ihnen.

Maxwell ließ die Schultern hängen, seine ganze Wut war verraucht. „Liz." Er wollte auf sie zu gehen, doch sie wich zurück. „Es tut mir leid! Es tut mir wirklich leid. Ich wollte dich nicht verletzen."

„Pff!", machte sie und verschränkte ihre Arme vor der Brust.

„Ehrlich! Ich wollte dir von Anfang an die Wahrheit sagen. Ich habe mehrmals angefangen, unter anderem gestern vor dem Pub. Gestern Abend habe ich es dir gesagt, aber du bist eingeschlafen."

„Ach, jetzt ist es meine Schuld?!" Sie zog die Augenbrauen hoch.

„Nein, natürlich nicht. Ich habe es mehrfach versucht, aber…" Er brach ab. „Vielleicht hatte ich einfach Angst." Er zuckte hilflos mit den Schultern.

„Angst? Vor mir?", fragte Liz ungläubig und lachte freudlos auf.

„Ich hatte Angst vor dem, was du sagen würdest. Du bist so frei und unabhängig. Du lebst so ein aufregendes Leben. Das kann ich dir nicht bieten. Ich…"

„Wovon redest du?", unterbrach sie ihn und ließ die Arme sinken. Das war für ihn das Zeichen, um den Tisch herum auf sie zuzugehen.

„Elizabeth."

„Nenn mich nicht so!" Sie versuchte abweisend zu klingen, aber er hörte ihren flehenden Unterton. Max ergriff ihre Hände und schaute ihr in die Augen.

„Elizabeth Bennet, ich liebe Sie. Auf das Glühendste!" zitierte er Jane Austen.

„Mach dich nicht lustig über mich!" Ihre blauen Augen versprühten eiskalte Blitze und sie versuchte sich von ihm loszumachen, aber er hielt sie fest.

„Ich mache mich nicht lustig über dich. Ich weiß einfach nicht, was ich tun soll. Ich bin nicht geübt in solchen Dingen."

Er ging auf die Knie und sah sie offen an: „Elizabeth, ich liebe dich. Ich hätte es nie für möglich gehalten, so etwas noch einmal zu empfinden. Bevor du hierher kamst, war ich gefangen in einem Panzer aus Teilnahmslosigkeit und Schuldgefühlen. Ich habe alles aus sicherer Distanz beobachtet." Bittend sah er sie an. „Und dann bist du gekommen, mit deiner Überzeugung von der Liebe und deinem Strahlen und deinem 1000 Wattlächeln und hast mich Eisblock aufgetaut. Ich wollte es anfangs nicht wahrhaben. Ich habe meine Gefühle verleugnet, darin hab ich Übung." Er holte tief Luft.

„Ich will so nicht mehr leben. Ich liebe dich. Ich liebe dein lautes Lachen und deine Ernsthaftigkeit. Ich liebe dein unerschütterliches Vertrauen in das Gute in der Welt oder dass du alles um dich herum vergisst, wenn du ganz in deine Arbeit vertieft bist, dann knabberst du auf deiner Unterlippe herum. Ich liebe es, wie du mit Kindern umgehst, du nimmst sie ernst und begibst dich immer auf Augenhöhe. Du gibst allen Menschen um dich herum das Gefühl, etwas Besonderes zu sein. Auch mir." Den letzten Teil hatte er fast geflüstert.

„1000 Wattlächeln?", fragte Liz stirnrunzelnd und sah auf ihn herunter.

„Ja, wenn du lächelst, ist es als ob eine 1000 Watt … hast du mir überhaupt zugehört?!" Max guckte verwirrt und stand langsam auf.

Liz lächelte und runzelte gleich darauf wieder ihre Stirn. „Ja, ich habe dir zugehört. Ich weiß nur nicht, wie das funktionieren soll, mein Leben und du in London… ich bin viel unterwegs und überhaupt, Kinder… ich weiß gar nicht… Darüber habe ich noch nie nachgedacht.", stammelte Liz zusammenhanglos. Es war alles zu viel auf einmal.

Max lächelte voller Zuversicht. Er hob ihr Kinn und zwang sie ihn anzusehen. „Liz-Liebling, hast du nicht etwas vergessen?"

Liz runzelte die Stirn.

„Du machst den zweiten Schritt vor dem Ersten", sagte er und lächelte noch etwas breiter.

Liz war wie geblendet, sie hatte nicht gewusst, dass er so lächeln konnte. Ihr Herz begann zu flattern.

„Wenn du mich auch liebst, dann finden wir für alles eine Lösung. Versprochen!" Max beugte sich zu ihr herab und legte seine Hände an ihre Taille: „Liebst du mich Elizabeth?", flüsterte er.

Liz sah in seine grauen Augen, die voller Hoffnung und Liebe strahlten und konnte nur nicken. Ihr Mund war wie ausgetrocknet, ihr Herz hämmerte wild und in ihren Ohren rauschte das Blut. Sie schluckte mühsam: „Ja. Ja, ich liebe dich", antwortete sie leise.

Sein Lächeln wurde noch ein bisschen breiter, sie hätte es nicht für möglich gehalten. Lachend hob er sie hoch und wirbelte mit ihr durch die Küche.

Liz lachte laut auf und schlang ihre Arme um seinen Hals. Dann blieb er auf einmal stehen und küsste sie stürmisch. Ihr Kuss rückte alles gerade, was durcheinander geraten war. Liz sah wieder klar. Ja, sie wollte Max und sie wollte ihr Leben mit seinem in Einklang bringen. Aber...

Vorsichtig beendete sie ihren Kuss und rückte ein wenig von ihm ab. Soweit das ging, denn er hatte sie immer noch im Arm. „Ja, ich habe mich in dich verliebt und ja, ich möchte, mehr Zeit mit dir verbringen und mein Leben mit deinem abstimmen." Sie sah ihn ernst an. „Aber das geht nur mit absoluter Ehrlichkeit. Ich möchte, dass nichts zwischen uns steht. Keine Geheimnisse und Alleingänge!" Liz holte tief Luft. „Ich wünsche mir, dass wir unseren Alltag von Anfang an mit einbeziehen und Pläne machen. Ich wünsche mir Verlässlichkeit."

Max sah sie offen an und lächelte. Sanft legte er seine Stirn an ihre.

„Wir sind schließlich keine Teenies mehr!", flüsterte Liz.

„Du hast vollkommen recht", flüsterte Max zurück. „Es tut mir wirklich sehr leid. Ich weiß auch nicht, warum es so ein Drama werden musste." Er lächelte Liz schief an.

„Hauptsache, die Dramen halten sich von nun an zurück! Oder gibt es da noch etwas, was ich wissen muss?" Liz guckte so erschrocken, dass Max laut lachen musste.

„Nein!" Immer noch lachend schüttelte Max den Kopf. „Nein, keine weiteren Geheimnisse."

„Gott sei Dank!" Mrs. Cuthbert platzte herein, tätschelte Max' Rücken und ging zum Herd. „Dann kann ich jetzt nach dem Essen sehen."

Liz und Max schauten sich verblüfft an und mussten grinsen. Glücklich und erleichtert hielt er sie noch ein wenig fester, während sie sich an ihn schmiegte.

Dann flüsterte sie ihm ins Ohr: „Es ist wohl besser, wenn du mich jetzt runterlässt und ich Mrs. Cuthbert helfe." Sie hob den Kopf und sah ihn an. Max nickte und stellte sie langsam auf die Füße.

Er ließ seine Stirn erneut gegen ihre sinken und versprach: „Wir sprechen später und ich stelle dir Lilly ganz offiziell vor." Er küsste sie sacht. „Und meine Eltern."

Liz zuckte kurz zusammen, die hatte sie ja ganz vergessen! Max bemerkte ihren Schreck und drückte ihre Arme: „Mach dir keine Gedanken", schwor er und sah ihr in die Augen. Sie lächelte und nickte. Ja, es würde alles gut werden! Nach einem letzten Kuss schob sie ihn aus der Küche und drehte sich zu Mrs. Cuthbert um.

Diese hatte alle Töpfe kontrolliert und begann die Schüsseln aus den Wärmekammern des Herdes zu holen.

„Warten Sie, Mrs. Cuthbert. Ich helfe Ihnen!" Liz eilte zu ihr und Mrs. Cuthbert gab zurück: „Ruf Matthew und Annie rein, sie sollen Bescheid geben und beim Servieren helfen." Da öffnete sich bereits die Tür und die beiden traten ein.

Matt zwinkerte Liz zu und wandte sich dann an Mrs. Cuthbert: „Alle sitzen, der Wein ist eingeschenkt, es kann losgehen."

Annie ließ es sich nicht nehmen, Liz herzlich zu umarmen. „Ich freu mich für euch!", raunte sie und wandte sich dann dem Geschehen am Herd zu.

In den nächsten Minuten waren die Vier damit beschäftigt, die Gänse zu zerteilen, Rot-, Grün- und Rosenkohl, sowie die Karotten in die Schüsseln zu füllen und die Soße zuzubereiten. Trotz ihres Glückstaumels konnte Liz sehen, dass Matthew, Annie und Mrs. Cuthbert ein eingespieltes Team waren. Jeder Handgriff saß so perfekt, dass sie sogar Gelegenheit hatte ein paar wirklich gute Fotos zu schießen.

Als sie die vertrauten Handgriffe tat und das Menü vor sich sah, konnte Liz endlich den köstlichen Duft wahrnehmen. Ja, so roch Weihnachten. Sie musste an ihre Eltern und an die ganze Familie in Deutschland denken, die in diesem Augenblick sicher genau dasselbe machte. Sie griff nach ihrem Handy und drehte einen klitzekleinen Videogruß mit dem wohlgeordneten Küchenchaos im Hintergrund.

Schließlich waren alle Schüsseln, Platten und Saucieren in den Saal gebracht worden und jeder hatte seinen Platz eingenommen. Nigel und Arthur hatten darauf bestanden, dass Matthew, Annie und die Cuthberts mitessen sollten. Nur Liz und Mrs. Cuthbert standen noch in der Küche und wuschen sich die Hände.

Mrs. Cuthbert sah Liz an und drückte sie: „Ich habe es dir gesagt. Er ist ein guter Junge!" Und dann drängte sie Liz in den Saal, wo der letzte freie Platz neben Maxwell auf sie wartete.

Kapitel 19

Liz stand im Dunkeln am Fenster und schaute in das nächtliche Schneetreiben hinaus. Dicke Flocken fielen seit Stunden unablässig und hatten ganz Gracewood Hall in eine Märchenlandschaft verwandelt. Aber nicht nur die Welt draußen war ganz verwandelt, auch sie fühlte sich, als würde sie ihr ganz eigenes Weihnachtsmärchen erleben. Die letzten Stunden waren noch schöner gewesen, als sie es sich jemals hatte erträumen können. Max brachte gerade Lilly ins Bett und Liz nahm sich einen Augenblick Zeit den Nachmittag Revue passieren zu lassen.

Das Essen hatte allen großartig geschmeckt. Völlig platt hatten danach alle am Tisch gesessen. Liz schmunzelte, so viel anders als Zuhause war Weihnachten in einem Herrenhaus nicht.

Irgendwann waren ihr die gerahmten Fotos wieder eingefallen, die sie gestern Abend in Max' Zimmer abgestellt hatten. Die Überraschung war ihr gelungen. Niemand hatte damit gerechnet so schnell die Bilder des gemeinsamen Fotoshootings in den Händen zu halten.

Während alle noch staunten, hatte Nick ihr ein kleines Päckchen überreicht. Er hatte dieselbe Idee gehabt. Das Foto von Max und ihr vor dem Weihnachtsbaum war wunderschön. Sie konnte sich gar nicht daran satt sehen. Unwillkürlich drehte Liz sich um. Auch wenn sie es jetzt kaum sah, wusste sie, dass es auf ihrem Frisiertisch stand. Sie seufzte. Max und sich so zu sehen, steigerte ihre Zuversicht noch. Alle Zweifel waren wie weggeblasen. An diesen ersten Weihnachtsfeiertag würde sie noch lange denken. So viel war passiert.

Sie hatte Maxwells Eltern kennengelernt. Sie waren reizend, aber ziemlich mit sich beschäftigt. Sie haben sich aufrichtig für Max gefreut, Liz nett willkommen geheißen und sich dann wieder ihren eigenen Themen zugewandt. Liz hatte sich kurz gewundert, aber Max hatte den Arm um sie gelegt und ihr flüsternd erklärt, dass sie schon immer so gewesen waren. Sie waren ein so perfektes Paar, dass da nie viel Platz für Max gewesen war. Daher war Max' Internatsbesuch als Junge nur eine logische Konsequenz gewesen. Selbst nach Dianas Tod hatten sie ihn zwar in der ersten Zeit viel unterstützt, aber dann auch ihre eigene Freiheit konsequent eingefordert.

Die größte und schönste Überraschung aber war Lilly gewesen. So ein warmherziges Kind war Liz noch nie begegnet. Sie hatte Liz sofort ein liebenswürdiges Lächeln geschenkt und sie sogar umarmt. Liz war selbst noch so emotional gewesen, dass sie prompt feuchte Augen bekam. Auch Max hatte ein paarmal heftig blinzeln müssen. Es muss ausgesehen haben, wie in einem kitschigen Hollywoodschinken.

Klein-Henry war es gewesen, der sie mit seiner munteren Art aufgescheucht hatte. Natürlich waren die Kinder nicht mehr zu halten gewesen, als sie sahen, dass es schneite. Also hatten Max und Liz zusammen mit den drei Kindern und Onkel Nick den Nachmittag im Schnee getobt.

Liz seufzte wieder. Beinahe lautlos trat Max hinter sie und legte seine Arme um sie. „Bist du glücklich?", fragte er leise.

Liz lehnte sich an ihn an und lächelte. Max konnte es in der dunklen Fensterscheibe sehen. „Sehr!", antwortete sie ebenso leise. „Ist sie gut eingeschlafen?"

„Ja. Sie war überglücklich, dass du ihr vorgelesen hast!"

„Ich liebe Vorlesen! Ich warte schon seit Monaten darauf, endlich meinem Neffen vorlesen zu können!" Liz wandte den Kopf und strahlte Max an.

„Du kannst in den nächsten Tagen gern schon mal üben!", grinste er zurück. Dann wurde er ernst. „Ich denke, wir sollten uns in Nigels Arbeitszimmer setzen und Pläne machen."

Liz streckte sich nach oben und küsste ihn. Was hatte sie für ein Glück. Sie hatte in dem Moment, in dem sie es am allerwenigsten erwartet hatte, einen wundervollen, attraktiven Mann kennengelernt, der zu seinem Wort stand. Einen Mann, für den Verlässlichkeit kein Grund zum Davonlaufen war. Einen Mann, der zärtlich und sexy war. Und obendrein gab es noch dieses herzensgute, wunderschöne Mädchen, das mit seinen langen schwarzen Haaren und den blitzenden, dunklen Augen wie eine kleine Elfe aussah. Oh ja, sie war sehr glücklich!

Max drückte sie an sich. Er konnte nicht fassen, dass diese unglaubliche Frau in sein Leben getreten war. Mit ihr an seiner Seite sah er all seine Wünsche so klar und einfach vor sich liegen, dass er das Gefühl hatte, er müsse nur die Hand danach ausstrecken.

Langsam löste sich Liz von ihm. „Weißt du Schatz, ich glaube, es ist ein Glück, dass ich erst heute von Lilly erfahren habe."

„Wieso?" Gespannt zog Max die Augenbrauen hoch. Er hielt sie weiter im Arm.

Liz lächelte ihn verliebt an. „Weil ich mich sonst niemals auf dich eingelassen hätte!"

Max beugte sich zu ihr hinunter. „Jetzt sagt nicht, du hättest mir widerstehen können!" Er hauchte ihr einen federleichten Kuss hinters Ohr. In Liz begann es wohlig zu kribbeln und kleine lustvolle Schauer liefen durch ihren Körper. Sie schmiegte sich an ihn und seufzte. „Wer weiß... Jedenfalls hätte ich mir dann die ganze Zeit ausgemalt, wie deine Tochter wohl ist!"

„Ich hätte dich schon abgelenkt!", erklärte er und küsste ihre andere Seite. Liz schloss genüsslich die Augen und gab sich seinen Liebkosungen hin.

Max hätte ewig so weitermachen können. Sie roch so gut. Er richtete sich auf und nahm sie schwungvoll hoch.

„Max!", lachte Liz überrascht auf. Jetzt waren sie auf Augenhöhe.

„Ich danke dir!", sagte Max ruhig. „Du ahnst nicht, wie glücklich ich bin. Ich liebe dich sehr!"

In Liz stiegen tausend Schmetterlinge auf und berührten ihr Herz. „Ich liebe dich auch!"

„Dann wollen wir jetzt Pläne machen?" Er wandte sich zur Tür und Liz nickte.

„Ja, lass uns Pläne machen!"

Ende

Epilog

„War das der letzte Karton?" Lena steckte den Kopf zur Tür herein. Liz schaute sich prüfend um.

„Ja, das war der letzte." Liz legte sich ihre Tasche über die Schulter und drückte ihrer besten Freundin die letzte Grünpflanze in den Arm. Entschlossen schob sie sie aus der Tür und schloss die süße Zwei-Zimmer-Wohnung, in der sie die letzten Jahre gelebt hatte, ab.

„Ich kann nicht glauben, dass du wirklich nach London ziehst!" In Lenas Augen begann es verdächtig zu glitzern.

Liz nahm sie in die Arme. „Ach Süße, nicht weinen! Sonst weine ich auch!"

„Entschuldige, ich will gar nicht weinen und ich freue mich ja auch für dich", schniefte Lena. „Aber es ging alles so schnell!"

Liz musste lachen und ihre Augen leuchteten. Ja, wer hätte gedacht, dass sie sich so plötzlich verlieben und schon so schnell nach London ziehen würde. Sie selbst am allerwenigsten. „Ach Süße, du weißt doch ganz genau, wie es mir geht und du hast Max kennengelernt! Er ist so wunderbar!"

„Und ich habe das Foto gesehen, dass Nick von euch bei eurem Shooting gemacht hat. Max hebt für dich die Welt aus den Angeln, das sieht ein Blinder!" Gemeinsam gingen sie die Treppen hinunter.

Liz seufzte und schwärmte weiter. „Er ist so süß. Ich habe dir ja erzählt, dass es seine Idee war meine Wohnung erst einmal für zwei Monate unterzuvermieten. Er nennt es mein Hintertürchen." Sie grinste.

Lena blieb stehen und sah Liz ernst an. „Lizzie-Schatz, du brauchst kein Hintertürchen. Maxwell ist nicht so ein egozentrisches, mieses Stück Scheiße wie Sven!"

„Ich weiß", antwortete Liz automatisch und wollte weitergehen.

Lena hielt sie fest. „Liz, Max ist nicht wie Sven. Nicht einmal ansatzweise. Miese Manipulationsspielchen hat er gar nicht nötig." Sie holte tief Luft und sah Liz ernst an. „Max liebt dich! Sehr! So wie du bist! Du brauchst keine Angst haben. Und auch kein Hintertürchen!"

Liz sah ihre beste Freundin an und schluckte. Lena schlug nicht oft solche ernsten Töne an. Schon spürte sie Tränen in sich aufsteigen. „Leni..."

„In spätestens einem halben Jahr stehen wir wieder hier und räumen die Wohnung komplett leer. Und dann hast du 'nen fetten Ring an deinem Finger!" Lena wedelte mit ihrer rechten Hand und versuchte dabei die Topfpflanze nicht fallen zu lassen. „Und das sage ich, als deine beste Freundin, die dich am allerliebsten für immer in ihrer Nähe behalten würde!"

„Ach Leni!" Schniefend umarmte Liz sie stürmisch.

„Aaah!" Lena verlor das Gleichgewicht und wäre beinahe die Treppe herunter gefallen. Augenblicklich hielten sich beide am Geländer fest. Erschrocken sahen sie sich an und brachen in Gelächter aus.

„Meine Güte! Weiß dein Max eigentlich, wie gefährlich es mit dir ist?", fragte Lena außer Atem.

Liz prustete los. „Zumindest wird es mit mir nie langweilig."

„Wie wahr." Lena rückte die Pflanze zurecht und nickte Liz aufmunternd zu. „Wir müssen los, sonst verpasst du deinen Flieger!"

„Halt! Stopp!"

Abrupt hielt Lena inne. „Was ist denn jetzt?"

„Wir müssen noch ein Selfie machen!"

„Jetzt? Das dicke grüne Ding wird langsam echt schwer und außerdem sehe ich total verheult aus."

„Ja, jetzt!" Liz hatte schon ihr Smartphone in der Hand und hielt es in die Luft. „Ich bearbeite es noch, dann sehen wir beide frisch und munter aus! Und jetzt – lächeln!" Es machte klick. Lena drehte sich zu Liz um: „Ich werde dich vermissen."

Am Auto angekommen sagte Liz: „Danke, dass du die restlichen Sachen zu meinen Eltern bringst!"

„Du willst wirklich nicht nochmal mitkommen?"

Liz schüttelte den Kopf. „Ich habe mich gestern von ihnen verabschiedet. Außerdem sehen wir uns Ostern schon wieder. Das sind nur noch ein paar Wochen."

„Na dann, auf zum Flughafen!"

***

Mit einer halben Stunde Verspätung landete Liz wohlbehalten in London Heathrow. Ungeduldig und voller Vorfreude flitzte sie durch die Gänge. Wie durch ein Wunder war sie nicht nur die Erste an der Passkontrolle, auch ihr Koffer drehte schon seine Runden auf dem Gepäckband. Es sah ganz so aus, als stünde ihre Entscheidung Londonerin zu werden unter einem guten Stern.

Gut gelaunt lief sie mit großen Schritten durch die Ankunftshalle und auf den U-Bahneingang zu. Bis sich ihr jemand plötzlich in den Weg stellte.

„Hallo schöne Frau, wohin so eilig?"

„Max!" Liz machte einen erschrockenen Hüpfer und stürzte sich gleich darauf in seine Arme. „Was machst du denn hier? Musst du nicht arbeiten?!"

Max wirbelte sie herum und lachte. „Dachtest du wirklich, ich lasse dich an deinem ersten Tag als Einheimische allein?" Er blieb stehen. „Willkommen in der schönsten Stadt der Welt!", sagte er und küsste sie innig.

„Oh Max, ich freu mich! Die Überraschung ist dir gelungen." Liz kuschelte sich an ihn. „Ich habe dich so vermisst!", flüsterte sie ihm ins Ohr.

Er grinste frech. „Und ich dich erst!"

„Na dann, lass uns schnell nach Hause fahren!"

Max stellte Liz ab. „Ich fürchte, das wird warten müssen." Er legte ihr den Arm um die Schultern und nahm ihren Koffer. „Lilly hat sich gewünscht, dass wir sie gemeinsam vom Kindergarten abholen und Eis essen gehen. Sie will dir alles zeigen. Sie hat sich einen richtigen Plan gemacht."

Liz lachte. „Sie ist so süß!"

„Ja, das ist sie." Max blieb stehen und schaute Liz ernst an. „Du weißt, dass du dich zu nichts verpflichtet fühlen musst."

„Schatz, das hatten wir doch schon." Liz legte ihm die Hand auf die Brust. „Lilly gehört zu dir. Ich liebe dich und ich mag sie sehr. Alles andere wird sich finden!", sagte Liz vertrauensvoll. „Du wirst sehen, wir schaffen das."

Max ließ seine Stirn an ihre sinken. „Du bist wundervoll", sagte er leise.

Liz küsste ihn sacht und strahlte ihn an. Max lächelte zurück. „Hast du Hunger? Wir haben noch etwas Zeit bevor wir zum Kindergarten müssen."

„Essen ist eine tolle Idee!" Liz zog ihn weiter Richtung Underground. „Was steht denn morgen an?"

„Ich habe mir den Samstag freigehalten. Wir haben den ganzen Tag Zeit! Wir können bis 16 Uhr machen, was wir wollen."

Die U-Bahn fuhr ein und sie setzten sich. „Und was ist nach 16 Uhr?", wollte Liz wissen.

„Wir sind abends bei Nora eingeladen."

Liz musste lachen, als sie seinen Gesichtsausdruck sah. „Das ist doch wundervoll! Ich freue mich auf alle und für das andere haben wir später genug Zeit!"

Max drückte sie an sich. „Ich kann gar nicht fassen, dass du jetzt hier bist! Ich liebe dich so sehr!"

Liz sah zu ihm auf und strahlte ihn an. „Ich liebe dich auch!" Ein übermütiges Leuchten trat in ihre Augen. „Ach, es wird alles ganz großartig werden! Ich weiß es!" Sie küsste ihn noch einmal stürmisch und er zog sie eng an sich.

Zügig setzte sich die Bahn in Bewegung.

Danksagung

Liebe Leserin, lieber Leser,

als allererstes danke ich Ihnen! Ich hoffe sehr, Sie hatten beim Lesen genauso viel Freude, wie ich beim Schreiben! Vielleicht haben Sie jetzt Lust etwas zu schreiben, z.B. eine Online-Rezension in einem der Internetbuchläden oder einen Kommentar auf einem meiner Social Media Kanäle. Ich würde mich so freuen, von Ihnen zu hören!! :)

Als Nächstes möchte ich allen danken, die mich zu dem Menschen gemacht haben, der ich heute bin. Einige waren nur kurze Wegbegleiter, manche Initiatoren so einiger Herausforderungen, andere gehören zu meiner Familie und schenken mir ihre uneingeschränkte Liebe. Was bin ich für ein Glückspilz! Danke, dass es euch gibt! Ich liebe euch auch! Nun zu den Menschen, die ganz konkret beim Entstehen, dieses Buches beteiligt waren.

Der lieben Casandra Krammer für das wundervolle Cover.

Ich danke BoD für die Möglichkeit nach etlichen Jahren mal etwas zu gewinnen und für das Bestärken, dieses Buch im Selfpublishing herauszubringen.

Meiner tollen, inspirierenden und starken Mama für ihre Ermutigung und ihr "Na endlich!", als ich ihr sagte, ich würde nun ein Buch schreiben.

Ein besonders liebes Dankeschön an meine Tochter und allererste Testleserin. Sie hat das Manuskript nicht nur verschlungen, sondern auch mir meinen wichtigsten Fehler aufgezeigt! Danke, meine Süße! Ich liebe dich sehr und genieße es zu sehen, wie du heranwächst.

Erwähnen möchte ich außerdem noch meinen süßen Sohn. Danke, dass du, ohne dass es dir bewusst ist, mir die Jungswelt näherbringst. Ich bin so froh, dass es dich gibt!

Das Beste kommt zum Schluss. Ich danke meinem Mann von ganzem Herzen. Ich liebe dich sehr!

Sommerfrische auf Gracewood Hall

Nicholas Bedford lebt seinen Traum. Als Fotograf reist er an die schönsten Plätze der Erde. Als er in der Millionenmetropole Kalkutta die schöne Yogalehrerin Milla Sjögren trifft, ist er von ihrem Wesen sofort fasziniert. Doch bevor er sie richtig kennenlernen kann, verlieren sie sich auch schon wieder aus den Augen. Monate später sieht er sie ausgerechnet auf dem traditionellen Sommerfest von Gracewood Hall wieder, und auf einmal steht seine ganze Welt Kopf.

Band 3, ISBN: 3749448647

Hochzeitsglück auf Gracewood Hall

Monatelang hat Mindy Miller ihre Hochzeit mit dem attraktiven und reichen Andrew Crawfield bis ins letzte Detail geplant. Doch ein Aufenthalt in den Schweizer Bergen stellt alles auf den Kopf. Dort stellt sich für Mindy die Frage, nach welchen Vorstellungen möchte sie ihr Leben gestalten? Was ist für sie wirklich wichtig? Und was wird Andrew zu all diesen Fragen sagen?
Wird es ihnen gelingen, ihre Traumhochzeit zu retten?

Band 4, ISBN: 3749448647

Herbstversprechen auf Gracewood Hall

Liz Sommer kann es selber kaum glauben, in wenigen Wochen heiratet sie ihren absoluten Traummann Maxwell Thompson auf dem malerischen Herrenhaus der Familie Bedford, "Gracewood Hall".
Und während die Bedfords diesen Tag unvergesslich machen wollen, haben Max ehemalige Schwiegereltern ganz andere Pläne...

Band 5, ISBN: 3753441481

Du willst wissen, wie es mit dem Leben und Lieben auf „Gracewood Hall" weitergeht?

Dann trage dich jetzt auf meiner Homepage

unter http://www.sandrarehle.de/kontakt

für meinen Newsletter ein.

Hier erfährst du alle Neuigkeiten und noch

viel mehr als Allererste!